Weiß ist der Schnee
Kurzgeschichten

BoD™
BOOKS on DEMAND

Die Handlungsorte in den nachfolgenden Kurzgeschichten sind zum großen Teil reine Fiktion. Auch die Personen wurden frei erfunden. Etwaige Ähnlichkeiten oder tatsächliche Übereinstimmungen mit lebenden oder bereits verstorbenen Menschen wären rein zufällig und waren zu keiner Zeit beabsichtigt.

Bibliografische Information der Deutschen Nationalbibliothek:
Die Deutsche Nationalbibliothek verzeichnet diese Publikation in der deutschen Nationalbibliografie; detaillierte bibliografische Daten sind im Internet über http://dnb.dnb.de abrufbar.

2. Auflage

Covergestaltung: Thomas Märtens
Coverbild: Thomas Märtens

Herstellung und Verlag: BoD – Books on Demand, Norderstedt
ISBN: 9783738624083

Inhaltsverzeichnis:

Weiß ist der Schnee

Ein bunter Schmetterling flattert geschäftig durch die Spätsommer-sonne. Geschickt manövriert er zwischen Ästen und Blättern, um zuletzt vorsichtig auf der leuchtenden Blüte einer Blume zu landen und eine Pause einzulegen. Zerbrechlich, farbenfroh und bildschön symbolisiert er vielleicht alles Leben auf unserem Planeten. Da liegt eine einsame Insel im Südpazifik. Ihre Palmen ragen bis an das flache, türkisfarbene Wasser und werfen kühlenden Schatten auf den einsamen Strand. Ein Wind weht leise durch einen großen Wald, streicht über den vom letzten heftigen Regenguss noch sehr feuchten Boden, schummelt sich elegant zwischen den Bäumen hin-durch, lässt die Blätter in angenehmen Singsang rauschen und macht sich bald über eine grüne Wiese davon. So idyllisch die skizzierten Bilder auch sein mögen, unsere Erde ist alles andere, nur kein Paradies. Ihre wechselvolle Geschichte ist dramatisch, katastrophal, furios und einer ständigen Veränderung ausgesetzt. Unter unseren Füßen brodelt es und immer wieder schleudern Vulkane ihre glühende Last aus dem Erdinneren in die Atmosphäre. Nur sie waren in der Lage, durch ihre gewaltigen Ausbrüche und glühend heißen Lavaströme die Atmosphäre wieder zu erwärmen und die letzte Eiszeit vor etwa zwölftausend Jahren auf unserem Planeten zu beenden. Über unseren Köpfen geht es ebenfalls nicht sehr beruhigend zu. Schutzlos ist alles irdische Leben jeglichem Bombardement aus den Tiefen des Kosmos ausgeliefert. Was wird geschehen, wenn sich im Schatten des Mondes ein Megatonnen schwerer Eisenkern unerkannt anpirscht und unsere Flugbahn um die Sonne kreuzt. Halten wir uns vor Augen, dass wir nicht der Evolution letzter Schluss sind, sondern nur einer ihrer unendlich vielen Versuche. Nehmen wir Abstand von dem Glauben, dass uns da oben jemand, unabhängig, ob er männlich oder sie weiblich ist, hilft, unser kostbares Kleinod namens Erde zu erhalten, sondern leben wir den Moment, freuen wir uns über den kleinen Falter von vorhin und sehen ihm in unseren Gedanken noch einen Moment nach.

Der Himmel war wolkenlos in dieser polaren Nacht und der eiskalte, schneidende Wind kam aus westlicher Richtung über die weite Baffin Bay, als Akiak seinen Motorschlitten abgestellt hatte, um sich endlich eine Pause zu gönnen. Er war im Nirgendwo nördlich von Kullorsuak zu Hause, hatte sich bereits vor Tagen aufgemacht, weit auf das Küsteneis hinauszufahren und zu jagen.

Seit alters her war es grönländische Tradition, dass das Familienoberhaupt für ausreichend Fisch und Fleisch zu sorgen hatte, während die Ehefrau Kinder und Haus beaufsichtigte. Nuka, seine ihn liebende Gattin, hatte ihm noch ein ordentliches Futterpaket in die Hand gedrückt, als sie Akiak, der wie immer seinen an der Wand aufgehängten Bogen samt Pfeilköcher nahm, verabschiedete, eine erfolgreiche Jagd und eine baldige, vor allem gesunde Rückkehr wünschte. Sie sagte ihm, dass das Trockenfleisch für etwa zehn Tage reichen sollte, sie aber davon ausginge, dass er früher zurück wäre, andernfalls aber von seiner erlegten Beute zehren konnte. Sie wusste, dass er ein ausgezeichneter Jäger war und nicht zu viel Risiko eingehen würde. Das Leben in dieser eisigen Welt blieb gefährlich. Vieles konnte passieren und so sah sie ihm noch lange hinterher, bis die Lichter seines Schneemobils in der Dunkelheit verschwanden.

Der Abschied lag nun schon sieben Tagen zurück und Akiak wollte längst wieder am heimischen Ofen sitzen, doch das Jagdglück war bislang noch nicht auf seiner Seite. Seit Jahren beobachtete er verwundert, dass seine Beute immer schwieriger zu finden war und er häufiger auf die gefährlichen Eisflächen hinausfahren musste. Jetzt saß er in seinem dicken und ihn wohlig wärmenden Mantel aus Seehundfell allein in der weißen Einöde, hatte die Beine weit ausgestreckt und schaute in die Ferne. Er liebte diese Einsamkeit, die Ruhe, die klare Winterluft. Die Kälte war grimmig, geradezu beißend. Sorgsam achtete er darauf, dass kein Fleckchen seiner Haut den Unbilden der Natur ausgesetzt war. Akiak legte den Kopf in den Nacken, betrachtete den endlosen Nachthimmel und bewunderte das Funkeln der unzähligen Sterne, deren Lichter zusammen mit dem Schein des Vollmondes das Winterland erhellten. Er hatte bereits als kleiner Junge von seinem Großvater Anarteq und seinem Vater Amaroq gelernt, sich in der nordischen Welt zu orientieren, Nahrung zu finden, die Farben und die Festigkeit des Eises zu lesen, aber auch die zu allen Jahreszeiten unterschiedlichen Winde zu verstehen. Großvater trug den Namen einer grönländischen Sagenfigur und lehrte seinem Enkel, dass die unberechenbare Natur nicht gegen ihn sei, vielmehr ausreichend Hinweise offenbarte, um in ihr überleben zu können. Sie verlangte lediglich, dass man sie verstand und respektierte. Jene aber, die diese Regeln nicht beachteten, waren ohne jegliche Chance in der gnadenlosen Wildnis mit all ihren Gefahren. Auch sein Vater, nach einem riesigen Wolf der Mythologie der Inuit benannt, brachte seinem kleinen Sohn bei, wie man Beutetiere überlistete, sicher erlegt oder schleunigst ausweicht, wenn Nanuq den Weg kreuzt.

»Der Eisbär ist ein gnadenloser Räuber ohne Angst und Mitleid. Er zeigt kein Minenspiel, ist anhand seines Verhaltens nur für sehr erfahrene Jäger ausrechenbar. Du kannst zu keinem Zeitpunkt erkennen, was er gerade vorhat. Wenn Du ihm begegnest, sei immer äußerst wachsam. Er wird Dich holen, wenn er es will und er wittert Dich, lange bevor Du etwas von ihm siehst. Doch lerne eins. Er ist kein Mörder. Er lebt lediglich so, wie es ihm die Natur vorgegeben hat!«

Akiak hatte so manches von den beiden gelernt, fiel in tiefste Trauer, als er zunächst seinen Großvater und nur wenig später seinen Vater auf die andere Seite des Himmels gehen lassen musste. Inzwischen hatte er seine eigene Familie, war in die übergroßen Fußstapfen seiner Ahnen getreten und in der Dorfgemeinschaft ein anerkannter Jäger, ein weiser Ratgeber, ein guter Mensch, ein Inuit. Hier draußen in der Einsamkeit war er nahe bei Anarteq und Amaroq, unterhielt sich mit ihnen, holte ihren Rat, wenn er einmal nicht wusste, welchen Weg er zu gehen hatte. Akiak erinnerte sich oft an die Erzählungen der Alten, denen er bei abendlichen Lagerfeuern aufmerksam lauschte. Dort ging es um überstandene Abenteuer, gefährliche Jagden, die Hilfe der Götter und den Glauben an die Geisterwelt und dass es eines Vermittlers bedurfte, um mit den überirdischen Wesen in Verbindung treten zu können. Großvater war als Dorfältester auch ein weiser Angakkuq, der Schamane, dem man diese Vermittlung zutraute. Auch, wenn all diese Geschichten niemals aufgeschrieben wurden, kannte sie jeder. Die Kinder der Gemeinschaft lernten, dass die Seele des Menschen als unsterblich galt, nach dem körperlichen Tod weiterlebte und überall zu Hause war. Im Himmel, im Meer oder über den Wolken. Sie erfuhren, dass sie fähig waren, in anderen Menschen, der Natur oder auch in Tieren in diese Welt zurückzukehren. Niemals in seinem Leben würde Akiak weder Vater noch Groß-vater aus seiner Seele, seinem Fühlen und Denken entlassen. Durch ihn und in ihm lebten beide weiter und so verlor Akiak auch in sehr gefährlichen, zuweilen ausweglos erscheinenden Momenten niemals die Ruhe, dachte nüchtern nach und wusste, dass er keine Angst zu haben brauchte. Die Dinge waren so, wie sie waren und wenn etwas geschah, dann sollte es so sein. Auch er würde in wenigen Jahren seinen Sohn mit auf die Jagd nehmen, um ihm zu erklären, was wichtig ist und was nicht, worauf es im Leben ankommt, was es zu beachten gilt. Er würde erfahren, dass ihn die überwältigende Natur auf sein natürliches Maß reduziert und er sein Platz in dieser Welt finden musste, um ein großer Mensch zu werden. Akiak verließ diese Gedanken und richtete seine ganze Aufmerksamkeit auf die Jagd. Er musste sehr bald Beute machen, denn seine Trockenfleischreserven neigten sich dem Ende zu. Er war noch ein gutes Stück von der Eiskante entfernt, als ihm - wie so oft in den vergangenen Jahren - der nicht mehr so grimmige Wind auffiel. Es gab noch immer heftige, bittere Winterstürme, doch hatte sie sich ihre Art zu wehen deutlich verändert, sie wurden seltener, waren nicht mehr so anhaltend. Auch das Eis hatte seit Langem eine ganz seltsame Farbe und Festigkeit. Die Luft war so anders geworden. Alles hatte sich total gewandelt. Zweifellos, die eisige

Welt im Polarmeer war schon länger im Umbruch, ging einen anderen Weg. Sie bewegte sich in eine neue Richtung.

Als er etwa eine halbe Stunde dagesessen und über Verschiedenes Nachgedacht hatte, warf er das Schneemobil an, um sich zur Robbenjagd aufzumachen. Die durch den fahlen Mond erleuchtete Eisfläche war einigermaßen eben, sodass er gut vorankam. Das angenehme Blubbern des Motors unter ihm wirkte beruhigend, als er so verlassen durch die Nacht glitt. Der Geruch des offenen Meeres wurde immer intensiver und Akiak war guter Hoffnung, doch noch reiche Beute machen zu können. In seiner Nachdenklichkeit wurde er urplötzlich von einem lauten Krachen unterbrochen und stoppte sofort seine Fahrt. Nur einen kurzen Moment spürte er, wie das Packeis unter ihm vibrierte. Die Geräuschwoge, die ihn von rückwärts einholte, überrollte ihn und dann war alles wieder ruhig. Er kannte dieses seltsame Dröhnen. So hörte es sich an, wenn die Eisdecke reißt. Was ihn dabei beschäftigte, war die Tatsache, dass hinter ihm etwas passiert sein musste und genau das könnte für ihn zu einem ein Problem werden. Er war inzwischen sehr weit vom Festland entfernt. Unter ihm gab es keinen Boden mehr. Nur ein paar Meter dickes Eis und dann das tiefe, kalte Meer. Akiak hielt inne und versuchte herauszufinden, was jetzt zu tun war. Es dauerte einen Moment, bis er sich zur Umkehr entschied. Er musste unbedingt die Ursache für das Krachen herausfinden. Also drehte er, stellte sich auf die Fußrasten seines Fahrzeugs, weiter sehen zu können und folgte seinen eigenen Spuren in entgegengesetzter Richtung. Nach etwa zwei Stunden endeten die teils vom Schnee zugewehten Spuren seiner Kufen vor ihm im Nichts. Er hielt an und ging vorsichtig im Kegel der Scheinwerfer ein paar Schritte voran und erschrak, als er in eine etwa zehn Meter tiefe und sehr breite Spalte schaute. Er blickte nach links und rechts, fuhr anschließend etwa eine Stunde an der Bruchkante entlang, um zuletzt festzustellen, dass sich der Albtraum vor ihm wahrhaftig offenbarte. Das Eisfeld, auf dem er stand, war, durch welche Umstände auch immer, vom Festland abgerissen. So etwas sollte zu dieser Jahreszeit eigentlich nicht möglich sein. Tatsache aber war, dass er bei ablandigem Wind offensichtlich auf einer Scholle unter Umständen aufs offene Meer hinaustrieb. Das aber machte ihn nicht weiter nervös. Es bestand durchaus die Möglichkeit, dass das vermutlich riesige Eisfeld lediglich in einer Bucht trieb und sich an einer Landzunge oder in einer der vielen vorgelagerten kleinen Inseln festhakte. Also nahm er wieder Fahrt auf, fuhr in die entgegengesetzte Richtung und hoffte, von dort sehen zu können, wohin seine Reise jetzt wohl ging. Als er Stunden später endlich sein Ziel erreichte, blickte er vom Rand des Eises auf das offene Meer. Nichts war es mit einer Landzunge. Genauso wenig stemmte sich eine der Inseln in den Weg des großen Eisfeldes. Wasser, so weit er auch sehen konnte. Er war allein in der Stille des Winters und glaubte für einen Moment, die Ewigkeit deutlich spüren zu können. So war es hier, bevor es den Menschen gab und doch zweifelte er, dass es auch noch so sein würde, wenn wir die Erde in vermutlich nicht allzu ferner Zukunft verlassen müssen. Doch er war ein Inuit, ein Jäger in schwieriger Situation. Akiak riss sich aus seinen Träumen und überlegte.

»Ich brauche etwas zu essen und möglichst bald einen festen Unterschlupf«, ging es ihm durch den Kopf, in dem er sich umschaute und nach wenigen Augenblicken in einiger Entfernung ein größeres Feld aufgetürmte Eisschollen entdeckte.

»Das erste Problem ist gelöst. Dort werde ich mir eine Höhle ausheben«, munterte er sich selbst auf und wollte sich fürs Erste auch mit seinem Trockenfleisch zufrieden geben.

Wieder bewahrheitete es sich, dass die meisten Probleme oftmals schnell gelöst werden konnten, wenn man nur ruhig blieb.

»Die Natur verlangt lediglich, dass man sie verstand«, erinnerte er sich abermals an seines Großvaters Worte, warf den Motor an und hielt bei langsamer Geschwindigkeit auf das Schollenfeld zu, als nach nur wenigen Metern die rechte Kufe plötzlich nachgab und der Schlitten in eine tiefe Spalte zu stürzen drohte. Akiak war klar, dass sich die Erschütterung des großen Bruchs durch das gesamte Eis bewegt und diese Gefahrenstellen verursacht hatte, was die ganze Sache nicht einfacher machte. Es war ihm in diesem Moment nicht möglich, sein Fahrzeug zu befreien. Also machte er sich zu Fuß auf, grub bald unter einer mit Bedacht ausgesuchten Schneewehe und zog nach zwei Stunden intensiven Grabens in seine neue, ihn schützende Behausung ein. Anschließend holte er sein ganzes Hab und Gut vom Schlitten, verstaute alles in seiner Höhle und betrachtete zuletzt sein Werk mit voller Zufriedenheit.

»Hier werde ich ganz sicher gut schlafen«, sagte er zu sich selbst, sorgte sich dennoch um seine Versorgung, denn er hatte zu diesem Zeitpunkt nicht den Hauch einer Ahnung, wie er an Beute kommen sollte.

»Ich könnte es ja mit fischen versuchen«, ging es ihm zweifelnd durch den Kopf, denn in Ermangelung einer längeren Angelschnur würde er am Rande der Eiskante bis dicht ans Wasser hinunterklettern müssen. Das aber konnte nur bei ruhiger See gelingen, denn die Gefahr, von einer großen Welle ins Meer und damit in den sicheren Tod gerissen zu werden, war nicht zu unterschätzen. Diese Art der Jagd schloss er aufgrund des Seegangs erst einmal aus, nahm sein Gewehr, verließ seine Behausung und machte sich langsam auf an die Eiskante. Er gab sich der Hoffnung hin, dass vielleicht ein paar Robben auf dem Eis gelegen hatten, als sich der Bruch ereignete. Sofern sie nicht geflüchtet waren, rechnete er sich durchaus Chancen auf etwas Jagdglück und ausreichend Nahrung für die nächste Zeit aus. Eine halbe Stunde verging. Akiak war noch gut zweihundert Meter von der Eiskante entfernt. Inzwischen hatte er seinen weißen Schneeumhang übergeworfen und kroch auf allen Vieren auf die Abbruchkante zu. Stille, tiefe Dunkelheit, eiskalter, schneidender Wind aus westlicher Richtung. Der Jäger bewegte sich nicht. Für nichts und niemanden war er in dieser unwirklichen, lebensfeindlichen Welt zu sehen. Er dachte an seine Familie, die mit seiner baldigen Rückkehr rechnete und keine Ahnung hatte, dass damit nicht so schnell nicht zu rechnen war. Niemand würde ihnen sagen können, wo er steckte und was ihm widerfahren war. Für seine Frau und Kinder würden sich in den kommenden Tagen zuerst die Sorgen, anschließend bestimmte Formen der Hilflosigkeit und zuletzt die blanke Verzweiflung einstellen, die ihnen niemand nehmen konnte. Nuka und die Kinder wussten aber, dass ihr Familienoberhaupt ein besonnener Inuit war, der schon viele gefährliche Situationen überstanden hatte und dem so schnell nichts zustoßen würde. Das war allerdings das Einzige, auf das sie sich verlassen konnten. Nur würde ihnen diese Gewissheit nicht ihre Angst nehmen. Diese und ähnliche Gedanken quälten den einsamen Mann im vielleicht nicht mehr ganz so ewigen Eis. Er musste bald zusehen, wieder an Land und nach Hause zu kommen. Irgendwie würde ihm das auch gelingen, dessen war er sicher. Dann aber zwang er sich, logisch zu denken, seine bedrückenden Überlegungen auszublenden und belastende Emotionen zu unterdrücken, denn die waren in diesem Moment der allerschlechteste Ratgeber.

»Alles würde sich fügen und das Leben findet seinen Weg«, dachte er bei sich, atmete ein paar Mal tief durch und ließ seinen scharfen Blick langsam über das Eis schweifen, als sich in ungefähr einhundert Metern Entfernung etwas rührte, das auf der Stelle seinen scharfen Blick fesselte. Da lag etwas. Etwas Lebendes. Geradezu ohne sich zu bewegen kramte Akiak sein Fernglas hervor. Das hatte ihm seine Frau geschenkt und damals sehr viel Geld dafür ausgegeben. Ein Restlichtverstärker, mit dem er in den langen, dunklen Monaten der polaren Welt bei wenig Licht doch einigermaßen gut sehen konnte. Wann immer er es in den Händen hielt, dachte er an zu Hause, seine Kinder und seine große Liebe Nuka, mit der er schon als kleiner Junge gespielt und später die Schule besucht hatte. Das Herz erwärmende Gedanken in eiskalter Nacht.

»Träume nicht und mach die Augen auf«, löste er sich aus diesem ergreifenden Bild und visierte den sich langsam bewegenden Punkt an.

Dann hatte er Gewissheit. Tatsächlich lag dort eine fette Robbe. Im Falle eines sicheren Schusses würde sie ihn gut und gern für Wochen ernähren können. Er schloss seine Augen, dankte Sedna, der grönländischen Göttin der Meerestiere, die offensichtlich auf seiner Seite war. Mit ihr und seinen Ahnen fühlte er sich keineswegs allein hier draußen. Der Nordmann verhielt sich weiterhin ruhig, tastete nach seinem Gewehr, behielt das Tier aber fest im Blick. Die Robbe wirkte tiefenentspannt und hatte keinen Schimmer, was gleich auf sie zukommen würde. Das Gleiche galt aber auch für den nichts ahnenden Akiak, der sich voll und ganz auf den einen Schuss konzentrierte, denn einen Zweiten würde das Tier nicht zulassen. Langsam zog er die Waffe seitlich an sich hoch, legte mit sehr behutsamen Bewegungen an und nahm seine Beute ins Visier. Er holte einige Male tief Luft und wollte nach dem letzten Ausatmen, wenn sein Körper für den Bruchteil einer Sekunde absolut ruhig war, den Abzug betätigen, als das Tier erschrocken den Kopf hob, hinter sich blickte, mit schnellen Bewegungen zur nahen Eiskante krabbelte und sich kopfüber in die See stürzte. Akiak fluchte und überprüfte sofort, ob er sich falsch verhalten hatte, konnte aber weder an seiner Tarnung noch in seinem Verhalten einen Fehler entdecken. Etwas anderes musste sie erschreckt haben, denn der Blick der Robbe hatte nicht ihm gegolten, sondern ging in eine ganz andere Richtung. Instinktiv blieb Akiak reglos in seinem Versteck liegen, versuchte aber herauszufinden, was die Flucht des Tieres ausgelöst hatte. Angestrengt spähte er in die Dunkelheit, konnte jedoch nichts Verdächtiges erkennen.

»Vielleicht war es auch nur eine Möwe«, dachte er und ärgerte sich über die verpasste Chance.

Als die eisige Welt um ihn herum bis auf das leise Pfeifen des schneidend kalten Windes völlig still und verlassen schien, plante er, der Eiskante weiter zu folgen. Vielleicht würde ihm Sedna erneut helfen. Doch sollte es dazu nicht mehr kommen. Gerade, als er sich aus seinem Versteck erheben wollte, sah er ihn.

»Nanuq«, stöhnte er resignierend und jedoch ganz leise vor sich hin.

»Das kann doch nicht wirklich Euer Wille sein! Habe ich nicht noch genug Prüfungen vor mir?«, flüsterte er mit klagenden Worten in den Nachthimmel den unsichtbaren Göttern zu.

»Diese Eisscholle ist vielleicht zwanzig mal zwanzig Kilometer groß und Ihr habt nichts Besseres zu tun, als mich zusammen mit einem Eisbären auf die durch das Nordmeer treibende Scholle zu verbannen! Was haben wir, Nanuq und ich, Euch getan?«

Diese Sekunden waren das Einzige, was sich Akiak als emotionalen Ausbruch erlaubte. Er nahm sich zusammen und beobachtete den gelassen vor sich dahinschreitenden weißen Einzelgänger. Das Tier mochte in dem sich seinem Ende zuneigenden Winter reichlich

Erfolg bei den Jagden gehabt haben, denn er wog schätzungsweise mehr als vierhundert Kilogramm, war ganz sicher länger als drei Meter und machte einen enorm starken und sehr gesunden Eindruck.

In der Welt der Inuit genießt der furchtlose Bär, den sie respektvoll *den großen Wanderer* nennen, großes Ansehen, denn seine Kraft und Ausdauer sind für die Männer des Nordens mehr als erstrebenswerte Eigenschaften. Großvater hatte vor vielen Jahren beobachtet, wie einer dieser Gladiatoren mit seinen Prankenhieben einen ausgewachsenen Belugawal erschlagen hatte. Akiak war klar, dass er fortan keine ruhige Minute mehr haben würde, bis er Nanuq erledigt hatte und wusste auch zu genau, dass er selbst auf der Strecke bleiben könnte.

»Auch wenn Dein Fleisch nicht besonders schmackhaft ist, wirst Du mir mein Überleben sichern. Aus diesem Blickwinkel bist Du sogar noch besser, als nur eine Robbe«, sagte Akiak stumm zu sich selbst und beobachtete, wie der Riese nun die Richtung änderte und direkt auf ihn zukam.

Da der Wind günstig stand, konnte ihn das Tier keinesfalls gewittert haben. Da er auch viel besser riechen und hören als sehen konnte, fühlte sich der Jäger sicher in seiner Schneemulde und bewegte sich keinen Millimeter. Und tatsächlich. Nanuq hatte den Motorschlitten entdeckt und versuchte nun sehr vorsichtig herauszufinden, was das für ein seltsames Ding war. Akiak bewunderte die majestätischen Bewegungen des Kolosses und beobachtete, dass dessen Schritte vorsichtiger wurden und er stehend verharrte, als es unter seinen Tatzen leise knisterte und knirschte. Rund um das Schneemobil war das Eis nicht unbedingt trittsicher. Es war fast naheliegend, dass sich unter dem Schnee eine vermutlich tiefe Spalte befand, sodass der Bär zunächst stehen blieb, die Nase in den Wind hielt, neugierig schnupperte, sich seiner Sache sicher war, dass das kein gefährliches oder fressbares Ding war, abdrehte und davonschlich, um alsbald in der Dunkelheit zu verschwinden.

Akiak kam inzwischen völlig unterkühlt und stocksteif unter seiner Tarnung hervor, reckte sich, brachte seine Gliedmaßen in Bewegung und ging zu seiner nahen Höhle. Als er es sich einen guten Meter unter dem Eis bequem gemacht hatte und die Taschenlampe vorsichtshalber im Rucksack ließ, fühlte er sich trotz der Finsternis um ihn herum einigermaßen sicher, zumal Nanuq nach nunmehr einer Stunde vermutlich schon mehrere Kilometer weit weg war. Es wurde eine ruhelose Nacht. Zwar nickte er zeitweise für Minuten ein, erwachte aber ständig aufgrund der inneren Unruhe. Seine eigene Körperwärme machte das Höhleninnere recht angenehm. Bald starrte Akiak in die ihn umgebende Dunkelheit und überlegte, wie er den Eisbären erledigen konnte. Denn es war ihm klar, dass es jetzt nicht mehr ums Durchhalten, sondern um das reine Überleben ging. Er musste den Riesen töten und hoffte, dass er der einzige Bär auf der Scholle war. Des Jägers Gewähr hatte durchaus die Kraft, den Schädel des Tieres zu durchdringen. Das würde jedoch nur gelingen, wenn man sich unbemerkt und ganz dicht anschleichen konnte. Vater hatte ihm genau erklärt, wie so etwas durchzuführen war und wo er Nanuq treffen musste.

»Allerdings hast Du nur einen Versuch. Danach holt Dich der Bär. Ganz sicher. Sieh also zu, dass Du eine gute Fluchtmöglichkeit hast. Wenn nicht, lass es besser bleiben«, hatte auch Großvater ihn eindringlich gemahnt.

Akiak hatte keinen blassen Schimmer, wie er das in der offenen Einöde anstellen sollte, musste sich aber etwas überlegen, denn die baldige Konfrontation war unausweichlich. Der Nordmann überdachte seine Situation aufs Neue und kam nach langem Grübeln zu dem Schluss, dass nicht nur er, sondern auch *der große Wanderer* durch irgendeine Laune der Natur hierher verschlagen wurde.

Vielleicht aber war es gar keine Laune, sondern etwas anderes, denn in den vergangenen Jahren zeigten sich viele Küstenstreifen Grönlands während der Sommertage sogar in grünem Kleid mit blühenden Wiesen. So etwas hatten auch Vater und Großvater nicht erlebt. In ihren Geschichten war jedenfalls nie die Rede von solchen Bildern. Die Welt war zweifellos im Wandel. Akiak hatte keine Ahnung, ob das auch auf andere Teile der Erde zutraf. Sollte das nicht überall so sein, dann veränderten sich zumindest die polaren Gebiete. Nun trafen beide, der nordische Jäger und Nanuq, die sich sonst instinktiv aus dem Wege gingen, aufeinander und jeder würde entschlossen um das eigene Leben kämpfen. Welcher Gott sich das ausgedacht hatte, vermochte er beim besten Willen nicht erklären und versuchte es so zu nehmen, wie es war. Akiak ging davon aus, dass er den Bären durchaus besiegen konnte und noch einige Zeit auf seiner neuen Heimat durch das Nordmeer treiben würde. Von daher überlegte er sich, die Scholle in seinen Besitz zu nehmen und taufte sie nach einigem Überlegen auf den Namen *Eisland*. Folgerichtig war er auch der Schamane und verantwortlich für alles, was hier passierte. Das Leben hatte ihm eine Aufgabe gestellt und die musste er jetzt lösen. Ganz sicher würden ihm seine Ahnen zusehen und stolz auf ihn sein, wenn er einen weißen Pelz als warme Unterlage in seine Höhle legte. Und wie sehr würde ihn sein kleiner Sohn bewundern, wenn er das gefährliche Abenteuer überstanden hatte und von der erfolgreichen Jagd erzählte. An diesem belebenden Gedanken richtete er sich auf und bereitete einen Angriff auf den Bären vor. Keinesfalls würde er auf eine Attacke des Riesen warten. Akiak konnte jedoch nicht wissen, dass die Dinge für ihn sehr bald ganz anders laufen würden.

Als er aus seinem Dämmerschlaf erwachte, kroch er langsam ins Freie. Windstille, bittere Kälte und weiterhin tiefe Finsternis. Es würde noch drei Wochen dauern, bis die ersten Sonnenstrahlen über den Horizont krochen und den grimmigen Winter mit ihrem lang erwarteten Licht beenden würden. Akiak ging an die Eiskante und fand nach einer Stunde, was er gesucht hatte. Er legte sich auf den Bauch und untersuchte die steile Packeiswand, bis er auf halber Höhe über der Wasserlinie eine kleine Einbuchtung entdeckte. Zwar würde es sehr gefährlich sein, sie zu erreichen, aber wenn das Meer ruhig blieb, könnte er sich gegebenenfalls hier vor dem Bären verstecken, denn Nanuq könnte ihm niemals dorthin folgen. Er würde unweigerlich ins Meer stürzen. Akiak begann mit seinem Spaten eine kleine Treppe ins Eis zu graben und wäre dabei fast selbst ausgerutscht und in die eiskalten Fluten gestürzt, als er für einen Moment das Gleichgewicht verlor. Zuletzt aber gelang sein Vorhaben und bald saß er in seiner geräumigen Fluchtburg, war stolz, eine weitere Hürde überwunden zu haben.

»Du musst noch die Leuchtpistole aus dem Schlitten holen«, sagte Akiak zu sich selbst und erinnerte sich, dass er sie mitsamt der Munition unter dem Sitz verstaut und noch nicht in seine Höhle geschafft hatte.

Der Rückweg nach oben auf die Eisscholle blieb zwar gefährlich, war aber über die neue Treppe einigermaßen gut zu bewältigen. Und dann nahm das Unheil wie aus dem Nichts seinen Lauf. Als der Eismann einigermaßen nachlässig auf seinen Motorschlitten zuging, hörte er zunächst nur ein undefinierbares Geräusch in der Dunkelheit, hob den Kopf und erschrak, als er sah, dass Nanuq in etwa zweihundert Metern Entfernung auf ihn zugerast kam. Der Nordmann riss sein Gewehr von der Schulter, legte an und traf das Tier mehrmals am Körper, nicht aber am Kopf. Unbeeindruckt der blutenden Schusswunden rannte der Bär unvermindert weiter auf ihn zu. Akiak blieb keine Zeit zum Nachladen. Er musste hier weg und lief los. Er sprang über den noch immer tief im Schnee stecken-den Motorschlitten, spürte, wie das brüchige Eis unter ihm krachte, stürzte, verlor die Waffe, sprang auf und rannte auf die Treppe an der Eiskante zu. Nanuq war inzwischen ziemlich dicht hinter ihm, lief ebenfalls auf das Schneemobil zu und erinnerte sich offenbar nicht mehr daran, dass er noch wenige Stunden zuvor genau diesen Bereich gemieden hatte. Das Gewicht des Fahrzeugs und das des Bären zusammen überschritt die Tragfähigkeit des fragilen Eises, sodass es plötzlich einmal laut krachte. Sogleich öffnete sich eine etwa zehn Meter breite Spalte, die den Bären, den Schlitten, aber auch des Jägers Gewehr in einem Sekundenbruchteil verschlang. Wenig später stand Akiak vor dem schwarzen Abgrund. Wasser. Nichts als schwarzes, eiskaltes, schäumendes Meereswasser. *Der große Wanderer*, aber auch der Motorschlitten war in der schwarzen Tiefe versunken. So plötzlich, wie sie gekommen war, schien die Gefahr auch schon vorüber. Wenn es auf *Eisland* keinen weiteren Bären gäbe – und davon ging der Jäger aus – konnte er sich jetzt sicher fühlen und frei bewegen. Bald aber erkannte der Inuit, dass er trotz allem nicht nur gewonnen hatte, denn das Fleisch des Bären stand ihm nicht mehr als Nahrungsquelle zur Verfügung und die Leuchtpistole war ebenfalls weg. Er ahnte, dass für ihn durch diese einerseits glückliche Fügung auch neue, sehr erhebliche Probleme entstanden waren.

Die Tage vergingen langsam. Akiak lag oft und lange gut getarnt in unterschiedlichen Verstecken, hoffte, dass sich Vögel auf ihren Reisen in den Süden auf seinem eisigen Floß niederließen, um zu sich vor ihrem gefährlichen Weiterflug über das offene Meer nach Kanada zu erholen. Ihm waren noch der Bogen seines Vaters und zwanzig Pfeile geblieben, um Beute zu erlegen. Das Schießen war dabei die kleinere Sorge, denn den Umgang mit der Waffe hatte er seit seinen frühesten Kindertagen immer und immer wieder geübt, bis er ein wirklich ausgezeichneter Schütze war, der es im Wettkampf leicht mit den erwachsenen Jägern aufnehmen konnte. Was ausblieb, war jagdbare Beute. Vor allem an der Eiskante legte er sehr immer wieder lange Wanderungen zurück. Aber so weit er auch sehen konnte, es bewegte sich nichts. Dazu kam das launische Wetter, das den baldigen Wechsel der Jahreszeit ankündigte. Noch immer war es dunkel und die eiskalten Winde peitschten Eissplitter durch die Luft, die einem ungeschützten Menschen die Haut vom Körper reißen konnten. In diesen Stunden musste er in seiner Höhle bleiben, da er sich auch als erfahrener Inuit leicht hätte verlaufen, vielleicht der Eiskante zu nahe kommen und ins aufgewühlte Meer stürzen könnte.

So allein in der Dunkelheit seiner Behausung dachte er mit leisem Lächeln häufig an Nuka. Seine immer verständnisvolle Frau hätte ihn niemals von der Jagd oder etwas anderem abgehalten. An den stürmischen Tagen aber, wenn vor der Tür des Hauses wirklich nichts getan werden konnte, lockte sie ihn mit ihrer üppigen Schönheit, die Akiak über alles liebte, ins eheliche Federbett, behielt ihn für Stunden unter der Decke und verwehrte ihm die Flucht. Später dachte Akiak sich selbst bemitleidend häufig, dass die Jagd in einem wilden Sturm weniger anstrengend war. Diese Erinnerungen munterten ihn auf, machten ihm Mut, der ihm in einigen Augenblicken der letzten Tage bereits verlassen wollte.

Der Hunger begann, ihn zu quälen. Er hatte seine letzten Stücke portioniert und aß täglich weniger. Ihm wurde klar, dass er sehr bald Beute machen musste, denn irgendwann würde er zu schwach und seine Situation spätestens dann wirklich bedrohlich werden. Doch nichts passierte. Es war wie verhext und nach etwa einer Woche hatte er keine Nahrung mehr. Das kannte er. Auch das Hungern hatte er lernen müssen und erfahren, dass sein Körper gut zehn Tage ohne größere Einschränkungen funktionieren würde. Trinkwasser zu besorgen stellte kein Problem dar. Er trug zwei flache Aluminiumflaschen unter der Kleidung, die er ständig mit Eis füllte. Die Wärme seines Körpers sorgte für alles Weitere. Doch als bereits der zwölfte Tag ohne Nahrung vorüber war, ging es ihm wirklich schlecht. Krämpfe stellten sich ein und er begann zu halluzinieren. Nicht durchgehend, aber doch recht häufig. In einer klaren Nacht lag er einmal rücklings auf dem Eis vor seiner Höhle und schaute in den von Sternen übersäten Himmel, als ihm in der Ferne ein flackerndes Licht auffiel. Weit fort, hoch oben. Es schlängelte sich in wunderbaren türkisgrünen Farben durch die Atmosphäre. Das kannte der Nordmann zu genau und hatte es schon so oft bewundert, denn es war keine Einbildung. *Arsarnerit*, das grönländische Wort für Nordlichter. Das Wort bedeutet etwa *die mit dem Ball spielen*. Eine uralte Inuit-Sage berichtete, dass es immer dann erscheint, wenn die verstorbenen Seelen mit kahlen Walrossschädeln spielten. Akiak stellte sich dieses Spiel vor und malte sich aus, wie das wohl aussehen sollte. Als das Licht erlosch, sah er zum Mond, der in seiner vollen Pracht auf der anderen Seite des Himmels leuchtete, als ginge es um das letzte Leuchten im Universum. Manche Angakkuit unternahmen Flüge dorthin, um von der Strahlkraft des Mondmannes zu trinken. Die alten Schamanen erzählten, dadurch vermochten sie einer unfruchtbaren Frau zu einem Kind verhelfen.

Akiak überlegte, wie man wohl von der Erde zum Mond und zurück reisen könnte, fand aber keine Möglichkeit. Dann schlief er wieder ein. Die Wahrnehmung der Zeit verließ ihn nach und nach. Er wusste inzwischen nicht mehr, welcher Tag gerade war und wie lang er schon auf dem Meer trieb. Mehrmals meinte er, draußen auf See Lichter gesehen zu haben. Leider aber war es so, dass Schiffe dem Treibeis auswichen, um nicht gerammt zu werden. Einmal war ein Kutter ziemlich nahe. Es mochten Fischer oder vielleicht

Forscher gewesen sein, die sich - aus welchen Gründen auch immer - so dicht an das gefährliche Eis wagten. Trotzdem waren sie noch zu weit weg, als dass sie sein Winken sehen oder sein Rufen hätten hören konnten. Schmerzlich spürte er, dass er beim Ausräumen seines Schneemobils die Leuchtpistole vergessen hatte und erinnerte sich an die Worte seines Vaters, der zu ihm gesagt hatte, dass die Natur niemals einen Fehler verzeiht. Wie recht er damit hatte. Akiak hatte zusehends weniger wache Momente. Auch, wenn ihn das Bewusstsein immer wieder, jedoch nur kurz aus seiner Dämmerwelt in die Gegenwart zurückholte, verfiel er häufiger in fiebrige Träume. In den klaren Augenblicken verspürte er keinen Hunger mehr. Dieses Gefühl hatte sich längst von ihm verabschiedet. Er trank lediglich ein paar Schluck Wasser und ergab sich der körperlichen Schwäche.

Eines Morgens dann, Akiak lag ausgestreckt auf dem Eis und lauschte dem Rauschen des Meeres, das gegen die Wand seines schwimmenden Eilands schlug, zeigte sich der erste Sonnenstrahl am fernen Horizont. Rötlich glänzend und rein wie ein geschliffener Diamant bohrte sich die Helligkeit unerwartet durch die dunkle Wolkendecke und beendete den polaren Winter. Und dann traute er seinen Augen nicht. Was er jetzt sah, konnte einfach nicht sein. Aus dem flach über der Eisdecke stehenden Lichtstrahl kamen zwei Inuit auf ihn zu.

»Sollte es doch Rettung geben?«, fragte er sich.

Seine kraftlosen Beine versagten jedoch, als er aufzustehen versuchte und auch die Arme wollten nicht mehr gehorchen. Bevor Akiak ihnen zurufen konnte, standen die Jäger ganz plötzlich auch schon vor ihm. Es kam ihm schleierhaft vor, wie sie die große Distanz so schnell überwinden konnten. Dann erschrak er aufs Neue.

»Vater? Großvater? Wie kann das sein?«, fragte er und wollte ihnen berichten, was ihm widerfahren war.

Sein Vater unterbrach ihn mit mildem Lächeln:

»Reich uns Deine Hände. Wir sind gekommen, um Dir zu helfen!«

Monate später. An der Küste Neufundlands sprang ein etwa zwölfjähriger Junge zwischen den Felsen herum und suchte nach Muscheln, als sich sein Blick an einen am flachen Ufer treibenden Bogen heftete. Geschickt fischte er das Fundstück mittels eines langen Astes aus dem Wasser, setzte sich auf eine etwas höher gelegene, trockene Klippe und bestaunte die durch feinste Schnitzereien verzierte Waffe, die ihren vermutlich sehr langen Aufenthalt im Meer recht gut überstanden hatte.

»Der Bogen stammt ganz sicher aus den Polargebieten. Sieh, hier ist ein Eisbär eingearbeitet und dieses Tier wird ein Wal sein. Am besten, wir bringen das gute Stück ins Museum. Dort wird man uns sicher mehr darüber sagen können«, schlug der Vater vor, als er das außergewöhnliche Kunstwerk in seinen Händen hielt.

Der Zufall wollte es, dass ein alter Inuit als ausgewiesener Fachmann für nordische Kunst anwesend war und die geschnitzten Bildgeschichten zu lesen wusste. Doch nicht nur das. Nach einigen Minuten des Untersuchens blickte er auf und sagte:

»Ich kenne die dargestellten Geschichten gut, aber auch den erwähnten Jägern, Anarteq und Amaroq, bin ich selbst schon begegnet. Sie wohnten nicht weit von unserem Dorf, als ich noch in Grönland lebte. Es ging die Sage, dass der junge Anarteq allein mit dieser Waffe einen Eisbären erlegt hatte! Wenn Ihr nichts dagegen habt, schicke den Bogen dorthin zurück, wo er hingehört. Akiak war der damals noch kleine Sohn von Amaroq. Ich vermute, dass er den Bogen von seinem Vater erbte und vielleicht bei der Jagd verlor. Wir sollten dafür sorgen, dass er ihn zurück bekommt!«

Wochen später stand Nuka im Büro der kleinen Post und nahm erstaunt das an sie gerichtete Paket entgegen. Sie war misstrauisch und konnte sich nicht erklären, wer sie im fernen Neufundland kannte. Bald saß sie gespannt in der Dorfschule, hielt Akias Waffe in ihren Händen und bat die Lehrerin, den beiliegenden Brief vorzulesen.

Später, nachdem der Bogen wieder dort hing, wo ihn ihr Mann bei seinem letzten Aufbruch abgenommen hatte, stand sie traurig, allein und schweigend am Strand etwas abseits des Dorfes. Ruhig ging ihr Blick über das weite Meer.

»Jetzt bist Du bei Deinen Ahnen. Niemand wird mir sagen, was Dir zugestoßen ist, doch sei gewiss, dass Du als ein guter Inuit gelebt hast und die Götter sehr stolz auf Dich sind. Genau wie wir. Ich wünsche Dir alles Glück auf Deiner langen Reise durch die andere Welt.«

So blieb sie noch eine Weile stehen und vergoss ein paar stille Abschiedstränen, die in der kalten Luft sofort zu Eis erstarrten, kaum, dass sie über die Wangen kullerten.

Auf ihrem Rückweg fiel ihr nahe einer Anhöhe in einigen hundert Metern Entfernung ein ruhig dastehender Eisbär auf, der sie schon länger zu beobachten schien. Als auch sie völlig ohne Angst inne hielt und zu ihm sah, wandte sich das Tier langsam ab, schaute noch einmal zurück, als wollte er sich über irgend etwas vergewissern, ging dann aber bedächtig seines Weges. Nuka bewegte sich nicht vom Fleck und sah ihm nach. Bald war *der große Wanderer* in der eiskalten Endlosigkeit mit bloßen Auge nicht mehr auszumachen. Die polaren Farben verliefen ineinander, denn weiß ist Nanuq und weiß ist der Schnee.

The Desert Rose

Die Sonne stand bereits sehr flach über dem Horizont und tauchte den schier endlos wirkenden Himmel in ein tiefes Rot. Im Osten kroch die Dunkelheit ganz langsam über die Berge und machte das Flackern der ersten Sterne sichtbar. Ein leichter Wind lebte auf, trug die Hitze des Tages davon und schaffte Platz für etwas abendliche Kühle, die allerdings nicht wirklich erfrischte, denn der aufgeheizte Boden gab jetzt die gespeicherte Hitze ab und verdrängte die angenehmeren Temperaturen sofort wieder.

Der fast leere Greyhound, mit dem Sammy vor vierundzwanzig Stunden am Mississippi aufgebrochen und über die Mutter aller Straßen nach Arizona gekommen war, stoppte nur kurz, spuckte ihn in diesem ausgedörrten Nirgendwo aus, fuhr sofort weiter und verschwand bald, eingehüllt in eine dicke Staubwolke, in der Ferne. Sammy hatte seinen Rucksack neben sich auf den Boden gestellt und wirkte ziemlich verlassen, als er, die Hände in den Hosentaschen vergraben, auf der endlosen Straße stand. Zu sehen gab es für ihn nicht viel an dieser einsamen Kreuzung, an der die *Route 66,* die von einer aus dem Nichts kommenden und in die Endlosigkeit führenden Landstraße gekreuzt wurde. Da war eine Autowerkstatt, die sich hinter einem kleinen Motel befand, das wiederum direkt an einen Diner grenzte, dessen Name in bunten Lettern aus Neonlicht über der Eingangstür in die Nacht leuchtete, um die hier vorbeifahrenden Reisenden anzulocken. Das sollte auch nicht weiter schwierig sein, denn das *Desert Rose* war weit und breit der einzige Schankbetrieb und wer es einmal bis hierher geschafft hatte, der würde unweigerlich stoppen, um seine Reise wenigstens für einen Moment zu unterbrechen. Aus keinem anderen Grund war Sammy ausgestiegen und hoffte, dass es im Diner nicht so aussah, wie in der erwähnten Werkstatt. Wenn es dann auch noch ein sauberes Bett für ihn gab, wollte er zufrieden sein. Also steuerte er auf das leuchtende Feuerwerk über der Tür zu, trat ein und war erstaunt, dass das Restaurant bereits auf den ersten Blick sehr gepflegt, geradezu reinlich und gemütlich wirkte. Da saßen ein paar Gäste und beugten sich über die vor ihnen stehenden Teller und Tassen. Lediglich ein Mann hob für einen Moment den Kopf, betrachtete schweigend den Ankömmling, wandte sich aber sofort wieder seinem Steak zu und nahm einen Schluck aus seinem Bierglas. In einer Ecke stand eine Musikbox. Die Lautstärke war verhalten und aus den Boxen drang der Sound von *Credance Clearwater Revival*. *Have you ever seen the rain* halte in leisem Rhythmus durch den Raum. Es duftete nach frischem Kaffee und aus der Küche kam nicht nur der einladende Geruch leckeren Essens. Sammy saß inzwischen am Tresen, schaute sich noch einen Moment neugierig um, und dann kam sie durch die Küchentür. Was sich da auf ihn zubewegte, war die personifizierte Versuchung, der Albtraum eines mit dieser Schönheit verheirateten, eifersüchtigen Ehemannes. Jung, blond, unglaublich attraktiv, mit verführerischem Lächeln und ebensolchem Gang. Sammys Augen klebten wie gefesselt an ihr, als er zu sich selbst sagte:

»Jetzt verstehe ich alles. In dieser Einsamkeit wurden vor allem die Kerle von den bunten Lichtern draußen angelockt, wie die Motten vom Licht und drinnen würde vermutlich jeder mehr bestellen, als er wirklich benötigte, nur, um mit dieser zweibeinigen Verführung reden zu können!«

»Hi. Ich heiße Judy. Was kann ich für Dich tun?«, wurde er unterbrochen und behielt seine spontane Antwort für sich, denn sie meinte damit ganz sicher etwas anderes, als es ihm durch den Kopf ging.

»Klar. Hast Du ein Zimmer für mich?«

»Wir haben immer etwas frei. Wie lange willst Du denn bleiben?«

»Keine Ahnung. Einen, vielleicht zwei Tage. Dann haue ich wieder ab!«

»Wo willst Du hin? An die Westküste?«

»Mal sehen. San Francisco wäre interessant!«

»Darf es auch was zu essen sein?«, unterbrach Judy das Gespräch über seine Reiseziele.

Sie kannte ihn nicht und von daher wollte sie keinesfalls den Eindruck vermitteln, ihn aushorchen zu wollen.

»Sehr gern. Ein Steak und ein kühles Bier wäre gut!«

Zwanzig Minuten später waren alle Gäste gegangen und er beobachtete Judys wiegenden Schritt, als sie mit einem Tablett auf ihn zukam, dass Essen abstellte und sich einfach zu ihm setzte.

»Judy, *The Desert Rose*«, sagte Sammy halblaut vor sich hin.

»Wenn Du es so sehen willst«, gab sie zurück, war aber sichtlich angetan von diesem Vergleich.

»Hat dieses Nest auch einen Namen? Ich meine, es ist ja kein richtiger Ort, aber trotzdem muss man doch jemandem erklären können, wie er hierher finden kann!«

»In den umliegenden Countys spricht man von der *Desert Rose Junction*. Das kennt praktisch jeder!«

»Kann ich mir vorstellen und sie kommen alle wegen des kühlen Bieres?«

Judy lehnte sich zurück und beobachtete ihn. Sie wartete ab, was ihr Gast gleich noch vom Stapel lassen würde. Eine kurze Pause trat ein.

»Das Licht draußen leuchtet derart in der Weite, dass es auch Aliens anlocken würde!«

»Und wenn schon. Sofern sie bezahlen, sind sie herzlich willkommen!«

Sie zog langsam an ihrer Zigarette, beobachtete ihn genau und machte sich so ihre ganz eigenen Gedanken über den einsamen Tramp. Er gefiel ihr, stellte sie für sich fest. Sah sehr gut aus und hatte eine entspannte, besonnene Art.

»Rauchst Du?«, fragte sie.

»Manchmal«, erwiderte er und zog einen Joint aus der Jackentasche, den sie zusammen auf der Veranda vor dem Eingang durchzogen.

»Gibt es auch einen *Mr. Desert Rose*?«

»Klar. Mein Mann Rick. Er schraubt noch drüben in der Werkstatt. Der Chevi vom Sheriff ist kaputt. Aber lass Dich nicht von ihm erwischen. Wenn er Dich mit mir so sieht, bringt er Dich gleich um!«

»Ich habe ihm doch nichts getan. Ich kenne ihn nicht einmal!«, sagte Sammy gleichgültig.

»Er braucht keinen Anlass. Seine Eifersucht reicht ihm aus!«

»Und wie reagiert er auf die Gäste, die Dich ganz sicher und unablässig anstarren, als wärest Du aus einer anderen Welt?«

»Am Wochenende ist hier immer richtig was los. Da kommen die Trucker aus allen Richtungen und die Cowboys von den Ranches, um etwas Ablenkung zu haben. Dann steht er den ganzen Abend hinter der Theke und lässt niemanden aus dem Auge. Mich nicht und auch keinen Gast!«

»Und wenn ein Fremder ..... «

»Du brauchst nicht weiter zu fragen. Wenn Du ein paar Tage länger bleibst, wirst Du es schon erleben!«

»Wieso?«

»Na ja. Zu später Stunde wagt sich immer wieder der eine oder andere übermütige Trunkenbold hinter dem Gestrüpp hervor, um mich anzubaggern!«

»Ich vermute mal, dass Du dann ganz unschuldig bist?«

Judy sah ihn einen Moment schweigend an. Diese direkte Art gefiel ihr. Offensichtlich ließ er sich von ihren Erzählungen überhaupt nicht beeindrucken und vermutlich wollte er gar nichts von ihr. Damit aber wäre er der Erste und das glaubte sie nun auch wieder nicht. Sie überlegte sich, ihn eingehend zu testen. Bald nahm Judy sein leeres Bierglas, stand auf und wollte in die Küche gehen. Dabei stützte sie sich kurz auf seine Schulte, strich ihm ganz beiläufig mit einem Finger durch die Haare und entfernte sich mit wiegenden Hüften. Nach ein paar Metern drehte sie sich um und stellte fest, dass Sammy ihr nicht wie all die anderen Möchtegernheroes hinterher glotzte. Als wäre überhaupt nichts gewesen, saß er da und sah in die warme dunkle Nacht. Ignoriert zu werden, konnte Judy allerdings auch nicht so recht vertragen und nahm sich vor, diesem   Lonesome Rider zu gegebener Zeit eine kleine Lektion zu verpassen.

Sammy hingegen hatte ihre Absichten sehr wohl registriert. Bestätigte sie doch tatsächlich den ersten Eindruck, den er von ihr hatte.

»Hey, Rick. Ich kenne Dich noch nicht, aber ich verstehe Dich trotzdem. Deine Schönheit ist ein echtes Früchtchen. Mit der hängst Du wirklich am Ende des Tampens«, dachte er sich.

Ihm war klar, dass sie ihren Köcher bereits füllte, um noch weitere Pfeile auf ihn abzuschießen. Doch was sie auch anstellen würde, er wollte vorbereitet sein.

Bald aber stand er auf und ging in sein Zimmer, das Judy für ihn inzwischen hergerichtet hatte. Beim Betreten des Raumes kam ihm ein angenehmer Zitronenduft entgegen. Als er im selben Moment das Licht einschaltete, staunte er nicht schlecht, wie ordentlich und aufgeräumt es um ihn herum war und wie geschmackvoll selbst ein Motelzimmer eingerichtet sein konnte.

»Sie mag ein kleines, freches Aas sein, aber eine ordentliche Hausfrau ist sie ganz sicher. In dieser staubigen Einöde einen sauberen Diner und eine solche Unterkunft zu betreiben, war ganz bestimmt nicht leicht«, überlegte er, schaute sich aufmerksam um und gestand sich ein, dass er diesen Teil an ihr wirklich mochte.

»Mit Judys Äußerem, ihrem bedenklich kurzen Rock und dem weiten Blusenausschnitt die Kunden anzulocken, war das Eine. Die ganz sicher testosterongesteuerten Schmeißfliegen der Straße von ihr abzuhalten, das Andere und für Rick sicherlich keine leichte Aufgabe«, dachte Sammy, als er frisch geduscht auf seinem Bett lag, dem Zirpen der Grillen lauschte und bald in einen tiefen Schlaf fiel.

Am nächsten Morgen kroch er zeitig aus den Federn und schlenderte entspannt über den Hof. In großen Kübeln waren bunte Blumen gepflanzt, die herrlich blühten und an denen trotz der Hitze kein einziges verwelktes Blatt zu sehen war. Alles äußerst gepflegt, die Wege von der Straße zu den Gebäuden gefegt und aus dem Diner waberte eine angenehme Wolke frischen Kaffeegeruchs über die Veranda.

»Guten Morgen. Gut geschlafen?«, rief ihm Judy mit ihrem freundlichem Lächeln entgegen.

»Wie in Abrahams Schoß«, gab Sammy zurück. Er musste sich zwingen, möglichst entspannt zu wirken und seinen Blick von ihr zu lösen.

Sie trug lediglich eine hautenge Jeans, ein paar bequeme Sneakers und ein weißes T-Shirt. Trotzdem fesselte sie seine Aufmerksamkeit. Ihre blonden Haare wehten in der leichten Morgenbrise und ihr Lachen raubte ihm fast den Verstand, als sie auf ihn zukam und eine Tasse Kaffee reichte.

»Komm mit rein. Wir frühstücken gerade und ich möchte Dir meinen Mann vorstellen!«

Als Sammy durch die Tür trat, sah er Rick zum ersten Mal und würde diesen Moment so schnell nicht mehr vergessen. An dem runden Tisch in der Mitte des Gastraumes saß ein Mann, der ihn stark an *Clint Estwood* erinnerte. Groß, stark, smart, gut aussehend. Ein freundliches Lächeln, aber auch einen festen, entschlossenen Blick. Sammy verstand nach nur wenigen Sekunden alles viel besser. Nur so ein *Dirty Harry*-Typ konnte das Zeug haben, eine Frau wie Judy zu faszinieren und an sich zu binden. Ihm war klar, dass jeder, der sich seiner Frau zu weit annäherte, einen gefährlichen Weg betrat. Rick war offensichtlich ein echter Gegner für all jene, die sich ihm in den Weg stellten.

»Ich bin Rick«, stellte er sich freundlich lächelnd vor und gab Sammy mit kräftigem Druck die Hand.

»Judy hat mir von Dir erzählt«, sagte er kurz und bohrte seinen Blick in das Gesicht des Tramps.

»Sammy«, gab dieser kurz zurück, erwiderte den männlichen Händedruck, hielt den unbeweglichen Blicken stand und dachte nur kurz darüber nach, ob seine Frau ihm wohl auch von ihren kleinen Annäherungsversuchen am Vorabend erzählt hatte, ohne wirklich ernsthaft eine Antwort zu erwarten.

»Du bist einer von den wenigen Gästen, die länger als eine Nacht bleiben«, eröffnete Rick das Gespräch, als sie zu dritt am Tisch saßen.

»Wann ziehst Du weiter?«

»Morgen!«

»Und wo geht es hin?«

»Vermutlich San Francisco!«

»Was arbeitest Du?«

»Eigentlich alles, was anfällt und Geld bringt. Ich kenne mich aber ganz gut mit Autos aus!«

»Hört sich interessant an. Hast Du Lust, mir in der Werkstatt zu helfen. Ich habe einiges an Arbeit und könnte etwas Hilfe gut gebrauchen!«

»Ich weiß nicht so recht«, warf Sammy ein, sah zu Judy und ahnte, dass sein Bleiben gefährlich werden könnte. Auch, wenn er Rick sehr sympathisch fand und nicht daran interessiert war, ihm in den Rücken zu fallen, vermochte er sich ein leise aufkommendes Interesse an Judy nicht zu verschweigen.

»Ach, komm. Nicht lange zögern. Ein Zimmer hast Du, zu essen bekommst Du auch und zwanzig Dollar Tageslohn dazu!«

»OK. Aber nächste Woche verschwinde ich«, sagte Sammy nach nur kurzem Überlegen, denn das Geld konnte er wirklich gut gebrauchen.

Er musste nur zusehen, dass er die Chefin nicht zu dicht an sich heranlassen würde. Vor allem nicht, wenn sie allein wären. Judy beobachtete ihn unablässig, spielte aber die rührselige Frau, kümmerte sich um ihren Mann, versorgte den Gast, räumte später den Tisch ab und widmete sich ihrer Arbeit, als eine Stunde später die ersten Gäste kamen. Sammy sah sich wenig später beim Ölwechsel unter einem Dodge wieder und quasselte angeregt mit Rick.

»Du solltest Deine Frau auch mal an die Werkstatt lassen!«

»Nein, besser nicht. Dann würde hier zwar alles blitzen, aber ich fände keinen einzigen Schraubenschlüssel wieder!«

»Das ist ein gutes Argument!«

»Ich fühle mich ganz wohl in diesem Schmutz und die Kunden sind zufrieden!«

»So soll es sein. Mich stört es auch nicht. Wer schraubt, muss das bisschen Schmutz ab können!«, sagte Sammy und drehte das Radio etwas lauter.

Die Arbeit viel ihm beileibe nicht schwer. Alles nur kleine Sachen und mit Rick war ein gutes Auskommen. Aus diesem Blickwinkel hatte er eine nette und finanziell lukrative Zeit vor sich. Der Tag verging, am Abend, gleich nach dem Essen, saß Sammy wieder auf der Veranda und unterhielt sich mit Judy, während Rick immer bis spät in der Werkstatt herumbastelte. Dieser Tage baute er sich einen älteren Ford Mustang auf, der ihm seine gesamte Freizeit raubte.

»Dein Mann ist sehr sympathisch und gut aussehend«, sagte Sammy und sog an seinem Joint, um ihn anschließend an Judy weiterzugeben.

»Ja und in seine Autos verliebt!«

»Männer sind so«, erhielt sie als Antwort.

»Soll er. Ich halte ihn nicht auf. Hier draußen gibt es ohnehin nichts anderes zu tun, als zu arbeiten und den Laden in Ordnung zu halten!«

»Fahrt Ihr denn niemals weg?«

»Nein. Das geht nicht. Einer muss immer hier sein. Ich würde auch gern mal an die Westküste und Urlaub machen, aber jetzt ist es, wie es ist. Vielleicht wird es später einmal klappen!«

»Hast Du Lust, Morgen mit dem Jeep in die Wüste hinauszufahren?«, fragte sie nach einer kleinen Weile.

»Warum?«

»Um wenigstens mal für einen Moment Abwechselung zu haben!«

»Und was sagt Rick dazu?«

»Der ist nicht da. Er muss mit dem Pickup los und Ersatzteile kaufen. Er wird erst Übermorgen zur Mittagszeit zurück sein. Hier draußen fährst Du nicht mal eben um die Ecke. Hier dauert alles etwas länger!«

»Aber trotzdem«, wollte Sammy einwenden.

»Musst ihm ja nichts sagen. Wir fahren doch bloß ein bis zwei Stündchen zu den Dünen dort hinten, rauchen ein wenig, trinken etwas und schwatzen miteinander!«

Sammy sagte nichts. Saß einfach da, schaute in die Ferne und schwieg. Wohl wissend, was ihr Angebot für sie alle drei bedeuten konnte. Ohne weiter auf ihre Frage einzugehen, stand er bald wortlos auf und ging in sein Zimmer. Judy hatte zu keinem

Zeitpunkt eine Antwort erwartet. Sammys Schweigen sagte ihr alles und so blieb sie noch einen Moment völlig entspannt allein auf der Veranda.

»Hast Du mal einen Moment?«, kam Rick am nächsten Vormittag auf ihn zu.

»Klar. Was gibt es?«

»Ich muss heute Nachmittag mit dem Pickup los und komme erst Morgen wieder. Vielleicht kannst Du in den Abendstunden meine Frau unterstützen und hinter der Bar aushelfen?«

»Kann ich durchaus, aber es sind doch immer nur wenige Gäste da!«

»Irrtum. Heute ist Wochenmitte. Da brauchen die Cowboys aus der Gegend etwas Ablenkung und Alkohol. Mittwochs ist hier immer ganz schön Trubel!«

»Mach ich gern. Du kannst Dich auf mich verlassen!«

»Na ja. Ganz so einfach ist es nun doch nicht, denn wenn die ersten Desperados erst mal stramm sind, können sie ihre Hände oft nicht stillhalten!«

»Was meinst Du?«

»Judy!«

»Ah, ich verstehe. Wenn es Randale gibt, rufe ich den Sheriff!«

»Das macht keinen Sinn. Bis der hier ist, geht die Sonne längst wieder auf. Hier regeln wir das besser sofort und selbst!«

»Du meinst … ?«

»Genau. Wenn sich einer von denen zu weit hinter dem Busch hervorwagt, ziehst Du ihm eins über. Oder hast Du damit ein Problem?«

»Mach Dir keine Sorgen. Ich komme aus dem Süden. Da habe ich schon so manchem Seemann über die Reling geholfen!«

»Das wollte ich von Dir hören und sei nicht zimperlich, denn die sind es auch nicht. Den ersten Rabauken zerlegst Du gleich richtig, dann werden es sich die anderen doppelt überlegen!«

Nachmittags sprach Sammy mit Judy über den Abend und was Rick zu ihm gesagt hatte.

»Er ist halt tierisch eifersüchtig und tut so, als könnte ich nicht selbst auf mich achten. Andererseits ist seine Sorge um mich auch wieder lieb, meinst Du nicht?«

Als die Sonne fast untergegangen und Rick schon längst auf Achse war, stand Sammy das erste Mal wie ein echter Keeper hinter der Bar und putzte Gläser. Geradeso, wie er es in den alten Hollywood-Western immer gesehen hatte. Die Ärmel hochgekrempelt und eifrig bei der Arbeit, allerdings nur so lange, bis Judy kam.
»Was machst Du da?«, wollte sie in erbostem Ton wissen.
»Siehst Du doch. Barkeeper müssen das machen!«
»Barkeeper müssen das machen«, äffte sie ihn mit reichlich schnodderiger Gestik nach.
»Mag ja sein, aber nicht in meinem Diner. Wenn Du Dich mal umgesehen hättest, wäre Dir sicherlich aufgefallen, dass hier alles picobello ist. Dazu gehören auch die Gläser. Also, hör auf damit. Das beleidigt mich!«
Sammy wagte es nicht, auch nur ein weiteres Glas aus der Vitrine zu nehmen, so heftig war der noch immer im Raum schwebende und in seinen Ohren dröhnende Vortrag.
»Mein Gott, ist die empfindlich«, dachte er sich.
Und als hätte sie seine Gedanken lesen können, dröhnte die nächste Salve hinter ihm los.
»Du kannst denken, was Du willst. Ich rate Dir allerdings, es bloß nicht zu äußern!«
Unausgesprochen waberte eine gefährliche Drohung durch den Salon, die ihn mächtig einschüchterte und für Sekunden hilflos dastehen ließ, als wäre er ein beim Klauen erwischter Schuljunge.
»Friedenspfeife?«, sagte er plötzlich, drehte sich um, setzte sein freches Grinsen auf und hielt zwei Joints in den Händen.
Er wusste inzwischen nur zu genau, dass Judy seinen Frechheiten nicht wirklich widerstehen konnte und es auch nicht wollte. Wenig später saßen sie zusammen auf der Veranda, rauchten und schwatzten über alles mögliche. Die vorangegangene Gardinenpredigt war längst vergessen. Gegen zwanzig Uhr füllte sich der Laden. Die Stille der Wüste wurde von lauten Motorengeräuschen

unterbrochen und der bis zum Horizont reichende Parkplatz füllte sich rund um das *Desert Rose* mit Pickups, Jeeps, Traktoren und einigen Motorrädern. Der weithin sichtbare Neonschriftzug und die vielen Fahrzeuge vor dem Diner ließen noch einige Trucks stoppen, sodass es für Judy und Sammy tatsächlich viel Arbeit gab. Nachdem die Meute verwegener und verwegenster Cowboys gefüttert war, floss der Alkohol in Mengen. Aus der Jukebox dröhnte unaufhörlich Countrymusik, die jeder kannte und die in schrägem Gesang von einigen Gästen lautstark begleitet wurde. Hinderliche Stühle rückte man kurzerhand beiseite, schaffte sich eine Tanzfläche und dann tobte sich die ganze Bande aus.

»Wie lange halten die das durch«, wollte Sammy wissen.

»Wenn wir beim Morgengrauen nicht die Bremse ziehen, sind die kommende Woche noch hier«, rief ihm Judy durch den Krawall zu.

»Aber die müssen doch Morgen arbeiten?«

»Die denken jetzt an alles, aber gewiss nicht an ihre Arbeit!«

Gegen Mitternacht kam das, was Rick vermutet hatte. Dazu musste er aber auch kein Prophet sein, denn Judy trug mal wieder sehr knappe, kurze Jeans und eine ebensolche, halb geöffnete Bluse. Sammy hatte schon einige Zeit die stieren Blicke eines fetten Bikers aufgenommen, der die Wirtin nicht unbeobachtet ließ, bis er ihr, als sie mit einem Tablett Biergläser an ihm vorbeiging, mit der flachen Hand kräftig auf den wohlgeformten Hintern klatschte. Völlig entspannt stellte Judy die Getränke ab, drehte sich um und schmierte dem Typen eine, die sich gewaschen hatte. Das erregte Aufsehen und einige der Gäste drehten sich zu den beiden um. Der bärtige Easy Rider hätte es vermutlich mit der Ohrfeige auf sich beruhen lassen. So aber, von vielen Blicken in den Mittelpunkt der Veranstaltung gezerrt, war es für ihn eine Frage der Rockerehre, sich nicht von einer Frau derart blamieren zu lassen. Also stand er auf und pölkte Judy mit irgendwelchen schmutzigen Schimpf- worten an. Sammy hatte die wilde Aggression dieses Typen sofort wahrgenommen und Judy wich zwei Schritte zurück, wohl wissend, dass es für sie jetzt gefährlich wurde und sie Hilfe benötigte. Rick konnte sich auf Sammy verlassen. Das hatte er ihm versprochen und ein gegebenes Wort galt. Noch bevor der bärtige Riese in seiner dämlichen Bikerkutte auch nur einen Schritt auf Judy zugehen konnte, packte Sammy ihn an seinen langen Haaren, zog ihn mit einem mächtigen Ruck zurück.

»Lass das lieber sein. Das geht für Dich nicht gut aus. Es wird wohl das Beste sein, Du hievst Deinen prallen Hintern auf Dein verrostetes Eisenschwein vor der Tür und machst Dich sofort aus dem Staub!«

»Was bist Du denn für einer«, war das Letzte, was an geordneter Sprache aus dem bärtigen Mund genuschelt wurde, denn Sammy hämmerte seine Rechte urplötzlich und wuchtig gegen das Kinn des Bikers, der noch seine Fäuste zu ballen versucht hatte, und schlug einen linken Haken auf dessen Leber. Bewegungslos sackte dieser vornüber und verabschiedete sein vom Alkohol ohnehin reichlich eingetrübtes Bewusstsein für einige Minuten. Zusammen mit einigen Gästen legten sie ihn vor seinem Motorrad ab, mit dem er nach dem Aufwachen unauffällig davon fuhr. Als die Party kurz vor Morgengrauen zu Ende ging, war er jedenfalls nicht mehr da.

Pünktlich um acht Uhr öffnete Judy den Diner nach nur kurzem Schlaf, bediente die ersten Gäste und erledigte ohne Murren oder Klagen ihre tägliche Arbeit. Sammy kroch erst am späten Vormittag aus den Federn, trank im bereits wieder sauberen und ordentlich Gastraum einen Kaffee, dachte darüber nach, dass er an diesem Morgen eigentlich weiterfahren wollte, ging dann aber in die Werkstatt und schraubte für einige Stunden an einem alten Chevi. Bis zum Nachmittag hatte er Judy nur ein paar Mal über den Hof laufen sehen, aber bis auf ein paar Worte nach dem Aufstehen nicht mehr mit ihr gesprochen. Um fünfzehn Uhr dreißig kam sie mit einem Kaffee und einem Donut in der Hand zu ihm.

»Na, mein großer Retter. Hast Du Hunger?«, fragte sie.

»Das ist nett. Ich hätte jetzt auch gleich Feierabend gemacht und wäre herübergekommen!«

»Rick hat vorhin angerufen. Er kommt erst Morgen wieder. Der Pickup muss zunächst repariert werden. Er hat wohl ein auf der Straße umher laufendes Rind überfahren!«

»Hast Du ihm von gestern erzählt?«

»Klar. Ist ein ordentlicher Kerl. Auf ihn kann ich mich verlassen«, hat er über Dich gesagt.

»Stimmt«, war meine Antwort.

»Alles schön und gut. Aber eigentlich wollte ich heute weiter«, warf Sammy ein.

»Ein Tag früher oder später. Was macht das schon?«, antwortete Judy und beobachtete ihn genau.

»Heute Abend mache ich pünktlich zu. Wenn Du magst, könnten wir mit dem Truck ein Stück weit in die Wüste hinausfahren. Dort hinten bei den Hügeln haben wir das *Desert Rose* gut im Blick und sind doch mal raus hier. Wir könnten ein Picknick machen, etwas trinken und danach eine Deiner Zigaretten rauchen!«

Dann ließ sie ihn mit seinen Gedanken für einen Moment allein.

»Aber wenn Du weiter willst, fahre ich halt allein!«

Sammy grübelte und sagte zunächst kein Wort.

»Danach! Was meint diese kleine Hexe mit diesem Wort?«

Er sah auf, sah sie an und erkannte nur zu gut ihre Provokation. Wenn er heute nicht weiter zöge ... er ließ diesen Gedanken unvollendet in seinem Kopf verhallen. Und dann kam ihm eine Idee. Tatsächlich könnte er sehen, was Judy wirklich vorhatte. Dass er auch tags darauf weiterziehen konnte, stimmte auffallend. Was sollte ihm schon passieren? Er hatte sich ja im Griff und außerdem genoss er Ricks Vertrauen.

»Also gut«, sagte er.

»Dann mache ich mich Morgen auf!«

Judy sah ihn völlig entspannt an, als hätte sie diese Antwort erwartet, drehte sich um und ging zum Haus.

»Mist«, dachte Sammy.

»Vielleicht .....! Ach, was soll es auch«, sagte er leise vor sich hin, freute sich auf einen Abend in der Einsamkeit mit einer solchen Frau, fürchtete aber im selben Moment Ricks Eifersucht, der doch fest auf ihn baute und ihm vertraute.

Die Fahrt durch die nächtliche Wüste dauerte gerade mal eine halbe Stunde, als der Weg anhob und in eine kleine Hügelkette führte. Judy kannte dort einen besonderen Platz, von dem man tatsächlich einen wunderbaren Blick in den sternenklaren Himmel, aber auch in die Endlosigkeit der Wüste hatte. Das *Desert Rose* leuchtete verlassen in einiger Entfernung, schien aber trotzdem sehr nah zu sein.

»Ist das nicht ein herrlicher Ort?«, fragte Judy, indem sie einen Korb voller Leckereien auspackte und sich auf einen großen, flachen Felsen setzte.

»Unglaublich. Bist Du häufiger hier?«, wollte Sammy wissen und kam zu ihr.

»Viel zu selten, aber immer allein. Du bist übrigens der erste, den ich hierher mitgenommen habe!«

»Das ist mir eine besondere Ehre. Womit kann ich das bloß wieder gut machen?«

Judy reagierte nicht auf seine Worte, packte aber den Korb aus und wenig später saßen die zwei auf ihrem Olymp, futterten, was das Zeug hielt, bestaunten die Umgebung und quasselten ohne Unterlass. Später rauchten sie entspannt Sammys Friedenspfeifen und hatten ihren hellen Spaß.

»Ich habe mich noch gar nicht für Deine Hilfe gestern Abend bedankt«, sagte Judy irgendwann.

»Warum? Wegen dieses besoffenen Bikers? Ist doch kaum der Rede wert. Der hat doch danach geschrien, eins an die Backen zu bekommen!«

»Ich hatte Dir das gar nicht zugetraut. Der war Dir körperlich weit überlegen!«

»Absolut nicht. Der war nur größer und fetter als ich und genau deshalb war er mir unterlegen. Behäbig, viel zu massig, absolut ausrechenbar. Für einen trainierten Kämpfer stand er da, wie ein Baumpfahl!«

»Willst Du mir damit sagen, dass Du ein trainierter Kämpfer bist?«, fragte Judy neugierig und fand das Thema offensichtlich spannend, denn sie wusste eigentlich nichts weiter von ihm.

Sammy verschwieg ihr, dass er in den dunklen Vierteln von New Orleans aufgewachsen war, in einer Gang auf der Straße gelebt und von Kindheit an mit einem Bein im Knast gestanden hatte, ohne wirklich einmal eingefahren zu sein. Sie erfuhr auch nicht, dass er viel von einem alten Boxer gelernt hatte, um auf den Straßen der

Großstadt zu überleben und dass er schon als kleiner Junge die familiäre Geborgenheit verließ, um den Schritt in die Schattenwelt zu wagen. Er verschwieg ihr auch, dass er auf der Flucht war, denn sowohl die Polizei als auch eine der verfeindeten Gangs waren hinter ihm her, weil er einem Verräter fast den Garaus gemacht hatte, da dieser ein dubioses Geschäft, das Sammy mit ihm abwickeln wollte, auffliegen ließ. Er hatte den Kerl zur Rechenschaft gezogen, in einer Seitenstraße fürchterlich verprügelt und einfach liegen lassen, als seine Freunde zufällig um die Ecke kamen. Ein Zurück würde es für Sammy nicht mehr geben. In New Orleans vergaß und verzieh man nicht. Die *Westcoast* schien ihm das richtige Ziel, als er sich auf und davon machte. Weit weg und voller neuer Möglichkeiten. Dass er für den Moment im *Desert Rose* gestrandet war, konnte ihm eigentlich nur recht sein, denn nirgends war er sicherer, als hier draußen in der Dunkelheit.

»Ich will Dir gar nichts erzählen. Ich habe den blöden Hund umgehauen. Das war es, was man von mir erwarten durfte und gut ist es!«

An dieser Stelle war er kurz angebunden, wie viele Männer. Ein Wesenszug, den sie mochte und der in diesem Moment besonders gut zu Sammy passte. Das aber reizte sie umso mehr, ihn doch noch irgendwie aufs Glatteis zu locken. Sie wusste auch schon genau, wie sie das anstellen würde, denn Judy kannte die Klingelknöpfe, die sie bei Männern zu drücken hatte.

»Aber Rick vertraut mir und was wird er in seiner Rage mit mir anstellen, wenn er Wind davon bekommt?«, sagte er, als sie sich über ihn beugte.

»Nichts wird er tun, denn er erfährt nichts!«

»Du bist ein Aas!«, kapitulierte Sammy zuletzt.

»Genau. Und Du bist jetzt leise!«

Später im Motel kroch Judy zu Sammy ins Bett, kuschelte sich an ihn, nachdem sie das Licht ausgeschaltet hatte. Durch das offene Fenster wehte der leise Wind. Beide lauschten den Zikaden und sagten kein Wort. Dann, nach einigen Minuten unterbrach Judy die Stille.

»Was hältst Du davon, wenn Du ganz hier bleibst?«

»Wie soll das gehen? Du bist verheiratet!«

»Das werde ich auch bleiben, aber vielleicht magst Du trotzdem bleiben!«

»Und als was?«

»Als Angestellter meines Mannes. Er mag Dich. Er wäre ganz bestimmt einverstanden!«

»Und wir zwei?«

»Gerade deswegen sollst Du ja bleiben. Wir müssen es nur geschickt anstellen!«

Dieses Gespräch wühlte ihn auf. Er konnte sich nicht vorstellen, wie das funktionieren sollte. Lange dachte er darüber nach, lauschte Judys leisem Atmen. Irgendwann fielen ihm aber die Augen zu. Am nächsten Morgen erwachte Sammy allein in seinem Bett und konnte sich beim besten Willen nicht erinnern, wann er das letzte Mal so tief und entspannt geschlafen hatte. Bald saß er bei einem Kaffee im Diner und freute sich, wenn Judy ihn mit Augenzwinkern bedachte. Immer wieder tauchten Bilder des vergangenen Abends vor ihm auf und entlockten ihm ein leichtes Grinsen.

»Nächste Woche gehe ich. Dann fahre ich weiter!«, sagte er zu sich selbst und beantwortete damit schweigend Judys Frage.

Rick kam mittags zurück, begrüßte seine Frau und drückte auch Sammy die Hand. Als sie zusammen gegessen und er seine Erlebnisse berichtet hatte, fragte er Sammy, ohne mit seiner Frau gesprochen zu haben, ob er nicht doch noch etwas bleiben könnte.

»Ich hatte Dich ja schon einmal gefragt. Mein Angebot gilt nach wie vor. Die Werkstatt bekommt in den nächsten Wochen eine Menge Aufträge und ich kann Deine Hilfe gut gebrauchen«, erklärte er.

»Eigentlich wollte ich bald in Kalifornien sein!«

»Lass es uns einfach versuchen. Wenn Du gehen willst, gehst Du«, bot Rick an.

»OK. Wenn es denn so sein soll«, gab Sammy innerhalb kurzer Zeit zum zweiten Mal nach und fürchtete fast, dass er hier niemals wegkommen würde.

Völlig entspannt erhob sich Judy von Ihrem Platz, räumte den Tisch ab und pfiff für alle hörbar ein kleines Lied vor sich hin.

»Na warte, Du kleines Biest. Das bekommst Du zurück«, lachte Sammy entspannt in sich hinein.

Die Männer gaben sich die Hand und besiegelten so ihre Vereinbarung.

»Wenn Du wüsstest«, dachte Sammy, dem ein Schauer über dem Rücken lief, als Rick ihm auf die Schulter klopfte und freundlich ins Gesicht lachte.

Andererseits war es ihm auch ein Stück weit egal, denn er spürte, dass er Judy mochte, auch wenn sie moralisch nicht unbedingt das zu sein schien, was man als sattelfest bezeichnen würde. Den ganzen Abend war von der Bar aus zu beobachten, wie sie mit vielen der Gäste kokettierte. Von daher war es nicht unbedingt verwunderlich, dass es immer wieder zu Konflikten wie tags zuvor kam, und dass Rick aufpasste, wie ein Höllenhund.

Die zwei Männer waren den Nachmittag über in der Werkstatt beschäftigt, derweil Judy die Tagesgäste bediente und alles in Schuss hielt. Sammy hatte den Rausschmiss des Vorabends längst vergessen, als sein neuer Chef auf ihn zukam.

»Erzähl mir doch noch mal genau, was gestern los war. Judy hat zwar schon darüber berichtet, ich würde es aber gern nochmal genauer aus Deinem Munde hören«, sagte Rick.

Sammy fasste die Ereignisse zusammen und schilderte haarklein den Ablauf von vorn bis hinten.

»Was war das für ein Biker? Konntest Du seine Kutte erkennen?«

»Nein. Nicht wirklich. Es war voll und es ging alles sehr schnell!«

»Dann beschreibe ihn mir doch mal so, wie Du ihn für Dich wahrgenommen hast.«

»Er war einen glatten Kopf größer als ich, wog locker hundertzwanzig Kilo, lange, fettige Haare, einen Bart bis auf die Brust. Na ja, und was diese Typen so an Klamotten tragen. Lederjacke, Jeans, Stiefel. Die sehen doch alle gleich aus.«

»Neulich war schon mal so ein Kerl da. Der hatte aber eine Augenklappe.«

»Das stimmt. Fast hätte ich es vergessen. So ein Ding hatte der Blödmann von gestern auch.«

»Das erklärt so einiges«, sinnierte Rick, der mit nachdenklichem Blick in die weite, staubige der Wüste starrte.

»Kennst Du den?«

»Nein, nicht näher. Wie ich schon sagte. Der Typ war letzte Woche schon einmal hier.«

»Nun gut. Jetzt hat er eine Abreibung bekommen und wird sich nicht mehr sehen lassen«, gab Sammy zurück.

»Genau das Gegenteil wir der Fall sein. Der wird ganz gewiss wiederkommen. Er hat Judy nicht einfach so angebaggert. Bei seinem ersten Besuch fiel sie ihm einfach nur auf und gestern wollte er sie dann für sich haben.«

»Du meinst, der hätte sie mitgenommen?«

»Vielleicht. Ganz sicher aber wird er nicht locker lassen. Das ist in diesen Gangs so. Die sehen etwas und beanspruchen es für sich. Zumindest versuchen sie es.«

»Aber sie ist doch Deine Frau.«

»Das interessiert diese Leute nicht. Die machen ihre eigenen Regeln und Gesetze.«

»Vielleicht sollten wir den Sheriff informieren!«

»Nein. Lass mal. Das machen wir allein. Da brauchen wir keine Hilfe. Du behältst das einfach für Dich. Kein Wort zu Judy oder jemand anderen. Sei Dir aber im Klaren. Der will nicht nur meine Frau, sondern auch Dich.«

»Meinst Du wirklich, der will sich noch eine Ladung abholen?«, sagte Sammy völlig emotionslos.

»Wo kommt der Kerl eigentlich her?«, wollte er anschließend noch wissen.

»Aus einem der benachbarten Counties. Genau weiß ich das auch nicht. Ein Kunde hatte mir vor einiger Zeit etwas von diesen Banden erzählt.«

»Wie kommt es eigentlich, dass Du in der Lage bist, einen solchen Riesen mit nur zwei Schläge umzuhauen?«, fragte Rick mit echtem Respekt.

»Wenn Du das Feuer nicht magst, solltest Du nicht in die Hölle gehen«, gab Sammy monoton zurück, beendete das Gespräch, wich der allzu neugierigen Frage aus und wandte sich seiner Arbeit zu.

Rick sah ihm einen Moment nach und vermochte ihn noch nicht richtig einzuschätzen. Dass dieser Tramp nichts über sich erzählen wollte, respektierte er. Zuletzt war es auch egal, denn offensichtlich konnte er sich auf ihn verlassen und nur das zählte hier draußen. Sammy könnte es sich leicht machen, in dem er einfach in den nächsten Greyhound stieg und seine Reise fortsetzte. Das aber machte er nicht. Feige war er noch nie gewesen.

»Warum tut er das? Warum haut er nicht einfach ab? Dass er hier sein Auskommen verdient, kann nicht der einzige Grund sein«, fragte sich Rick, überlegte kurz, fand aber keine Erklärung und machte sich dann ebenfalls an die Arbeit.

Als es bereits dämmerte, verließ er die Werkstatt, ging hinüber in die große Garage, fuhr den Tieflader heraus und rollte den kleinen Bagger auf den Anhänger. Dann raunte er etwas mürrisch:

»Sag Judy, dass ich zum Abendessen wieder zurück bin. Ich denke, es wird zwanzig Uhr werden!«

Ohne sich umzudrehen oder eine Antwort abzuwarten, stieg Rick in den Sattelzug, startete den Motor, fuhr um die Werkstatt herum und abseits der Straße hinaus in die endlose Wüste. Sammy hatte keine Ahnung, was da gerade passierte. Das schien ihm letztlich auch egal. Er suchte Judy, um ihr die Nachricht ihres Mannes auszurichten, ging in den Diner, fand sie aber wenig später im Motel, als sie gerade sein Zimmer in Ordnung brachte.

»Ich weiß nicht, was er da draußen vorhat. Das sagt er auch niemandem. Also frage ich erst gar nicht «, sagte sie zu Sammy, lachte ihn an, ging auf ihn zu und zog ihn ins Zimmer, um sogleich die Tür hinter sich abzuschließen. Dass Judy nur zu genau wusste, warum Rick mit schwerem Rüstzeug aufgebrochen war, verschwieg sie. Soweit kannten sich die Drei noch nicht und von daher musste ihr Adonis aus New Orleans auch nicht erfahren, was hier wirklich lief. Auch er stellte keine Fragen, ließ sie gewähren, verdrängte alle moralischen Zweifel und sagte sich:

»Es ist eben so, wie es ist. Und ganz ehrlich. Es ist nicht schlecht. Absolut nicht!«, als er die unbekleidete, frivole Schönheit vor sich auf dem Bett liegen sah.

Gegen halb neun saßen sie wieder am Tisch und Rick verlor tatsächlich kein Wort darüber, was er in der Einöde ausgebaggert hatte. Er verhielt sich völlig normal, erzählte in seinem fast immer freundlichen Ton über alles Mögliche, scherzte und ließ sich von überhaupt nichts stören. Sammy aber betrachtete ihn sehr aufmerksam und war sicher, dass auch dieser kumpelhafte Typ ein zweites, ein anderes *Ich* in sich trug. Er sollte auch sehr bald erfahren, dass er sich bei seinen Beobachtungen und Überlegungen tatsächlich nicht getäuscht hatte. Judy versorgte die Männer und gab sich so, als wäre tagsüber nichts Besonderes gewesen. Auch sie schwatzte ohne Unterlass und brachte ihre zwei Jungs mit allerhand schräger Erzählungen ständig zum Lachen.

»Was ist das nur für ein seltsames Paar! Sie hintergeht ihren Mann, während dieser irgendwo mit dem Bagger herumbuddelt, und er sagt überhaupt nichts von dem, was er so treibt. Ob er wohl ahnte, dass Judy mit ihm spielt?«

Sammy wurde nach wie vor nicht wirklich schlau aus ihrer seltsamen Zweisamkeit. Vielleicht hätte er sich auch später keinen Reim darauf machen können, wenn nicht der nächste Samstag gewesen wäre, der ihn in einen tiefen, düsteren Abgrund zweier menschlicher Seelen blicken ließ und sein Leben völlig auf den Kopf stellen sollte. Während der Jahre auf den Straßen von New Orleans hatte er vieles gesehen und ihm war längst klar, dass unsere Welt keinem Mädchenpensionat glich. Doch musste er lernen, dass, auch wenn man schon ganz tief unten angekommen war, es durchaus noch weiter bergab gehen, noch dunkler und noch kälter werden konnte.

Besagter Samstag begann aber erstmal wie jeder andere. Tagsüber herrschte völlig normaler Betrieb. Einzelne Reisende machten im *Desert Rose* eine Pause, Judy wuselte geschäftstüchtig überall herum, die beiden Männer schraubten zumindest am Vormittag noch in der Werkstatt und quatschten miteinander über dieses und jenes. Eine Stunde vor Mittag allerdings erhob sich Rick erneut wortlos, holte abermals den Tieflader hervor und verlud jetzt die kleine Planierraupe, mit der er sich in die gleiche Richtung aufmachte, wie tags zuvor mit dem Bagger, der inzwischen wieder fein gesäubert an seinem Platz stand. Zu gern hätte Sammy gewusst, was das alles sollte, was es da draußen erst zu buddeln und jetzt zu planieren gab. Trotzdem hielt er den Mund. Pünktlich zum Essen rollte der Truck begleitet von einer dicken Staubwolke wieder auf den Hof, allerdings ohne die Raupe. Das Gespann ließ Rick entgegen seiner sonst so pingeligen Aufräumwut diesmal fahrbereit vor der Halle stehen, was Sammy noch mehr ins Nachdenken brachte. Nachmittags und zum frühen Abend hin wurde dann der Ansturm der Cowboys vorbereitet. Ricks Worten zufolge sollte es am Wochenende noch wilder werden, es würde mehr getrunken, getanzt und vermutlich auch gerauft. So war es dann auch. Das Theater begann so richtig gegen acht Uhr. Es war die Hölle. Die Drei waren vollauf beschäftigt, all die Gäste zu versorgen. Judy geizte mal wieder nicht mit ihren Reizen, in dem sie auch an diesem Abend ihre kurzgeschnittenen, hautengen Jeans und die leicht durchsichtige, bis zum Bauchnabel aufgeknöpfte Bluse trug. Sie provozierte ein paar Trunkenbolde mit frechen Sprüchen, schlug ihnen wiederholt auf die gierigen Finger und hielt die Jungs permanent zum Trinken an, um den Umsatz ordentlich zu steigern. Es war etwa vier Uhr am Morgen, als auch die letzten Gäste verschwanden und die Drei sich ans Aufräumen machten. Nach einer halben Stunde rollten dann plötzlich Motorräder auf den Hof. Als wäre es abgesprochen, warf Judy ihrem Mann einen wissenden Blick zu und nickte stumm.

»Du hattest recht«, sagte sie anschließend.

»Man erkennt seine Schweine am laufenden Gang!«, antwortete Rick.

Sammy hatte die Sache mit dem Biker längst vergessen, wurde durch das Motorengeräusch aber sofort daran erinnert.

»Wie viele sind es?«, wollte Rick jetzt wissen.

»Zwei«, antwortete Judy, die einen Blick aus dem Fenster warf.

»Wie immer?«, fragte sie wortkarg nach einem kurzen Moment.

»Wie immer!«, gab Rick trocken zurück.

Sammy verstand nur Bahnhof. Was ist wie immer? Mit fragendem Blick schaute er die beiden an, erhielt jedoch keine Antwort.

»Soll ich das klären?«, mischte er sich nun ein.

»Dein Eifer in allen Ehren. Mir ist klar, dass Du auch zwei von diesen Knalltüten umhaust. Nein. Wir beenden das hier und heute ein für alle Mal. Wenn Du die Blödmänner da draußen verprügelst, haben wir nächste Woche die ganze Horde hier!«

»Du hast gewusst, dass sie heute kommen würden?«

»Es war zu erwarten«, antwortete Rick.

Sammy beobachtete ihn und sah, dass da plötzlich ein ganz anderer, wild entschlossener Kerl vor ihm stand, mit dem in diesem Moment nicht wirklich gut Kirschen essen war. Nichts mehr zu erkennen, von diesem freundlichen Kumpel, der immer ruhig und gelassen daher kam.

»Jungs, die Party ist vorüber. Wir haben schon dicht gemacht!«, sagte Judy, die inzwischen völlig selbstsicher auf der Veranda stand und sich entspannt an einen Balken lehnte.

»Das ist prima«, sagte der Typ, der neulich neben seinem Motorrad aufwachen musste.

»Dann kannst Du ja aufsteigen und mitkommen. Ich zeige Dir dann, wie schön es bei uns ist. Vorher schickst Du mir aber die Plattnase von neulich noch raus. Der hat noch was gut bei mir!«

Sammy fühlte sich angesprochen, räusperte sich einmal kurz und ging vor die Tür.

»Na, Dickerchen. Funktioniert es im Oberstübchen wieder oder muss ich Deine Rumsmurmel noch einmal zurechtrücken. Kannst die dämliche Schwuchtel neben Dir gleich mitbringen. Der sieht aus, als wäre er nicht rechtzeitig zum Pinkeln von seinem knatternden Mülleimer gestiegen!«, lachte er ihnen provozierend entgegen.

Die zwei Schergen ballten bereits die Fäuste und gingen auf Sammy zu, als Rick plötzlich herauskam.

»Geh zur Seite«, raunte er Sammy halblaut aber energisch und extrem entschlossen an.

Seine Worte duldeten keinen Widerspruch. Mit zwei Schritten ging er geräuschlos ein Stück nach rechts.

»Ihr habt genau eine Minute Zeit, Euch aus dem Staub zu machen, ihr kastrierten Minnesänger. Sattelt einfach Eure verrosteten Kisten und dann geht es heimwärts zu Mutti!«, wies Rick die Biker an.

»Wenn Du glaubst, wir hauen hier ab, ohne unsere Dinge erledigt zu haben, hast Du Dich schwer getäuscht. Die Mieze kommt mit und lernt bei uns erst mal ein paar richtige Kerle kennen. Du wirst sehen, die hat Dich schnell vergessen. Na ja. Und den halben Hahn neben Dir massakrieren wir noch etwas, bevor wir gehen. Wenn Du uns also machen lässt, hast Du persönlich nichts zu befürchten. Andernfalls geht Deine Bude noch heute in Flammen auf!«, sagte Sammys Prügelopfer der vergangenen Woche und zog ein langes Messer aus dem Gürtel, um sich auf die Veranda zuzubewegen.

»Wie immer?«, fragte Judy.

»Wie immer!«, sagte ihr Mann.

Sammy starrte Rick an, sah zu Judy und dann wieder zu Rick.

»Wie immer? Was bedeutet das?«, fragte er jetzt neugierig.

Was dann geschah, raubte ihm den Atem. Das würde er sein Lebtag nicht mehr vergessen und ganz sicher einmal seinen Enkelkindern erzählen. Wie aus dem Nichts, völlig emotionslos und kaltblütig hob Rick eine schussbereite Schrotflinte, hielt sie mit beiden Händen in Hüfthöhe, wartete einen Moment und drückte ab. Die zwei vor ihm hatten keine Chance, sich vielleicht doch noch davonzumachen. Sie fielen um und regten sich nicht mehr. Auf dem Boden liegend verteilte sich ihr Blut, dass aus den vielen Schusswunden in ihren Bäuchen hervorquoll und sogleich im Sand versickerte. Gelassen ging Judy zu den Toten und stieß sie mit dem Fuß an.

»Die sagen nicht mal mehr piep!«

Minuten später kam Rick mit dem Tieflader.

»Pack mal mit an«, forderte er Sammy auf und bald lagen sowohl die Motorräder als auch die Leichen auf der Ladefläche.

Langsam passten die ersten Puzzleteile in seinem leicht wirren Kopf zusammen. Sein Boss hatte den heutigen Verlauf während der vergangenen Tage geahnt und den Truck bereits am Nachmittag bereitgestellt, um genau in diesem Moment zügig agieren zu können.

»Wie abgebrüht«, dachte er sich und hatte keine Ahnung, dass sich ihm innerhalb der nächsten Stunde das ganze Bild offenbaren würde.

Rick startete den Motor, forderte Sammy zum Einsteigen auf und fuhr in die Nacht hinaus, ohne während der Fahrt auch nur einen Ton von sich zu geben. Nach etwa dreißig Minuten hielt er mitten im Nirgendwo an und stieg aus.

»Komm, es gibt Arbeit«, sagte er, machte den Suchscheinwerfer an und leuchtete auf eine tiefe Grube, in der nach wenigen Augenblicken die Motorräder und ihre toten Besitzer verschwanden. Anschließend kam die bereitstehende Planierraupe zum Einsatz. Der Aushub war schnell in die Grube gefahren und der ganze Spuk schneller vorüber, als er begonnen hatte.

»Nimm mal die Motorsäge und hau die beiden Bäume da vorne um«, sagte Rick kurz angebunden und rangierte das Baufahrzeug auf den Tieflader. Anschließend verankerte er die Stämme des Strauchwerks mit einer Kette hinter jeweils einem Hinterrad des Sattelzuges, drehte ein paar enge Runden um das zugeschüttete Erdloch und fuhr dann wieder zum Motel.

»Jetzt gibt es vom Sattelzug keine Reifenspuren mehr. Am Morgen wird es ohnehin windig. Dann findet niemand noch irgendetwas Verdächtiges«, erklärte Rick.

»Weißt Du denn noch die genaue Stelle?«, wollte Sammy wissen.

»Nein. Warum auch. Ist doch völlig unnötig. Die Idioten sind weg und damit ist es gut. Die machen keinen Ärger mehr!«

Judy hatte inzwischen vor dem Diner alles verdächtige beseitigt, Rick säuberte noch seinen Fuhrpark und stellte alle Fahrzeuge an ihren Platz. Als es schon hell war, tranken die Drei noch einen Whiskey.

»Kein Mucks zu irgend jemandem, hast Du verstanden?«

»Klar«, sagte Sammy unaufgeregt und beobachtete, wie sich sein Chef aufmachte, um endlich ins Bett zu gehen.

Für Judy gab es in dieser Nacht keinen Schlaf, da der Diner bald wieder geöffnet werden musste. Als sie sicher war, dass ihr Mann fest schlief, kroch sie zu Sammy ins Bett, sorgte dafür, dass sich seine Gedanken wieder beruhigten und kuschelte sich danach in seine Arme.

»Darf ich Dich was fragen?«

»Selbstverständlich«, sagte Judy.

»Eines ist mir an der Geschichte noch nicht klar. *Wie immer* bedeutet was?«

»Nun. Die Wüste ist endlos weit. Da draußen ist sehr viel Platz!«

»Soll das etwa heißen ...«, weiter kam er nicht.

»Pssssst. Jetzt wird geschlafen«, sagte sie zu ihm, küsste ihn und verschwand dann aus seinem Zimmer.

»Wo bin ich da nur hineingeraten. Auf keinen Fall kann ich hier bleiben. Nächste Woche fahre ich endlich weiter«, waren die letzten Gedanken, bevor er in einen tiefen Schlaf fiel, ohne zu ahnen, dass er sich mit seiner umgehenden Abreise erneut geirrt hatte.

Drei Tage später tauchte der Sheriff auf, öffnete die Tür, kam zum Tresen und nahm Platz.

»Guten Morgen«, wurde er freundlich begrüßt.

»Hi, Judy. Einen Kaffee bitte«, sagte der Polizist.

»Ist denn Dein Mann da?«

»Ja, in der Werkstatt. Soll ich ihn holen?«

»Das wäre nett!«

Minuten später stand Rick hinter dem Tresen.

»Was gibt es?«, fragte er.

»Wir haben einen Vermisstenmeldung!«

»Wer ist denn verschwunden?«

»Zwei Motorradfahrer!«

Der Sheriff warf immer nur Brocken herüber und achtete sehr genau darauf, was und wie ihm geantwortet wurde.

»So?«, gab Rick, der das Spiel bereits erkannt hatte, wortkarg zurück und wartete nun den nächsten Schachzug ab.

»Ja. Sind seit drei Tagen weg!«

»Und was kann ich dabei tun?«

Der Sheriff sah ihn prüfend an und versuchte herauszubekommen, ob man in diesem Diner doch mehr wusste.

»Vielleicht waren die Typen hier. Am Samstag ist hier doch immer was los!«

»Stimmt. Wie sahen sie denn aus?«

»Na ja, wie diese Freaks halt aussehen. Kutte, lange Haare und so!«

»Keine Ahnung. Trucker, Biker, Cowboys. Es war zu voll, als dass ich darauf hätte achten können. Habt Ihr was gesehen?«, richtete sich Rick an Judy und Sammy.

Die beiden schüttelten ihre Köpfe und verneinten die Frage.

»Das ist komisch«, kam es jetzt vom Polizisten, der weitersprechen musste, weil niemand reagierte.

»Sie wollten nämlich zu Euch!«

»Ja, und?«, fragte Rick gleichgültig und gelassen.

Er hatte es mit Bedacht vermieden, irgendwelche Alternativen, dass sie vielleicht woanders hingefahren sein können oder Ähnliches, anzudeuten, denn genau das war es, worauf der Polizist die ganze Zeit aus war. Judy kannte das Spiel ebenfalls. Sie hielt einfach den Mund und Sammy hatte längst begriffen, wo hier die Fallgruben waren.

»Eines ist aber komisch. Vor einigen Jahren war doch schon einmal so etwas. Da waren es ein paar Mexikaner, die hier auf einer Farm arbeiteten, ins *Desert Rose* wollten und dann einfach nicht wieder auftauchten!«

Das war es nun, worauf Rick gewartet hatte.

»Wie habe ich das zu verstehen?«, fragte er gespielt ärgerlich nach.

»Wollen Sie uns da etwas unterstellen? Was können wir dafür, wenn die Leute hierher kommen wollen, ihren Weg verlassen und verschwinden? Wo sollen sie in dieser Gegend überhaupt hin? Entweder sie arbeiten oder sie kommen zu uns. Etwas anderes gibt es ja nicht.«

»War nur so ein Gedanke«, sagte der Sheriff, der selbst merkte, sich zu weit aus dem Fenster gelegt zu haben, denn schließlich hatte er nicht einmal einen konkreten Verdachtsmoment.

Es war nie geklärt worden, wo die Mexikaner abgeblieben waren und genauso würde es jetzt auch mit den Motorradfahrern sein.

Durchaus möglich, dass die sich aus den Fängen ihres Chapters befreien wollten, das *Desert Rose* als Fahrziel benannt hatten und klammheimlich nach Kalifornien oder sonst wohin fuhren.
»Nichts für ungut. Wollte ja nur mal nachfragen. Wenn Ihr was hört, gebt mir bitte Bescheid«, sagte er beschwichtigend, stand auf und verschwand.

Die Zeit verging. Sammy erfuhr in den folgenden Monaten, dass sein Leben absolut nicht so verlief, wie er es sich bei seiner Ankunft in diesem Motel vorgestellt hatte. Die Liebe zu Judy hatte ihn immer wieder davon abgehalten, doch noch nach Kalifornien weiterzureisen und so blieb er im *Desert Rose* hängen, schraubte über Jahre in der Werkstatt und fragte sich, ob Rick wenigstens für sich in Erwägung zog, dass er seine Frau mit ihm teilte. Immer wieder wollte er sich *nächste Woche aufmachen*, getan hat er es aber nicht. Judy gefiel der Luxus, sich zwei Männer gleichzeitig zu leisten, genoss ihr Leben und ihre sonderbare Moral, sofern man ihr Verhalten so nennen konnte. Jahre später ging es dann abwärts mit dem Diner, dem Motel und der Werkstatt. Alles begann mit Ricks Krankheit. Er hatte wohl zu viel geraucht, sich die Lunge kaputt gemacht und wurde plötzlich Herzkrank, bis er dann eines Tages nicht mehr aufwachte. Ein Infarkt hatte ihn während des Schlafes den Garaus gemacht. Dazu kam, dass unter der Präsidentschaft Eisenhowers begonnen wurde, die *Route 66* durch ein vierspuriges Highwaysystem zu ersetzen. Die neuen Interstates führten seit dem entlang oder überlagern die legendäre Straße der Träume und Verheißung, teilweise verließen sie die alte Streckenführung auch weitläufig. Für viele Geschäfte und sogar Orte bedeutete diese Entwicklung den Ruin. Das *Desert Rose* litt fortan nicht nur unter dem Straßenbau, sondern auch darunter, dass Judy langsam in die Jahre gekommen war. Die Hosen saßen schon längst nicht mehr so sexy und waren an den Beinen auch nicht mehr kurz abgeschnitten. Die ehemals sündig engen T-Shirts und die bis zum Nabel aufgeknöpften Blusen waren inzwischen eher biederen Flanellhemden gewichen. Die meisten Gäste waren in den großen Zeiten aus genau zwei triftigen Gründen in die Wüste gekommen. Einerseits, weil es kein anderes Entertainment gab und anderseits, weil Judy so war, wie sie war. Verführerisch, erotisch, ein ordentliches Stück weit liederlich, bildhübsch und ein echter Kumpel. Nun aber trafen diese Attribute nur noch sehr bedingt auf sie zu. Die Touristen, die jetzt noch auf der alten *Route* unterwegs waren, vermochten den Laden auch nicht mehr hochzuhalten, sodass Ricks Lebenswerk langsam aber sicher vor die Hunde ging. Es lag auf der Hand, dass die wilden Partys zunehmend seltener stattfanden, bis sie irgendwann ganz ausblieben. Auch die unsittlichen Übergriffe, die immer wieder zu der ein oder anderen Keilerei geführt hatten, gab es längst nicht mehr. Judys einst so heller Stern war inzwischen unverkennbar hinter dem Horizont versunken. Zuletzt sah man den ebenfalls etwas klapperig gewordenen Sammy vor der Werkstatt auf einem alten Stuhl sitzen, wie er, umgeben von einer seltsamen Sammlung unterschiedlichster Radkappen, in die ausgedörrte Ferne starrte. Oft dachte er an den Abend, als Rick so unvermittelt aus der Haut gefahren war und die Biker über den Haufen schoss. In den Jahren danach hatte er immer wieder herauszubekommen versucht, wen oder wie viele Menschen das eingespielte Ehepaar bereits abmurkste, bevor er die Bühne betrat. Es war ihm bedauerlicherweise nie vergönnt, Zugang zu diesem Teil ihres Lebens zu bekommen. Weder Rick noch Judy rückten jemals mit einem noch so kleinen Hinweis raus, sodass Sammy nur im Trüben fischen konnte. Dass die Wüste so endlos weit wäre, hatte Judy ihm damals gesagt. Wenn er jedoch dieses Schweigen als Maßstab voraussetzte, wollte er nicht wirklich wissen, wer da draußen alles im Sand vergraben war. Wann immer dieser Gedanke durch seinen Kopf waberte, bekam er Schüttelfrost und eine ordentliche Gänsehaut. Niemals hätte man den beiden derartige Abgründe ihn ihren nach außen hin doch recht zugänglichen Seelen zugetraut.

»Wir sind doch alle mehr oder weniger kleine oder große Sünder und man kann seinem Gegenüber immer nur vor die Stirn sehen«, versuchte er, eine große Decke über diese schauderhafte Geschichte zu legen, um sich wieder anderen Dingen zuzuwenden. Er beugte sich in seinem Schemel langsam nach links, entdeckte neben der Tür ein verblichenes Schild, auf dem einst grellbunte

Neonlichter das *Desert Rose* angepriesen hatten. Erneut verfiel er der Träumerei, holte längst verschüttete Erinnerungen hervor und ließ sie mit einem Lächeln auf seinen Lippen vor seinem geistigen Auge Revue passieren. Dann wurde das ihn umhüllende Vakuum der Wüstenstille unterbrochen. Aus dem Hintergrund rief Judy mit inzwischen etwas verblasster Stimme:

»Sammy, wann fährst Du denn nach Kalifornien?«

»Nächste Woche, Judy. Nächste Woche fahre ich weiter!«

Die Königin vom Prenzlauer Berg

Schon immer habe ich die unterschiedlichsten Hindernisse als eine Art Herausforderung des Lebens betrachtet und mich oftmals vergebens bemüht, sie zu überwinden. Es hier und da nicht geschafft zu haben, war im Grunde auch gar nicht so dramatisch, denn alles, was ich tue, ist immer nur ein Versuch und zumeist befand ich mich ja auch auf der Gewinnerseite. Manchmal gewinnt man und dann eben auch mal nicht. Das Leben ist schlicht und einfach so. Ganz anders verhält es sich mit Grenzen. Man reist in ein fremdes Land, zeigt an den Übergängen einfach seinen Ausweis vor und schon ist das Thema erledigt. Inzwischen scheint sich die Welt endlich ein Stück weit zu ändern, denn mancherorts gibt es nur noch grüne, und an anderen Stellen überhaupt keine Grenzen mehr. Jene, die nur aus Blumen sind, mag ich ganz besonders.

Nur ungern erinnere ich mich aber an dieses Ding, das ich während meiner gesamten Jugend von Kindesbeinen an tagtäglich vor mir sah. Es war keine Hürde oder Grenze im eigentlichen Sinn, sondern eine wirkliche Festungsmauer. Unmenschlich, widerwärtig, überaus monströs, absolut und gleichzeitig irrsinnig, geradezu aberwitzig. Das Symbol geistiger Verkommenheit des politischen Abschaums einiger bornierter Celebralzylonen auf der anderen Seite dieses Ungetüms.

Es war das Jahr neunzehnhundertsiebenundachtzig. Der Herbst war bereits weit fortgeschritten und sämtliche Bäume in Berlin von ihren Blättern befreit, sodass sich nur noch ihre nackten Äste gespenstisch in den dunklen Himmel bohrten. Spätabends stand ich allein bei nasskaltem Wetter auf der Ebertstraße, schaute über die Mauer durch das Brandenburger Tor, beobachtete das Treiben auf der Straße *Unter den Linden* und spürte, wie ich mit Feldstechern von Grenzsoldaten beobachtet wurde. Als kleine Jungs hatten wir uns früher immer einen Spaß daraus gemacht, irgendwelche Sachen auf die andere Seite zu werfen, um dann wie geölte Blitze davonzulaufen. Wir wussten damals nicht, dass uns nie jemand verfolgen würde. Spannend und unterhaltsam war es für uns Pöckse aber doch. Inzwischen war ich dreiundzwanzig Jahre alt und mein Bild über den *Sozialistischen Schutzwall* hatte sich radikal geändert. Auch wenn die vielen Touristen dieser Stadt besonders den berühmten *Checkpoit Charlie* als spannend und interessant betrachtet haben. Mich hat dieses Bollwerk und seine mehr als menschenverachtende Funktion einfach nur angewidert. Dieses Monstrum überwand niemand so leicht. Ich bewunderte die mutigen Helden, die es doch immer wieder gewagt und zuweilen glücklich geschafft hatten. Vor denen, die bei ihren verzweifelten versuchen der Republikflucht ihre Leben ließen, verneige ich mich auch heute noch zutiefst. Ihr Mut, ihre Entschlossenheit und die Bereitschaft, für ihre Freiheit nötigenfalls auch zu sterben, lässt mich seitdem vor mir selbst geradezu hilflos und klein erscheinen. Das waren wirkliche Helden. Mein Weg sollte mich in diesen Tagen nach langer Zeit wieder einmal in die andere Richtung, nämlich in die *DDR* führen. Die Familie meine Tante mütterlicherseits lebte dort und meinen Cousin Robbi habe ich vor einigen Jahren das letzte Mal gesehen. Abgesehen davon, dass man ihn mit der Namensgebung meiner Meinung nach keinen großen Gefallen getan hatte, war er ein anständiger, lebenslustiger Kerl, mit dem immer gut auszukommen war.

»Es geht auf Weihnachten zu und es ist wichtig, dass Du den Kontakt zur ganzen Familie hast. Robbi äußerte neulich am Telefon, dass er sich sehr über Deinen Besuch freuen würde«, sagte mir meine Mutter, besorgte beizeiten ein Tagesvisum für mich, drückte mir eine Woche später ein großes Paket in die Hand und los ging es.

Ich passierte am Samstagmorgen den Grenzübergang Chaussee-straße, wurde erwartungsgemäß von den Grenzsoldaten extrem misstrauisch gefilzt, das Paket geöffnet, eingehend durchsucht und nur einen Moment später war ich auf der anderen Seite. Echte Beklemmung breitete sich unvermittelt in mir aus und wieder gingen mir die Maueropfer durch den Kopf. Ich verstand einfach nicht, dass lediglich ein paar gestempelte Zettel das Unmögliche möglich machten, während die verzweifelten Seelen in Minenfeldern zerfetzt oder an Flüssen und Zäunen von Soldaten kaltblütig erschossen wurden. Diejenigen, die man auf ihrer Flucht erwischte, hatten einen langen Leidensweg in den ostdeutschen Knästen vor sich. Jene aber, die verletzt oder gesund den Westen erreichten, waren zumeist ihrer familiären Bindungen und ihrer Freunde beraubt.

»Wohin sollte eine solche Politik bloß führen? Was wollten die fetten Bonzen damit erreichen?«

Fragen über Fragen türmten sich immer wieder in mir auf, doch Antworten bekam ich nie.

»Hey, Tobi«, wurde ich plötzlich von Robbi aus meinen Gedanken gerissen.

»Ist ja super, dass Du endlich mal wieder hier bist. Lass uns hinmachen. Die anderen warten schon zu Hause«, empfing er mich lustig und munter wie immer.

Wir berichteten einander ausführlich, was sich in den vergangenen Jahren getan hatte und in der Wohnung meiner Tante folgte bis zum späten Nachmittag ein Familientreffen mit viel Essen und ausschweifender Sabbelei. Sie waren alle sehr nett und der Tag schien zunächst einen überschaubaren Verlauf zu nehmen. Doch mit dieser voreiligen Einschätzung hatte ich mich ganz und gar verzettelt.

Als es etwa fünf Uhr war, zog ich mit Robbi los.

»Wir gehen nur etwas um die Häuser. Wir bleiben aber hier in Prenzlauer Berg«, verabschiedete er uns bei seiner Mutter und zog mich aus der Wohnungstür.

»Aber vergesst nicht die Zeit. Tobias muss um Mitternacht wieder im Westen sein!«

»Geht klar«, sagte Robbi und ab ging es.

Wir klapperten ein paar Kneipen ab und fanden uns gegen sieben Uhr in einer seltsamen Spelunke wieder, die keinen Vergleich mit den Clubs im Westen standhielt, in der aber schon um diese Zeit ordentlich Betrieb war. Das Mobiliar war denkbar einfach. Uralte, unbequeme Gartenstühle, ein großer hölzerner Tresen und im Rhythmus der Musik flackernden bunte Lichter. Auf dem Plattenteller liefen die typischen DDR-Klassiker, die ich aber richtig gut fand. Als wir eintraten, spielte gerade *Karat*, dann folgten die *Phudys* und anschließend *Silly*. *Tamara Danz*, die Sängerin der Band, war für mich sowieso der absolute Hammer. Schnell lernte ich ein paar Freunde meines Cousins kennen und fühlte mich hier wirklich super. Nach etwa einer Stunde geschah dann etwas, womit ich auch in meinen kühnsten Träumen nicht gerechnet hätte. Die Eingangstür öffnete sich und herein kamen ein paar lachende Mädels. Die Tür war fast schon wieder geschlossen, als sie von außen noch einmal aufgedrückt wurde. Dann stand sie plötzlich vor mir und versprühte einen Charme, dass ich fortan nur noch Augen für sie hatte. Robbi – bekannt wie ein bunter Dackel – kannte diese Schönheit natürlich, löste sich aus dem Kreis seiner Kumpels und kam zu mir.

»Das ist Linda. Wir sind zusammen zur Schule gegangen!«

»Ach, dann ist das Dein Cousin aus dem Westen, von dem Du neulich erzählt hast?«, fragte sie mit ihrer freundlichen Stimme, reichte mir die Hand.

»Ich heiße Tobi, eigentlich richtig Tobias. Aber alle sagen nur Tobi«, beantwortete ich etwas verlegen ihre Frage.

»Also, Tobi. Tobi aus dem Westen«, begann sie mich zu necken.

Das war mir egal. Von mir aus hätte sie mit ihren halblangen, schwarzen Haaren auch nur das Telefonbuch vorlesen brauchen. Meine Blicke hingen wie gefesselt an hier und verfolgten jede ihrer Bewegungen mit größter Aufmerksamkeit. Wir kamen sofort ins Gespräch und hatten so viel zu bequatschen, dass ich kaum merkte, wie die Zeit davonlief.

»Wollen wir ein wenig spazieren gehen?«, fragte sie mich bald. »Hier drin ist es ziemlich laut!«

»Klar. Sehr gern«, gab ich zurück und schon waren wir in der kühlen Abendluft allein.

Wir gingen die verlassenen Straßen entlang, unterhielten uns über dieses und jenes, lachten, veräppelten einander, waren jung und voller Leben.

»Du musst heute wieder rüber«, sagte sie plötzlich ernst.

»Ja. Aber ich glaube, ich komme erst auf den letzten Drücker an der Grenze an!«

»Ich lasse Dich vorher auch nicht gehen!«

Wir sagten Momente lang kein Wort, sahen uns in die Augen und nach wenigen Sekunden lagen wir uns in den Armen. Was so ein Kuss in uns Menschen auslösen kann. Unbeschreiblich, denn im selben Moment war alles in unserem Leben anders. Wir hielten unsere Hände, sahen uns unaufhörlich an, redeten zunehmend vertrauter und in jedem Moment wuchs die Zuneigung. Wir mochten eine gute halbe Stunde in der kühlen Dunkelheit gestanden haben, als Robbi nach mir rief.

»Na, Ihr zwei? Was turtelt Ihr da herum!«

»Hau ab. Das geht Dich nicht nichts an«, versuchte ich, noch etwas Zeit zu schinden.

»Wenn es nach mir ginge, sehr gern. Da ist etwas anderes, was Dich sehr schnell einholt, wenn Du Dich nicht langsam bewegst!«

»Zehn Minuten noch«, sagte ich zu ihm.

»Nein. Fünf. Ich komme dann und zerre Dich weg. Du bekommst ernsthaft Probleme, wenn Du nicht in die Pötte kommst!«

Recht hatte er. Ich musste rüber. Es war schon spät und bis zum Grenzübergang mussten wir noch ein Stück gehen.

»Wann bist Du wieder hier«, fragte Linda mit traurigem Blick.

»Ich beantrage Morgen sofort das nächste Visum und versuche, für ein paar Tage kommen zu können. Wir bleiben über Robbi in Kontakt. Ich werde ganz bald wieder hier sein. Versprochen!«

»OK. Ich komme noch ein paar Meter mit. Bis dicht an die Grenze darf ich nicht, weil ich nicht zu Deiner Familie gehöre. Robbi muss Dich dann allein bis an die Kontrollstelle bringen!«

»Ja. Ich weiß. Aber mach Dir keine Sorgen. Ich kümmere mich. Es wird immer möglich sein, Dich zu besuchen. Wir wohnen doch gerade mal zehn Kilometer auseinander und ein Visum ist schnell beantragt!«

»Stimmt. Aber da ist noch eine kleine Hürde aus Beton und Stacheldraht auf unserem Weg, die man reichhaltig mit Minen garniert hat. Zehn Kilometer. So nah und doch so fern«, antwortete sie mit hängenden Schultern.

Danach ging alles sehr schnell. Auf halbem Wege zum Grenzübergang nahmen wir uns noch einmal fest in die Arme. Ich sog ihren Duft ein und prägte mir das Bild ihres lachenden Gesichts ein, denn das war das Einzige, was ich in den kommenden Tagen von ihr haben würde. Sie löste sich nur langsam aus meinen Armen, entfernte sich zögerlich und bog ganz plötzlich schnellen Schrittes um eine Ecke.

»Sie weint«, sagte Robbi.

Ich wollte noch einmal zu ihr laufen.

»Lass sie. Sie muss jetzt allein sein!«

Ich folgte Robbis Rat und wir gingen weiter.

»Das könnte etwas problematisch werden mit Euch beiden!«

»Ich weiß, aber wir werden sehen. Ich versuche, möglichst bald wiederzukommen«, antwortete ich, als wir die grell beleuchteten Grenzanlagen unmittelbar vor uns sahen.

»Ruf einfach bei mir an. Ich will versuchen, dass sie immer gegen achtzehn Uhr bei uns zu Hause ist. Alles klar?«

»Danke«, gab ich zurück und stand genau fünf Minuten vor Mitternacht wieder auf westlichem Boden.

Wie benebelt ging ich allein durch die nächtlichen Straßen Berlins. Es drehte sich alles in mir. Die Bewegung tat mir gut, Zweifel verschwanden im Nichts und irgendwann freute ich mich einfach über die Ereignisse des vergangenen Abends.

Tags darauf erklärte ich meiner staunenden Mutter, dass ich Weihnachten gern im Osten verbringen wollte.

»Was ist los. Erst fährst Du jahrelang nicht rüber und nun das?«

Ich senkte den Kopf. Wollte nicht, dass sie mich durchschaute, unterschätzte aber, dass sie meine Mutter war. Ein kurzes Schweigen trat ein.

»Wie heißt sie denn?«

»Linda!«, sagte ich.

Mutter grinste, schwieg aber weiter. Sie wartete einen Moment und dann sprudelte es aus mir raus.

»Was hältst Du davon, wenn wir beide über die Feiertage zu meiner Schwester fahren?«

»Was ich davon halte? Wie kannst Du so etwas fragen?«

»Dann musst Du wohl noch ein paar Weihnachtsgeschenke besorgen«, muntere sie mich.

»Wie, was denn?«

»Na ja, eine schicke Jeans aus dem Westen, einen hübschen Schal werden ihr sicher gefallen. Und dann noch etwas Kleines, möglichst Persönliches, was bleibt. Das überlegst Du Dir bitte selbst. Überfall das Mädchen aber nicht mit den teuren Dingen, die sie in der DDR niemals bekommen kann. Das wäre nicht fair und könnte sie schnell verletzen!«

Des Abends dauerte es tags darauf einige Minuten, bis er Robbi endlich am Telefon hatte.

»Na, da ist aber einer schnell. Erst höre ich nur sporadisch von Dir und jetzt bist Du keine vierundzwanzig Stunden fort, da hängst Du schon am Draht, Du kleiner Lumpensack. Du rufst gar nicht meinetwegen an«, frotzelte er süffisant am anderen Ende der Leitung.

»Na ja, schon. Allerdings .....«

»Ach, halt einfach die Klappe. Ich weiß doch, was los ist. Verlass Dich einfach auf mich«, unterbrach er mich mit seinem neckendem Unterton.

»Moment. Ich übergebe mal!«

»Hier ist Linda«, flüsterte eine etwas schüchterne Stimme, die in Freudentränen versank, als sie von meinem Weihnachtsvisum hörte, das mir einen siebentägigen Besuch erlaubte.

Die Feiertage kamen schnell. Mutter und ich wurden von der ganzen Familie erwartet und es war ein heilloses Durcheinander, bis sich die aufregende Begrüßung nach einigen Minuten endlich wieder beruhige. Mich hielt jedoch nichts bei dem anstehenden Familiennachmittag. Mich zog es ganz woanders hin. Robbi jedoch verhielt sich seltsam entspannt. Ich wartete auf ein Zeichen, dass wir gleich losziehen würden. Erneut in die Kneipe von neulich oder woanders hin. Doch was machte er jetzt. Saß da, stierte gierig auf den leckeren Kuchen und beachtete mich überhaupt nicht. Nervosität kam in mir auf. Linda wusste doch, dass wir heute ankommen würden. Sie saß sicherlich auch schon auf heißen Kohlen. Ich bemerkte in meiner Unruhe leider nicht, dass alle ein verstohlenes Grinsen krampfhaft zu unterdrücken versuchten. Indem ich also überlegte, wie ich meinen Cousin, dieser Verräter, in die Gänge bringen könnte, hielten mir plötzlich zwei etwas kühle Hände von hinten die Augen zu. Ich brauchte nicht zu raten. Ihr Duft hüllte mich ein, ließ Ruhe und Entspannung in mir aufkommen.

»Meine Linda«, war alles, was ich sagen konnte, bevor sie mir in die Arme fiel.

Am Abend waren wir drei dann wieder unterwegs. Robbi und Linda schleppten mich in alle möglichen Pinten. Was mir sehr gefiel, denn jeder schien hier jeden zu kennen.

»Tja. Hier ist nicht alles schlecht. Wir halten zusammen und helfen einander. Das müssen wir auch, wenn wir vorankommen wollen!«

»Ich sage nicht, dass hier alles schlecht ist. Was ich nicht gut finde, ist, dass Ihr nicht dorthin reisen könnt, wo Ihr wollt«, gab ich halblaut zu verstehen und war mir in dieser Sekunde meiner Naivität überhaupt nicht bewusst.

»Psssssst«, sagte Linda zu mir, nahm meinen Kopf zwischen ihre Hände und gab mir einen langen Kuss.

»Wir sind hier zwar unter Freunden, aber alle Leute kennen wir auch nicht und wir wissen keinesfalls, wer hier von *Horch und Guck* ist. Das könnte nämlich sehr schnell zum Problem werden«, flüsterte sie mir ins Ohr.

»Du meinst …… !«

»Ich meine. Genau!«

»Und wenn. Die könnten mich doch nicht ……«

»Nein. Dich wohl nicht. Aber Deine Familie, Robbi und mich!«

Mir wurde schlecht. Das war das Letzte, was ich wollte.

»Wie dumm von mir. Das tut mir wirklich leid«, fiel es mir wie Schuppen von den Augen.

»Ist ja nichts passiert. Wir müssen künftig nur vorsichtig sein!«

»OK. Ist notiert!«

Die Tage schmolzen dahin, wie Eis in der warmen Sonne. Weihnachten war herrlich. Linda freute sich tatsächlich über die tollen Sachen und am zweiten Feiertag trafen sich unsere Familien. Linda und ich verbrachten viel Zeit allein. Ich erfuhr, dass sie in einem Krankenhaus arbeite und erzählte ihr von meinen Betriebswirtschafts- und Fremdsprachenstudium. Bald begannen wir, Pläne zu schmieden und wussten nur zu genau, dass unsere gemeinsame Zukunft von sehr vielen Fragen begleitet sein würde. Geäußert haben wir das aber nicht. Das *Wir* störte sich an diesen Dingen nicht. Es entwickelte sich in jeder Minute und unsere Liebe wuchs schier unaufhaltsam bis in den Himmel. So jedenfalls fühlte es sich an. Als Silvester vorüber war, kam am zweiten Januar der Tag des Abschieds. Das Visum lief ab.

Auch, wenn es jedes Mal schwerfiel, entwickelte sich mit der Zeit über die alles trennende Grenze hinweg eine sehr ernsthafte Beziehung. Wir wollten beide nicht mehr voneinander lassen, wussten aber nicht, wie wir ein gemeinsames Leben aufbauen sollten. Ich beantragte weiterhin meine Visa, die man mir auch immer anstandslos ausstellte. Durch meinen regelmäßigen Grenzübertritt kannte ich bereits einige der Soldaten, die mich inzwischen zumindest freundlich grüßten, meine Sachen aber weiterhin intensiv durchsuchten. So hatte sich eine gewisse Routine entwickelt. Linda und ich gaben trotz aller politischen Widrigkeiten die Hoffnung auf ein gemeinsames Leben nicht auf. Zwischenzeitlich hatte ich überlegt, in die *DDR* überzusiedeln, verwarf diesen Gedanken aber, da ich das meiner Mutter nicht antun konnte. Auch sprach ich mit Linda über eine Flucht oder einen formellen Ausreiseantrag. Davor fürchtete sie sich aber, denn sie hatte ebenfalls Verantwortung für ihre Eltern. Also beließen wir es für den Moment dabei, wie es war und wollten zufrieden sein, da wir uns ja laufend sehen und viel Zeit miteinander verbringen konnten. Irgendwann würde sich schon der Vorhang lichten und eine Chance bieten.

Dann geschah eines Tages etwas Unvorhergesehenes, das Lindas und meine Welt von jetzt auf gleich völlig aus den Angeln hob. Ich bekam kein Visum mehr. Das *Büro für Besuchs- und Reiseangelegenheiten* versagte mir die Einreise. Wie vom Blitz getroffen und genau wissend, was das bedeutete, bat ich um Angabe der Gründe, die sie mir jedoch verwehrten. Man würde mir auch in Zukunft den Grenzübertritt auf das Staatsgebiet der *Deutschen Demokratischen Republik* verwehren, war das Letzte, was mir zu verstehen gegeben wurde, als ich das Büro verließ. Alles brach in mir zusammen. Unklar blieb, was ich jetzt tun sollte. Am Abend rief ich bei Robbi an. Die Verbindung kam zustande. Robbi hob ab, meldete sich kurz und übergab den Hörer an Linda.

»Hallo, mein Prinz«, sagte sie und ich sah ihr lachendes Gesicht vor mir.

»Hallo. Spreche ich mit der Königin vom Prenzlauer Berg?«

»Könnte sein. Was ist des Prinzen unsittliches Anliegen«, kam ihre schelmische Frage.

Dann gab es einen abrupten Knacks und das Gespräch war weg. Was immer ich auch anstellte. Die Verbindung erneut herzustellen blieb ergebnislos. Verzweiflung breitete sich in mir aus. Nach einigem Überlegen klingelte ich bei unserem Nachbarn und wollte von seinem Telefon aus telefonieren. Tatsächlich klingelte es kurz, die Leitung war aber sofort wieder weg. Erst nach einigen Tagen kam es mir in den Sinn, das die *Staatssicherheit der DDR* auf mich aufmerksam geworden sein könnte. Ein Freund hatte mich mehrfach gewarnt, dass meine ständigen Visaanträge und häufigen Telefonate dem *MfS* auffallen würden.

»Die sehen sich das eine Weile mit an und drehen den Hahn ganz einfach zu. Du wirst sehen!«, hatte er mir damals erklärt.

Genauso war es jetzt gekommen. Selbst Briefe konnte ich nicht mehr schreiben. Sie kamen alle zurück, nachdem sie zuvor geöffnet worden waren. Auch meine Mutter durfte nicht mehr zu ihrer Schwester.

»Du musst überhaupt nichts gemacht haben. Die bauen sich irgendwas zusammen, konstruieren unwahre Vorfälle oder erledigen die Dinge einfach, weil es ihnen gefällt. Da wirst Du auch keinerlei Chancen haben, etwas zu erreichen«, erläuterte mir mein Freund.

Es stimmte haargenau, was er mir gesagt hatte. Dann begann eine bleierne Zeit. Ich hörte über ein langes und einsames Jahr nichts mehr von Linda, Robbi oder der Familie. Mich quälten die Ungewissheiten, Linda fehlte mir und so oft habe ich mich gefragt, wie es ihr wohl ging. Sehr langsam lernte ich nach Monaten, mit der Situation umzugehen, spürte, wie der dumpfe Schmerz zu einer inneren Taubheit führte und versuchte mein Leben irgendwie zu leben. Was sollte ich auch anderes tun. Meine einsamen, abendlichen Spaziergänge an die Mauer und besonders zum Grenzübergang Chausseestraße hatte ich schon vor einiger Zeit beendet. Auf der anderen Seite habe ich immer wieder Robbi oder vielleicht sogar Linda zu sehen gehofft. Leider aber ohne Erfolg.

Inzwischen waren etwa fünfzehn Monate vergangen. Geräuschlos, bleiern, lähmend. Gewöhnung hatte auch in meiner Seele Einzug gehalten und ich begann mehr und mehr, die Hoffnung auf ein Wiedersehen aufzugeben. Die Tagesschau berichtete seit einiger Zeit immer häufiger von innerpolitischen Problemen in der *DDR*. Eher beiläufig nahm ich diese Meldungen hin. Es wunderte mich zwar, dass so etwas überhaupt an die Öffentlichkeit und in den Westen gelangte, maß dem aber zunächst keine größere Bedeutung bei. Von Friedensgebeten gegen das Wettrüsten in Ost und West war die Rede. Einmal stand ein Korrespondent ausgerechnet am Grenzübergang Chausseestraße und berichtete im Fernsehen ausführlich, dass man diese Gebete in der Leipziger Nikolaikirche bereits seit einigen Jahren abhielt und dass seit etwa neunzehnhundertachtundachtzig im Anschluss an die Gottesdienste vereinzelt Demonstrationen durchgeführt wurden. Das weckte schon mehr mein Interesse.

»Demonstrationen in der *DDR*. Wie mochte das aussehen? Vermutlich vom Staat gelenkt, um der Weltöffentlichkeit und besonders dem Westen so etwas wie Versammlungsfreiheit vorzuräubern«, ging es mir noch immer verwundert durch den Kopf. Glauben konnte ich das alles nicht.

Niemand, das galt auch für mich, konnte damals ahnen, dass sich die Weltgeschichte unerwartet aufgemacht hatte, den bisherigen Lauf der Dinge selbst in die Hand zu nehmen und aus seiner Bahn zu katapultieren. Klick machte es bei mir jedenfalls erst, als bei einer dieser *Montagsdemonstrationen* ein Plakat mit der Aufschrift *Für ein offenes Land mit freien Menschen* ausgerollt wurde. In diesem Moment wusste ich, dass da mehr los war, als man zunächst glauben wollte. Andere Städte schlossen sich an, die Demos weiteten sich aus und es türmte sich die Frage auf, wann der Staat massiv eingreifen würde. Doch schien es schon zu spät. Die gesamte Welt schaute bereits zu. Am elften September gab es trotzdem erste Massenverhaftungen. Auch während der Feierlichkeiten zum vierzigsten Jahrestag der *DDR*, den man heute guten Wissens als den Abgesang eines Unrechtsregimes bezeichnen kann, griffen die Sicherheitsorgane gnadenlos durch. Ausreisewellen folgten und am neunten November neunzehnhundertneunundachtzig geschah das, was niemand zu träumen wagte. Die *Deutsch-Deutsche Grenze* öffnete sich. Wie benommen vernahm ich, dass die Bürger der *DDR* sofort ausreisen durften. Das epochale Ereignis überschwemmte Berlin noch in derselben Nacht.

Ich kann mich heute nicht mehr genau daran erinnern, wann ich es wagte, in die ehemalige *DDR* zu gehen, meinen Cousin, die Familie und vor allem Linda zu besuchen. Wohl weiß ich aber, dass es nur einige Tage gedauert hatte. Ich wollte sicher sein, dass drüben nichts vom Staat Konstruiertes gegen mich vorlag und ich vielleicht doch noch eingesperrt würde. Dann fasste ich den Mut und passierte abermals die Kontrollstelle Chausseestraße mit den Händen in den Taschen. Zwar standen dort noch zwei Soldaten, die mich aber nur freundlich grüßten und unbehelligt gehen ließen. Bald klingelte ich an Robbis Tür.

»Hey. Was für eine Überraschung. Ich wollte in den kommenden Tagen auch zu Dir kommen. Warum hast Du nicht angerufen. Wir hätten uns schon früher sehen können!«

»Hab ich versucht, aber die Leitungen sind vierundzwanzig Stunden am Tag völlig überlastet«, gab ich zurück.

Wenig später saß die Familie zusammen wie früher und ich erzählte ausführlich, was sich damals zugetragen hatte. Ich erfuhr, dass die Stasi vorstellig geworden war und jeglicher Westkontakt unter Androhung weitreichender Strafen untersagte.

»Das galt übrigens auch für Lindas Familie. Niemand wusste, was überhaupt los war. Man hat uns nichts gesagt. Kein einziges Wort«, erklärte Robbi.

Dann bohrte doch wieder die alte Frage in meiner Brust, die ich mich erst nicht zu fragen traute, auf die aber jeder im Wohnzimmer gewartet hatte. Eineinhalb Jahre waren vergangen, in denen ich nichts mehr von ihr gehört hatte. Jetzt würde ich es gleich erfahren.

»Und? Wie geht es Linda?«

»Es ging ihr lange Zeit sehr schlecht. Sie drohte fast, aus dem Leben zu fallen«, deutete Robbi an und meinte damit, dass sie über den Verlust ernsthaft krank geworden war.

»Im Moment wirst Du sie aber nicht sehen können, denn sie hatte sich nach ihrer Genesung den *Montagsdemonstrationen* in Leipzig angeschlossen und ist – ausgelöst durch die unrechten Erfahrungen Eurer Trennung – für die Freiheit der Menschen auf die Straße gegangen. Angeblich wurde sie mehrmals verhaftet. Keine Ahnung, ob sie tatsächlich eingekerkert wurde. Aber wenn ja, ist sie jetzt ganz sicher wieder frei. Gehört haben wir aber schon einige Wochen nichts mehr«, berichtete Robbi.

Später ging ich bei ihren Eltern vorbei, die sich wirklich über meinen Besuch freuten und ebenfalls erfuhren, was damals passiert war. Über den momentanen Aufenthalt ihrer Tochter wussten sie aber auch nichts.

»Sie hat sich verändert, ist über die Ereignisse sehr erwachsen geworden«, erfuhr ich von ihrer Mutter.

»Ich werde ihr sagen, dass Du hier warst. Sie wird sich bestimmt freuen und bald einmal bei Dir melden!«

Es dauerte dann eine Woche, als mein Telefon klingelte.

»Hier ist Linda!«

Ich schwieg einen Moment und bekam kein Wort heraus. Es bewegte mich, sie nach langer Zeit zu hören. Die Erinnerungen erwachten in mir und machten mich sehr traurig.

»Hey. Es ist schön, dass Du anrufst«, brachte ich dann doch heraus.

»Ja, stimmt. Ich freue mich ebenfalls!«

»Ich war schon bei Deinen Eltern, aber .....«

»Leipzig. Weißt Du. Ich wollte etwas für die Freiheit tun und es ist mir, ach, was sage ich, es ist uns allen gelungen. Wir sind frei!«

So redeten wir eine ganze Zeit miteinander, wagten es aber nicht, nach unseren Empfindungen zu fragen, obwohl wir beide daran dachten.

»Ich möchte Dich sehen«, brachte ich plötzlich heraus.

»Ich Dich auch«, gab Linda zurück.

»Ich will Dir erzählen, was damals passiert ist. Zumindest, soweit ich es noch weiß«, quälte ich die mir schwer auf der Seele liegenden Worte aus mir heraus.

In diesem Moment tat alles nur noch weh. Erneut spürte ich den Verlust, den Entzug, die Verzweiflung, als wäre noch kein einziger Tag seit dem unterbrochenen Telefonat vergangen. Linda rührte sich nicht, sagte auch keinen Ton und ich schloss daraus, dass es ihr nicht besser ging. Tags darauf trafen wir uns wieder. Natürlich hatten wir uns in unserer Kneipe in Prenzlauer Berg verabredet. Unbewusst setzte ich mich auf den Stuhl meines ersten Besuches, als ich mit Robbi hier aufgekreuzt war. Wie damals ging bald die Tür auf und wieder sah ich Linda eintreten. Ein kurzes Schweigen, dann ein freudiges Lachen und schon lagen wir uns in den Armen. Sie vergrub ihr Gesicht in meiner Schulter und weinte. Ich hielt sie fest, kämpfte aber auch fast aussichtslos um meine Fassung. Nach einigen Minuten hatten wir uns ein wenig beruhigt, sahen einander an und freuten uns aufrichtig.

»Die haben mir damals kommentarlos die Einreise versagt. Ich habe nie erfahren, warum«, versuchte ich zu erklären und ihr klarzumachen, dass das nicht von mir ausging.

»Das Telefonat wurde eindeutig von den Sicherheitsorganen kontrolliert und unterbrochen«, gab Linda zurück.

»Die Stasi war bei uns und hat uns schlimme Konsequenzen angedroht, sobald wir versuchen würden, Kontakt zu Dir aufzunehmen!«

»Ich konnte es nicht verstehen«, antwortete ich hilflos.

»Ich habe zu keinem Zeitpunkt geglaubt, dass Du nicht mehr zu mir kommen wolltest. Mir war sofort klar, dass das Regime unsere Liebe nicht wollte. Meine Welt brach damals einfach zusammen. Lange Zeit war ich für nichts zu gebrauchen. Du warst nur ein paar Kilometer entfernt und doch unerreichbar«, erklärte Linda und strich mir mit der Hand durch die Haare.

»Das war bei mir nicht anders. Ich habe lange gebraucht, bis ich die Wahrheit und die Ausweglosigkeit akzeptierte. Überwunden habe ich es aber irgendwie nie so ganz!«

An dieser Stelle schwieg Linda. Ihr Blick wich mir aus. Da war etwas, was sie nicht sagen wollte. An ihrem Hals bemerkte ich jetzt die Kette, die ich ihr neben der Jeans und dem Tuch zum Weihnachtsfest geschenkt hatte. Der Anhänger war ein schlichter, aber sehr fein gearbeiteter ovaler Ring, in dessen Mitte ein kleiner Diamant funkelte. Der Ring, ohne Anfang und Ende, sollte das Symbol unserer unendlichen Zweisamkeit sein. Der feurige Stein stellte die Venus da, die wir bei unserem Spaziergang beobachtet hatten. Ich wagte nicht zu fragen, ob sie die Kette nach so langer Zeit nur für unser Treffen angelegt hatte, erinnerte mich aber zu genau, wie sehr ihr meine Metapher gefallen hatte.

»Wie ist es Dir später ergangen?«, wollte ich jetzt von ihr wissen.

»Schön, dass Du das fragst. Ich hatte mich so unfrei gefühlt, weil ich nicht einfach zu Dir kommen konnte. Dann hörte ich von den vielen *Montagsdemonstrationen*, die in verschiedenen Städten abgehalten wurden. Das war wie ein Wegruf. Ich wusste plötzlich, was ich zu tun hatte, machte mich auf und ging nach Leipzig.«

Linda berichtete noch ausführlich, wie sehr sie sich dort engagiert hatte, und erwähnte so ganz nebenbei immer wieder den Namen eines anderen Jungen, mit dem sie arbeitete und in den sie sich nach einiger Zeit verliebt hatte. Genau das war es, was sie mir zuvor nicht hatte sagen wollen, wohl aber wusste, dass sie mir das nicht verschweigen durfte.

»Versteh mich bitte. Er war da. Ihn konnte man nicht aussperren. Er verstand mich und wir wollten dasselbe, hatten das gleiche Ziel. Lange glaubte ich, Dich einmal wiedersehen zu können und wehrte mich gegen meine Empfindungen. Irgendwann aber gab ich auf«, sagte sie und sah mich flehentlich an.

»Was kann man dagegen tun? Nichts! Ganz einfach nichts!«, sagte ich möglichst verständnisvoll und spürte einen tiefen Stich in meinem Herzen, obwohl ich doch auch schon innerlich einen Schlussstrich gezogen hatte.

Es verging noch eine weitere Stunde, bis dann der Abschied kam. Wir wollten weiter in Kontakt bleiben, tauschten unsere Erreichbarkeiten aus und versprechen uns zuletzt die Freundschaft. Dann nahm sie mich in die Arme, gab mir einen letzten Kuss und ging davon. Wie angewurzelt stand ich da und sah ihr nach. Meiner Königin vom Prenzlauer Berg.

Einige Jahre später hatte ich die Chance, in der *Gauck-Behörde* meine Stasiakte einzusehen und bekam zu lesen, was ich kaum glauben konnte.

Als ich Linda damals kennenlernte, hatte ich in der Kneipe einmal davon gesprochen, dass die Menschen der *DDR* nicht dorthin reisen dürften, wohin sie wollten. Linda hatte mich gemahnt, in der Öffentlichkeit nicht so zu reden. Tatsächlich hatte ein *Inoffizieller Mitarbeiter* zugehört und die Akte über mich angelegt.

»Hetzt zur Republikflucht in das kapitalistische Ausland auf!«, war da zu lesen.

»Maßnahmen: Sofortiges Einreiseverbot auf Lebenszeit, Unterbindung sämtlicher Kontakte!«

Es dauerte dann doch einige Zeit, bis ich Linda noch einmal anrief. Auch vor diesem Telefonat war ich wieder etwas unruhig, aber voller Freude, sogleich ihre Stimme hören zu können. Ich berichtete Ihr von meiner Akte und den darin stehenden Vermerken. Danach plauderten wir noch einen Moment und bald beendete ich das

Gespräch. Bis zum heutigen Tage hörte ich nie wieder etwas von ihr. Ich weiß auch nicht, wo sie abgeblieben ist und wie es ihr wohl gehen mag. Vielleicht aber meldet sie sich irgendwann einmal, denn sie wird mich genauso wenig vergessen können, wie ich sie.

Willkommen in dieser Welt

Es war sehr leise im Haus und die Geräuschlosigkeit waberte wie ein dicker Novembernebel durch die offen stehenden Türen in alle Räume und füllte sie mit lautem Nichts. Tatsächlich glaubte Elias, dass ihn die Stille geradezu anbrüllen wollte. Er saß auf Natalies Bett, schaute um sich, betrachtete die an den Wänden hängenden Poster mit ihm gänzlich unbekannten, irgendwie schräg gestylten Heroes, für die seine Tochter in jüngster Vergangenheit geschwärmt hat. Das Zimmer sah aus, als wäre sie mal eben fort und würde gleich wieder zurück sein. In Wirklichkeit war sie bereits vor einem halben Jahr ausgezogen, wohnte aufgrund ihres Studiums zwar noch in der Stadt, allerdings in einer ziemlich bunten Wohngemeinschaft mit einigen ihrer Kommilitonen. Michaela, seine Frau, hielt den Raum in genau dem Zustand, wie er von seinem geliebten Töchterlein verlassen wurde.

»Damit sie ein Gefühl von nach Hause kommen hat, wenn sie mal vorbeischaut und beispielsweise zu Weihnachten hier schläft«, war ihre Antwort.

»Eine schöne Idee«, hatte Elias zu sich selbst gesagt und kämpfte noch immer mit seinen Emotionen, denn für ihn war Natalie viel zu schnell groß geworden.

Er erinnerte sich noch genau an seinen mittleren Seelenschock, als das fast zwanzigjährige, in seine Augen noch viel zu junge, Mädchen während des Abendessens wie aus dem Nichts sagte, ob sie ausziehen und mit ein paar Freunden zusammenwohnen darf. War das für die Mama das Normalste der Welt, schien der Papa noch längst nicht bereit, seine kleine Prinzessin in die gefährliche, kalte Welt zu entlassen. Am selben Abend hatte ihm Michaela, die ihren Gatten natürlich genau kannte, vor dem Einschlafen alles nochmals mehr als ausführlich erklärt, sodass er zuletzt nachgab und einwilligte.

»Aber ich will erst sehen, mit wem sie da haust«, war der letzte hilfloser Versuch, seine Hände doch noch schützend über Natalie halten zu können.

Es war eben so ein ganz besonderes Vater-Tochter-Ding. Anfangs besuchte er sie auch einige Male in der Wohnung, hatte beim Umzug geholfen, hier eine Lampe angebracht, dort ein Regal an die Wand geschraubt und sich im Kreise der jungen Leute sehr wohl gefühlt. Nach und nach gelang es ihm aber doch, sie ziehen zu lassen und er hatte sie jetzt, da er beruflich oft unterwegs war, schon eine ganze Zeit nicht mehr gesehen oder etwas von ihr gehört. Lediglich aus den Worten der Mutter vernahm er, dass es dem Mädchen gut ging.

Nun aber stand in einigen Wochen Michaelas fünfzigster Geburtstag an und es war an der Zeit, dass er sich mit seiner Tochter unterhielt, ob sie vielleicht gemeinsam etwas vorbereiten und die Feier besonders gestalten wollten. Das hatten beide zu früheren Anlässen schon so gemacht und bestimmt würde sich Natalie, der ihre familiären Bindungen heilig waren, darüber freuen, wenn sie diese schöne Tradition weiterhin pflegten.

Schon seit Tagen hatte Elias erfolglos versucht, in der Kommune, wie er die Wohngemeinschaft der Studenten immer nannte, anzurufen.

»Egal, wie oft ich die Nummer wähle. Da hebt einfach niemand ab«, sagte Elias zu seiner Frau, als er am Rande der Verzweiflung war.

»Die jungen Leute haben zwar einen Festnetzanschluss, der wird aber so gut wie gar nicht genutzt. Vermutlich steht das Telefon auf leise und in der Besenkammer. Versuch es doch mal über ihr Handy«, riet sie ihm.

»Habe ich auch schon. Es nimmt aber niemand ab!«

»Sie hat ja auch eine neue Nummer«, gab sie zurück und teilte ihm die neue Erreichbarkeit mit.

»Hallo, Papa. Das ist ja schön, dass Du anrufst. Ich habe im Moment allerdings überhaupt keine Zeit. Melde Dich doch bitte über *WhatsApp*. Das ist für kurze Nachrichten viel praktischer!«

Sagte es und legte auf. Der Vater betrachtete sein Telefon, sah zu seiner Frau, wieder auf das Display und verstand nicht.

»Sie hat einfach aufgelegt?«

»Sicherlich hat sie im Moment was zu tun, oder?«

»Vermutlich! Mag sein!«, antwortete Elias.

»Sie hat was von *WhatsApp* oder so ähnlich gesagt. Was ist denn das?«

»Das, mein Lieber, ist ein Kurznachrichtendienst. Eine bessere Art SMS. Das ist die Anwendung, über die heute die ganze Welt kommuniziert!«

»Wenn Du regelmäßigen Kontakt zu Deiner Tochter haben willst, musst Du mit der Zeit gehen. In der Welt, in der Du unterwegs bist, läuft fast nichts mehr«, wurde er geduldig aufgeklärt.

»Aber ich will doch nur mit ihre telefonieren, ihr sagen, was ich möchte und sie fragen, wie es ihr geht!«

»Ob die jungen Leute noch telefonieren, wage ich ernsthaft zu bezweifeln!«

Bald saß Elias in seinem Zimmer, dass er immer als sein heiliges Reich bezeichnet hatte. Hier gab es ein großes Regal, das eine ganze Wand einnahm und mit Büchern vollgestopft war. In der Ecke neben der Tür stand seine Stereoanlage, die ihm vor zwanzig Jahren ein kleines Vermögen gekostet hatte. Er liebte es, seine alten Schallplatten aufzulegen, dabei die leisen Kratzgeräusche des sündhaft teuren Tonabnehmers zu hören. Jetzt saß er in einem alten Ledersessel, lauschte schweigend der Musik von *Supertramp*, eine seiner Lieblingsbands aus der Jugend und betrachte nachdenklich sein analoges Kleinod, aus dem er sich nie vertreiben lassen wollte. Das hatte er sich damals geschworen. Er würde sich nur so weit in die digitale Welt vorwagen, wie es unbedingt erforderlich sein würde. Auf der Arbeit war es unumgänglich, mit einem Computer zu arbeiten. Zu Hause wollte er aber mit diesem ganzen Teufelszeug nichts zu tun haben. Finanzgeschäfte machte er noch in der Bank, füllte Überweisungen von Hand aus und erhielt seine Informationen am Schalter. Genauso war es mit den Buchungen für die Urlaube. Dafür gab es glücklicherweise noch immer Reisebüros. Das war für ihn überschaubar. Damit konnte er umgehen. Wenn etwas nicht klappte, konnte er nachfragen. Und genau das war ihm wichtig. Was seine Gedanken allerdings beschäftigte, waren die Worte seiner geliebten Gattin. Langsam ahnte Elias, dass er etwas unternehmen musste, wenn er seine Tochter häufiger hören oder etwas von ihr erfahren wollte. Außerdem musste er in die Pötte kommen, da der anstehende Geburtstag nicht mehr fern war. Das hieß zuletzt nichts anderes, als dass er zumindest ein paar Schritte in den digitalen Kosmos machen wollte, um wenigstens dieses *WhatsApp* zu haben, was er aber für sich behielt, denn er wollte seine Familie überraschen und ihnen beweisen, dass er doch ein sehr aufgeschlossener, moderner Mensch war.

Am nächsten Tag klingelte er bei seinem Nachbarn, von dem er wusste, dass dieser ein IT-Fachmann war und erzählte von seinem Vorhaben, bat ihn aber um Stillschweigen. Zwei Stunden später drehte sich alles in seinem Kopf, denn er hatte unendlich viele Informationen bekommen. Dann sahen sich beide im Internet auf den vielen verschiedenen Plattformen nach Smartphones um und griffen bei einem Sonderangebot zu. Nach wenigen Tagen hielt er seine Bestellung in den Händen und klingelte erneut an des Nachbarn Tür. Was sich Elias dann alles ansah, raubte ihm fast den Verstand.

»Meine Güte, ist das kompliziert«, sagte er und rieb sich seine angestrengt beobachtenden Augen.

»Wenn Du das erste Mal damit zu tun hast, mag das Gesamtbild vielleicht so aussehen, jedoch ist jeder einzelne Schritt gar nicht sehr dramatisch und absolut logisch. Solltest mal sehen, wie die Jugend damit umgeht. Du würdest staunen. Man muss sich nur damit beschäftigen. Aber bis Du fit bist, bin ich ja da. Wir machen das jetzt fertig und wenn Du noch was wissen willst, kommst Du einfach vorbei. Ich helfe Dir schon. Für mich ist das hier nur entspanntes Rumgedaddel. Musst mich nur mal auf der Arbeit besuchen! Da zeige ich Dir, dass es richtig kniffelige Sachen gibt!«

»Du ahnst nicht, wie dankbar ich Dir bin. Allein hätte ich das nie hinbekommen«, sagte Elias.

Nach knapp einer Stunde war das Smartphone eingerichtet. Schnell war klar, wie man damit telefonieren oder auch das Internet starten kann.

»Das war ja einfach«, sagte Elias.

»Sag ich doch!«

»Und wie funktioniert *WhatsApp*?«

Nur wenige Erklärungen später sendete er die erste Nachricht an seinen Nachbarn und hatte hellen Spaß, als er von diesem einen lustigen kleinen Film zurückbekam.

»Und so schickst Du mir einfach eine Information, wenn Du irgendein Problem hast. Das klappt immer und kostet nichts. Ich melde mich dann sofort!«

»Echt super«, bedankte sich Elias und verabschiedete sich nach einem weiteren Kaffee.

Er konnte die Spannung kaum ertragen, versendete aber doch erst am nächsten Morgen seine erste Nachricht an das geliebte Töchterlein.

»Na, die wird aber Augen machen«, grinste er in sich hinein.

Sekunden, nachdem sein Morgengruß mit dem kleinen Filmchen des Nachbarn im Anhang raus war, machte es *pling* auf dem Handy.

»Hey, Papa. Willkommen in diesem Universum. Das ist ja witzig. Seit wann hast Du Dein analoges Schattendasein aufgegeben?«

»Seit gestern, aber aufgegeben habe ich nichts. Wollte nur meine Tochter erreichen und dafür würde ich noch ganz andere Wege gehen!«

Die nächste Antwort dauerte einen kleinen Moment. Später erklärte ihm Natalie, dass sie diese Worte zutiefst berührt hatten und ihr deshalb nicht sofort die richtige Antwort eingefallen war.

Vater und Tochter hatten sich aufgrund des baldigen Geburtstags für den darauffolgenden Tag in einem Café in der Stadt verabredet.

»Da versuche ich seit Wochen vergebens, dieses Mädchen zu erreichen und kaum habe ich so ein Ding, läuft es wie geschmiert und völlig problemlos. Verrückte Welt!«, ging es ihm durch den Kopf, als er *WhatsApp* beendete.

Elias war natürlich etwas früher am verabredeten Treffpunkt und hatte aufgrund der Hitze ein schattiges Plätzchen ausgesucht. Wie er es erwartet hatte, bog seine Tochter in Begleitung zweier Freundinnen pünktlich um die Ecke. Die drei plapperten und kicherten um die Wette, zeigten sich gegenseitig ihre Handys, auf denen vermutlich irgendwelche interessanten Bilder oder Nachrichten zu sehen waren. Dann blickte Natalie auf, sah ihren Vater, winkte ihm zu, verabschiedete sich von den Mädels und setzte sich sogleich zu ihm an den Tisch.

»Hi, Papa. Das ist ja lustig, dass wir uns in einem Café treffen. Ist ganz ungewohnt, Dich ohne Mama zu sehen!«

»Da hast Du recht, aber ich freue mich sehr, dass wir mal ein wenig ungestört miteinander quatschen können. Seitdem Du ausgezogen bist, höre ich ja nicht mehr ganz so viel von Dir«, klagte Elias vorsichtig.

»Stimmt, aber ich studiere auch und habe eine Menge um die Ohren. Da Du jetzt online bist, können wir uns immer mal eine Nachricht schicken!«

»Wenn ich ehrlich bin, rede ich lieber mit Dir. So wie jetzt!«

»Das finde ich ja auch besser, sich aber mal kurz über das Smartphone anzupiepsen, ist doch auch prima.«

Das eigentliche Thema ihres Treffens hatten sie schnell besprochen. Sie würden mit dem Geburtstagskind an ihrem Ehrentag mittags zum Essen ausgehen, für den Nachmittag eine kleine Gartenparty mit Freunden vorbereiten und als Geschenk einen Familienausflug nach Paris aus dem Hut zaubern. Während sie sich unterhielten, wirkte Natalie immer wieder etwas abgelenkt und sah auf ihr Telefon, das am laufenden Band irgendwelche leisen Piep- und Brummtöne von sich gab.

»Musst Du denn dauernd auf das Handy starren? Schalte es doch mal ab. Dann können wir ungestört reden. Oder erwartest Du eine wichtige Nachricht? Vielleicht Dein Freund?«

»Papa!«, kam es in entrüstetem Ton aus ihrem Mund.

»Das ist heute so. Meine Mädels erwarten, dass ich erreichbar bin und antworte, wenn sie mich was fragen!«

Der Vater, ein äußerst aufmerksamer Beobachter, vernahm sehr wohl, dass sie auswich und die andere Frage nicht beantwortete.

»Wann lernen wir ihn denn mal kennen? Vielleicht kommst Du Sonntag zum Essen und bringst ihn mit?«

»Lass mir damit bitte noch etwas Zeit«, gab sie verliebt grinsend zurück, sagte dann aber kein weiteres Wort dazu.

»OK«, sagte ihr Vater und zauberte ein hübsch eingewickeltes Päckchen hervor.

»Für mich? Das ist ja lieb. Was ist da drin?«, sagte Natalie erfreut, entfernte das Papier und hielt Sekunden später ein dickes Buch in den Händen.

»Lieben Dank, Papa«, antwortete sie anständig, wirkte aber etwas verwirrt.

»Was ist los. Gefällt es Dir nicht oder kennst Du es schon?«

»Papa. Die Zeit der gedruckten Bücher ist langsam vorbei. Das gibt es alles schon digital!«

»Wie! Keine Bücher mehr?«

»Nein. Das macht auch Sinn, denn es ist zum einen sehr viel günstiger und es müssen keine Bäume weder für Bücher noch für den Bau von Regalen gefällt werden. Man lädt das Buch im Netz einfach herunter. Es braucht also keinen Karton, der von unterbezahlten Arbeitnehmern verpackt und auf die Reise geschickt werden muss, um dann bei der Post aufwendig durch Maschinen hin und her sortiert und mit einem die Luft verpestenden Auto zum Empfänger transportiert zu werden!«

»Uff. Was für ein Vortrag«, ging es Elias durch den Kopf. Im Grunde hatte sie aber recht, jedoch, er liebte seine Bücher und konnte sich einfach nicht vorstellen, seine beachtliche Bibliothek künftig auf einem Computer abzuspeichern.

»Du liest doch sicherlich noch normale Zeitungen?«

»Nein. Schon längst nicht mehr. Auch die lese ich wie die meisten jungen Leute ausschließlich Online!«

»Aber da wird doch sehr viel Mist verbreitet. Ich habe mein Telefon erst seit einer Woche und werde dauernd mit den verrücktesten Meldungen bombardiert, von denen kaum etwas wahr ist!«

»Liebster Papa. Du lebst echt noch auf dem Mond. Ich rufe die Nachrichten über den Verlag ab, der auch Deine Zeitung druckt. Da steht exakt das Gleiche drin. Ob diese Inhalte aber alle wahr sind, können wir auch nur hoffen! Auf alle Fälle wird kein Wald gerodet, weil ich mich informieren möchte!«

Elias fühlte sich kalt geduscht, denn er hatte keine Argumente gegen das, was er gerade hörte. Sogleich wechselte er das Thema und weckte das Interesse seiner Tochter, die sich mal wieder mit ihrem Handy beschäftigte.

»Willst Du Dir denn nicht bald einmal ein Auto anschaffen? Ich würde Dir dabei schon helfen. Du könntest für den Anfang den Wagen Deiner Mutter haben.«

Er sollte sofort erfahren, dass er gerade in das nächste Fettnäpfchen getreten war.

»Nein. Ich glaube nicht. So wenig, wie ich es brauche, möchte ich keine Versicherung und Steuern für etwas bezahlen, das ich kaum benutzte. Das ist wirtschaftlich völlig falsch und auch nicht sehr nachhaltig.«

»Aber wenn Du mal eines brauchst, weil Du weg musst und schlechtes Wetter ist, Du also nicht mit dem Fahrrad fahren kannst!«

»Papa! In alle großen Städten gibt es inzwischen *Car-Sharing*. Das ist zwar im Moment etwas teuer, aber ich zahle auch nur Tagespauschalen. Die Kosten für den Rest des Monats spare ich und Reparaturen, Inspektionen, TÜV-Termine, das Fahrzeug pflegen lastet nicht auf meinen Schultern. Für größere Strecken gibt es außerdem Mitfahrerzentralen und öffentliche Verkehrsmittel!«

Elias kapitulierte. Seine Tochter hatte einen Plan von der Welt und war doch sehr erwachsen geworden. Aber das Leben mit seinen unendlich vielen neuen Möglichkeiten war in Windeseile auch an ihm vorbeigezogen. Er erinnerte sich noch sehr genau an seine Jugend, als ihn die Eltern für seine damals schulterlangen Haare, der schrecklichen Musik, die er immer hörte, aber auch seine völlig verdrehten Ansichten permanent infrage stellten. Elias aber kritisierte Natalie überhaupt nicht. Er stellte nur fest, dass sie – vielleicht aber auch er – in einer anderen Zeit lebten, sodass das miteinander Reden zwischen ihnen so ganz anders gelagert war, zumal sie bei ihrer Wortwahl immer wieder in einer ihm fremden Jugendsprache mit für ihn undefinierbaren Begriffen von der gesellschaftlichen Bedeutung der *Socialmediaplattformen*, von *Echo Crowdfunduing*, *QR-Codes* und vielen anderen Dingen erzählte. Elias hatte von den meisten Dingen sehr wohl schon etwas gehört hatte, war jedoch aufgrund der ziemlich rasant anwachsenden Menge ständig neuer Begriffe und Bezeichnungen bislang nicht dahinter gekommen, worum es sich bei den einzelnen Dingen überhaupt handelte und vermochte aus diesem Grund nicht entscheiden, ob das etwas Gutes oder Schlechtes war. Das Neueste, was er vor Kurzem gehört hatte, war, dass man beim Flug in den Urlaub nicht mal mehr Tickets bekam. Alles würde im Handy vorgehalten und auf allen Flughäfen als Authentifizierung reichen. Seit dem Elias sein Telefon in Betrieb genommen hatte, bekam er von den Googlediensten ständig irgendwelche Bewertungsvorschläge zu Geschäften und Orten, an denen er sich kurz zuvor aufgehalten hatte. Dass seine verschiedenen Standorte irgendwo auf der anderen Seite der Welt mitgeloggt und ausgewertet wurden, stimmte ihn mehr als nachdenklich. Selbstverständlich hatte er mitbekommen, wie Facebook und andere Kommunikations-plattformen mit den Daten der User umgingen, und das machte ihm ernsthafte Sorgen. Über diese und andere Gefahren hatte Natalie, die permanent in diesem digitalen Kosmos unterwegs war, bei all ihren Ausführungen kein einziges Wort verloren. Machte sie sich darum keine Gedanken oder war ihr das vielleicht ganz egal? Elias hatte inzwischen erkannt, dass es für ihn nicht gut war, wenn er sich weiterhin vor der veränderten Welt abduckte, dem Fortschritt auswich und entschied, sich fortan intensiver damit auseinanderzu-setzen.

Zu Hause angekommen berichtete er seiner auf ihn wartenden Frau von all diesen Informationen. Selbstverständlich hatte sie gewusst, warum er in den vergangenen Tagen seine Tochter erreichen und sich mit ihr verabreden wollte. Darüber verlor sie jedoch kein Wort.

»Unsere Tochter ist verliebt!«, kam er durchaus etwas eifer-süchtig mit der wichtigsten Nachricht durch die Tür.

»Zu Beginn unseres Treffens wollte sie mir erst mal nichts davon sagen. Damit rückte sie erst zum Schluss heraus. Sie hatte den Jungen über irgendeinen Chat kennengelernt und auf einer Party in ihrer Wohnung zufällig herausgefunden, dass er nur eine Straße weiter wohnte. Jetzt chatten sie den ganzen Tag zusammen. Ich würde gern mal wissen, ob überhaupt und wie die Jugend heute miteinander redet? Was machen die nur, wenn es mal Streit gibt und richtige Probleme zu lösen sind? Da muss man doch direkt miteinander sprechen. Das geht doch nicht auf digitalem Weg?«, fragte Elias seine staunende Gattin und hatte so gar keine Ahnung, dass er am darauffolgenden Wochenende mit genau dieser Problematik konfrontiert würde.

Dann berichtete er ihr ausführlich von verschiedenen anderen Gesprächsthemen, verschwand jedoch sehr bald in seinem Zimmer und begann an seinem Rechner, das Universum der Bits und Bytes zu durchleuchten und zu hinterfragen.

In den folgenden Tagen las er viel über Cyberangriffe, Datenhandel, Onlinebetrug, suchtkranken Menschen, die zu Sklaven des Online-gamings geworden waren, massiven Umweltproblemen, die durch die Förderung von Lithium, das für die Akkuherstellung der vielen Handys, Laptops, aber auch elektrisch angetriebener Kraftfahrzeuge hervorgerufen wurden und vielem mehr.

»Das ist doch mehr als erschreckend«, gestand er sich ein.

»Und das alles steckt noch immer in den Kinderschuhen. Was soll erst werden, wenn die E-Mobilität die fossilen Brennstoffe gänzlich ablöst und wenn alle Haushaltsgeräte Defekte direkt an den Hersteller senden. Welche Energiemengen müssen dafür aufgebracht werden«, überlegte Elias, als er den Artikel über den Stromverbrauch allein der Facebook-Serverplantagen zu Ende gelesen hatte.

»Welcher Anwender weiß schon, dass wir heute allein für die elektrische Versorgung der vielen Millionen Computer und das Laden der Handys in unserem Land die Leistung eines ganzen Atomkraftwerkes benötigen!«, sagte er zu sich selbst.

»Und doch. Wir können uns nicht dagegen wehren. Auch, wenn wir es wollten. Die Menschheit wird diesen Weg weitergehen müssen, denn abschalten kann man das alles nicht mehr. Fluch und Segen geben sich einmal mehr die Hand!«, war sein abschließendes Resümee.

Am Samstag nach ihrem Treffen im Café kam Natalie plötzlich nach Hause. Elias bemerkte sie, als sie mit ihrem Fahrrad um die Ecke bog und ging zu Tür, noch bevor sie den Schlüssel ins Schloss stecken konnte. Sofort erkannte er, dass etwas nicht stimmte. Zum einen kam sie völlig unangemeldet, was überhaupt nicht zu ihr passte und zum anderen war da kein freudiges Lächeln, kein Strahlen in ihren Augen. Mit hängenden Mundwinkeln und traurigen Augen trat sie ein und stand wie verloren im Flur.

»Was ist los?«, wollte er wissen.

Diese Frage hatte er ihr schon in ihrer Kindheit gestellt, wenn sie etwas bedrückte, aber nicht darüber sprechen konnte. Schon damals meinten diese Worte:

»Komm in meine Arme. Ich drücke Dich ganz fest und dann kann Dir nichts mehr geschehen!«

Genauso war es auch jetzt wieder. Wie ein ertrinkendes kleines Äffchen klammerte sie sich an ihren Papa, begann zu heulen, schnodderte ihm hemmungslos den Pullover voll und plapperte sofort ohne Unterlass darauf los. Elias verstand zunächst überhaupt nichts. Ihre klagenden Worte ertranken in einer Flut aus Tränen, die weiterhin von seiner Kleidung aufgesogen wurden und er tat nichts anderes, als sie einfach nur festzuhalten. Sehr bald aber, als sie sich etwas beruhigt hatte, wurde ihre Aussprache zumindest etwas deutlicher und Elias begriff nun, was los war. Aus einigen Silben erkannte er, dass sich ihr Freund mit einer anderen getroffen hatte und die ganz Nacht nicht nach Hause gekommen war. Er hielt sie weiterhin fest in seinen Armen und sah sich in seiner Befürchtung bestätigt, dass Socialmedia in genau solchen Lebenssituationen alles andere ist, nur nicht social.

Verständnisvoll und mitfühlend strich er ihr über den Kopf, hörte noch eine ganze Weile geduldig zu und sagte dann kaum hörbar: »Willkommen in dieser Welt!«

Wir waren noch Kinder

Es hatte bereits den ganzen Vormittag heftig geregnet und trotzdem war in den Geschäften ordentlich Betrieb. Am Samstag wollten die Menschen zurecht ihre sicherlich arbeitsreichen Tage hinter sich lassen und das verdiente Wochenende einläuten. Hannes Neumann saß am Fenster im Café, hatte die Tageszeitung vor sich, beobachtete aber für einen Moment aufmerksam das muntere Treiben auf dem Marktplatz. Er war erst seit Kurzem wieder in der Stadt, in der er geboren wurde und seine Jugendzeit verbracht hatte. Vom Fernweh getrieben, lockte es ihn unmittelbar nach dem Schulabschluss und dem absolvierten Wehrdienst vor vielen Jahren in die weite Welt. Als Fluglotse am Airport München hatte er täglich viele Jets in alle möglichen Richtungen davonfliegen sehen und flog selbst mehrmals um die Welt, soweit es ihm seine Zeit ermöglichte. Nachdem er sich ordentlich ausgetobt hatte, gründete er eine Familie, baute ein schickes Haus und sah mit Freude seine beiden Kinder aufwachsen. Inzwischen war er in die Jahre gekommen und in den Ruhestand gegangen. Nachdem er so viel gesehen und erlebt hatte, zog es ihn nach dem Arbeitsende wieder in die Heimat, den Ort seiner Jugend, in dem noch einige seiner früheren Freunde wohnten, zu denen er viele Jahre keinen Kontakt mehr gehabt hatte. Auch seiner Frau gefiel es gut, das Halligalli der Großstadt zu verlassen und ein ruhiges Leben in diesem Städtchen zu beginnen. Ihr Haus in München war schnell und mit ordentlichem Gewinn verkauft, sodass der Neustart leicht zu bewerkstelligen war. Jetzt, wie zuvor erwähnt, saß Hannes bei einer Tasse Tee in dem Haus, das früher einmal ein Kino gewesen war. Dort, wo er gerade aus dem Fenster blickte, befand sich damals der Eingang. Bilder gingen ihm durch den Kopf. Sein Gedächtnis weckte Erinnerungen an die schönen Sonntage seiner Kindheit, an denen er mit seinen Freunden schon Stunden vor Filmbeginn am Eingang stand, um einen ganz bestimmten Western zu sehen. Winnetou stand ganz oben auf seiner Liste und Hannes hatte sich alle Folgen mehrfach angesehen. Ein unbedingtes Muss für ihn und seine Freunde. Der Eintritt kostete damals gerade mal fünfzig Pfennig und ein Eis am Stiel konnte man schon für zwanzig haben. Sein Vater war immer sehr großzügig und steckte ihm schon zum Frühstück unter dem Tisch unauffällig zwei D-Mark zu.

»Musst Du aber nicht der Mama sagen«, flüsterte er ihm immer wieder ins Ohr, obwohl Hannes das natürlich schon beim ersten Mal kapiert hatte.

»Geht klar, Käpt'n«, gab der Junge dann ganz leise zurück.

Sein Papa fand das toll und wuselte dem Sohnemann anschließend mit den Händen durch die Haare. Das war das Siegel ihrer Verschwiegenheit, was der Filius natürlich in ähnlicher Form auch mit seiner Mama hatte.

»Komm, mein Junge. Hier hast Du Geld für das Kino und ein Eis«, öffnete in Vaters Abwesenheit ihr Portemonnaie und gab ihm unmerklich ein Zweimarkstück, zwinkerte ihm dabei zu und vertraute darauf, dass er nichts sagen würde. Hannes blinzelte zurück, blieb stumm wie ein Fisch und fand es gar nicht schwer, ein oder zwei Geheimnisse für sich zu behalten. Später, als die Mädchen für ihn nicht mehr *ganz so doof* waren, wie er als kleiner Bub noch geglaubt hatte und regelmäßig Taschengeld bezog, das von seinen Omas und Opas mit ähnlicher Geheimnistuerei wie das der Eltern ordentlich aufgestockt wurde, ging er häufiger in weiblicher Begleitung aus. Neben all den netten Mitschülerinnen und Freundinnen seiner Schwester war es die hübsche Isabelle Schröder, in die er sich das erste Mal bewusst und heftig verliebte. Hannes vermochte nicht zu sagen, was ihn so sehr an diesem Mädchen fasziniert hatte. Waren es die braunen Augen, ihr nettes Lächeln. Im Grunde konnte es ihm egal sein. Hauptsache, sie war da, wenn sich die Clique des Abends auf dem alten Spielplatz traf. Bis sie auf ihn aufmerksam wurde, brauchte es jedoch einige Zeit. Zu Anfang gab sie sich ständig mit den anderen ab, was Hannes häufig den Schlaf raubte. Das änderte sich aber, als er an einem eiskalten Winterabend allein auf der Mauer des Spielplatzes hockte.

Den anderen war offensichtlich zu kalt, sodass sie nicht aus dem Haus gingen. Nicht allen, denn gerade, als Hannes auch heimgehen wollte, kam Isabelle dick eingepackt um die Ecke und lachte so nett wie immer. Um sich keinen kalten Hintern zu holen, setzte sie sich – als wäre es das Normalste der Welt – selbstbewusst auf seinen Schoß. Hannes war schon reichlich durchgefroren, wagte es aber nicht, sich zu bewegen. Es war ein Wink des Schicksals, das sich ihm offenbarte und dafür konnte man schon mal etwas leiden. So kamen sie wie schon oft ins vertraute Plaudern über dieses und jenes, als sie sich in einem Moment unverhofft ganz nah kamen und direkt in die Augen sahen. Und dann brachen alle Dämme. Der erste Kuss, der alles veränderte, auch wenn die Lippen völlig unterkühlt waren. Es war ein magischer Moment. Hannes spürte jetzt und auch die Tage danach vor lauter Verwirrung nichts mehr. Er hätte damals noch ewig ausgehalten, wenn Isabelle nicht irgendwann nach Hause gemusst hätte. Von da an waren die anderen Jungs wie Luft für sie. Hannes war für viele Wochen ihr Ein und Alles. Manchmal gingen sie am Abend allein fort, um für sich zu sein und vertraute Dinge zu bereden. Sie wollten für immer zusammenbleiben, schworen es sie sich bei jeder sich bietenden Gelegenheit und kamen bald auf die Idee, ihre Liebe in einem Symbol zu verewigen. Das Tätowieren war damals weit entfernt von dem, was es heute ist. Es gab keine Tatooläden oder jemanden, der das professionell machte. Man nahm sich eine Nadel, tauchte sie in Tinte und dann ging es los. Ungeachtet der fiesen Schmerzen und möglicher Infektionen saßen Hannes und Isabelle an einem Sommerabend unter einer Weide am Fluss vor der Stadt und piksten sich ein kleines Herz in die Haut des linken Unterarms. Vorsorglich auf die Innenseite, damit es nicht gleich jeder sehen konnte. Tagelang brannte die Haut, aber beide sagten nie einen Mucks, bis dann endlich die Schwellungen und Rötungen zurückgingen, um die recht hübsch gelungenen identischen Bildnisse preiszugeben.

»Jetzt sind wir für immer zusammen «, sagte Isabelle überglücklich.

»Lass uns alles dafür tun, dass es ewig so bleibt«, schwor Hannes, bevor er sie fest in die Arme nahm und küsste.

Aber was haben diese jugendlichen Versprechungen für eine Halbwertzeit. Eine Kurze natürlich, denn sehr bald war die Schule zu Ende, die Berufsausbildung begann. Hannes ging nach München, anschließend absolvierte er seinen Wehrdienst und hörte nie wieder etwas von Isabelle, die sich schon acht Wochen vor seiner Abreise unerwartet von ihm trennte. Warum, hatte sie nicht gesagt. »Schluss. Es ist ganz einfach Schluss«, sagte sie ihm völlig aufgelöst ins Gesicht und verschwand.

»Vielleicht kann sie nicht damit umgehen, dass ich fortgehe«, redete er sich ein, erfuhr aber nie den wirklichen Grund.

Er sah sie nie wieder und hörte auch später nichts mehr von ihr. Als Hannes einmal seine Eltern besuchte, traf er auf der Straße einen alten Schulfreund. Der erzählte ihm ganz beiläufig, dass Isabelle weggezogen war. Wohin, vermochte er jedoch nicht zu sagen.

»Auch wenn inzwischen fast vierzig Jahre vergangen sind, hat man doch noch so viele Bilder vor Augen. Trotzdem. Das ist alles schon unendlich lange her. Wo mag Isabelle abgeblieben sein und wie wird es ihr jetzt gehen?«, fragte er stumm in sich hinein.

»Sie zu finden, dürfte schwierig sein, wenn man es überhaupt wollte, denn sie wird irgendwo geheiratet und einen anderen Namen angenommen haben. Was sollte sie auch von mir denken, wenn ich mich nach so vielen Jahren plötzlich bei ihr melden würde. Vielleicht ist es auch gut so, wie es ist. Die Dinge sind, wie sie sind«, schloss er seine Erinnerungen ab, faltete die Zeitung zusammen, bezahlte und verließ das Café.

Er hatte noch ein paar Besorgungen zu machen und wollte zuletzt in ein Antiquariat gehen, das es seit Kurzem in der Alten Pfarrgasse gab, um nach einem seltenen Buch zu suchen. Zuvor spielten ihm seine Gedanken allerdings einen kleinen Streich, denn ohne es bewusst geplant zu haben, führte ihn sein Weg zu dem alten Spielplatz. Hannes erwachte aus seiner Träumerei, als er auf der Mauer genau an der Stelle Platz nahm, an der Isabelle sich an besagtem Winterabend auf seinen Schoß gesetzt hatte.

»Was die Gedanken mit einem machen«, lachte er leise und freute sich über diesen kleinen Umweg.

»Es hat sich hier gar nicht viel verändert. Die Bäume sind groß. Alles ist zugewachsen, aber sonst ... «, ging es ihm durch den Kopf, als er ein paar Kindern zusah, die vor ihm im Sand spielten. Etwas abseits standen fünf Jungen und rauchten vermutlich ihre ersten Zigaretten.

»Die warten sicher auf ihre Freundinnen. Genau wie wir damals.«, überlegte er.

Noch einmal holte ihn die Erinnerung ein, abermals wurden Bilder wach und wieder schmunzelte er. Dann aber machte er sich auf und ging seiner Wege. Etwa eine Stunde später, Hannes hatte alles eingekauft, was ihm seine Frau aufgetragen hatte, bog er unweit des Marktes in eine kleine Nebenstraße und suchte nach dem Antiquariat. Er mochte diese romantischen Ecken des Ortes, das Kopfsteinpflaster, die mit Liebe restaurierten Fachwerkhäuser, die Enge der alten Straße und diese unsagbare Stille. Gemächlichen Schrittes trödelte er vor sich hin, bis er nach einigen Metern den *Bücherwurm* fand. Das Antiquariat war in einer stilvoll umgebauten, kleinen Scheune untergebracht und so gestaltet, dass jeder, der hier vorbeikam und sich ein wenig für Literatur interessierte, auf jeden Fall eintreten würde. Sei es auch nur, um etwas zu stöbern. Den Geschäftsnamen kannte Hannes zu gut. Ausgerechnet Isabelle hatte ihn früher immer so genannt, weil er oftmals ganze Nächte hindurch las, ohne ein Auge zu schließen. Von innen war das Geschäft noch sehr viel schicker. Deckenhohe Holzregale voller alter Bücher füllten die niedrig gehaltenen Wände. Ein eleganter Holzboden aus dicken Landhausdielen, die lediglich gewachst waren und von daher einen äußerst angenehmen, natürlichen Duft verbreiteten. Kleine Lesenischen mit sehr gemütlichen Biedermeiersesseln und – tischchen rundeten das Bild malerisch ab.

»Wie schön und geschmackvoll alles ist. Man könnte meinen, so müsste es zu *Mary Poppins* Zeiten gewesen sein«, erkannte er das Bemühen der Menschen an, die das alles so liebevoll hergerichtet hatten und wusste, dass es genau richtig gewesen war, hierher gekommen zu sein.

Duftende Tee- und Kaffeewölkchen kamen aus einer kleinen Küche. Nur wenige Kunden saßen in den Sesseln und lasen. Eine sehr angenehme Ruhe erfüllte das Antiquariat. Hannes ging zu einem der Regale und schaute sich ein paar uralte Schmöker an, als er hinter sich eine freundliche Stimme vernahm.

»Kann ich Ihnen behilflich sein?«

Hannes stellte ein Buch zurück ins Regal und wandte sich der freundlichen Dame zu. Sein Blick blieb sofort an ihren auffallend hübschen, braunen Augen hängen. Davon war er so überrascht, dass er für einige Sekunden kein Wort sagte. Er schätzte, dass sie etwa in seinem Alter war. Sie hatte kurz geschnittenes, graues Haar und trug eine elegante Brille. Hannes mochte es, wenn die älter werdenden Menschen zu ihrer Reife standen. Es war natürlich und drückte für ihn Schönheit und Ehrlichkeit aus.

»Das könnte schon sein. Ich muss mir aber erst einmal ganz ausführlich Ihr Geschäft ansehen!«

»Ich hoffe, es gefällt Ihnen?«

»Aber ganz gewiss. Es ist sehr schön. Gemütlicher als jedes Café!«

»Vielen Dank für das Kompliment. Es freut mich, wenn es Ihnen zusagt!«

»Ist das Ihr Geschäft?«, wollte Hannes jetzt wissen.

»Ja!«

»Und haben sie das ganz allein eingerichtet?«

»Grundsätzlich schon, aber eine Freundin ist Designerin. Von ihr habe ich so manchen guten Rat bekommen!«

»Äußerst geschmackvoll. Man kommt durch die Tür und betritt eine völlig andere Welt. Ein wunderschöner Mikrokosmos.«

»Genau das war auch die Absicht. Schön, wenn es tatsächlich so angenommen wird.«

»Ich dachte immer, dass man vom Umsatz eines Antiquariats überhaupt nicht leben könnte!«

»Na ja. Reich werde ich damit wahrscheinlich nicht, aber es läuft recht gut. Ich habe zunehmend mehr Kunden!«

»Wie sind Sie auf den Geschäftsnamen gekommen?«

»Ach, das kam einfach so durch Überlegen. Das Wort *Bücherwurm* ist ja keine große philosophische Wortschöpfung. Warum fragen Sie?«

»Das hat etwas mit meiner Jugend zu tun. Es wäre aber viel zu langatmig, wenn ich das jetzt erklären sollte. Vergessen Sie es einfach. Der Name passt auf jeden Fall wunderbar zum Geschäft!«

»Ich habe gar nicht gewusst, dass es dieses Antiquariat gibt, denn sonst wäre ich schon viel früher einmal vorbeigekommen!«

»Sind sie denn nicht von hier?«

»Doch schon. Aber von einem Antiquariat hatte ich tatsächlich keine Ahnung!«

»Ich habe das Geschäft auch erst vor drei Monaten eröffnet!«

»Aha, das erklärt alles. Aber jetzt weiß ich ja, wo ich künftig alte Bücher bekommen kann«, sagte Hannes mit einem Augenzwinkern.

»Suchen sie etwas Bestimmtes?«

»Vielleicht. Ich hätte gern die Erstausgabe von *Tage in Burma*. Der Schriftsteller ......«

».... ist *Edgar Rice Burroughs*«, unterbrach ihn die offenbar sehr belesene Frau.

»Ich bin mehr als erstaunt. Das weiß wirklich nicht jeder. Sie scheinen Ihr Metier zu verstehen«, sagte Hannes.

»Er hat doch auch *Tarzan* geschrieben oder irre ich mich?«

»Ja. Das war der Held meiner Kindheit. Tarzan, Tibor, Sigurd, Akim. Ach, der Besuch bei Ihnen ist wie eine Zeitreise zurück in meine frühen Lebensjahre!«

»Warten Sie bitte ein Moment«, sagte sie lächelnd, verschwand für einige Sekunden hinter irgendeinem Regal und kam kurz darauf mit einem fast neuwertigem Band der gewünschten Ausgabe zurück.

»Das letzte Exemplar, was ich noch habe. Bitteschön!«

»Wunderbar. Sie machen mir eine wirkliche Freude, denn ich habe das Buch schon so lange gesucht!«

»Das freut mich, wenn die Kunden zufrieden sind!«

Hannes bezahlte und verließ nach einigen weiteren freundlichen Worten den *Bücherwurm*, schlenderte erneut die gepflasterte Straße entlang und dachte noch eine ganze Zeit über das Gespräch der letzten zwanzig Minuten, aber auch über den von Erinnerungen begleiteten Vormittag nach.

»Es gibt Tage im Leben …. «, wunderte er sich und ließ den halb fertigen Satz in seinem Kopf unvollendet vorbeiziehen.

Als er bald nach Hause kam, beschäftigten ihn bereits ganz andere Dinge und die schönen Stunden in der Stadt waren längst wieder verflogen. Marianne, seine Gattin, hatte am Abend Gäste eingeladen und es war noch einiges an Vorbereitungen zu erledigen.

»Hast Du einen schönen Tag in der Stadt gehabt?«, fragte sie ihn.

»Ja, war nett«, gab Hannes etwas wortkarg zurück, ging in den Keller und kramte in irgendwelchen Kartons herum.

So schlich der Rest des Tages dahin, die Gäste kamen, blieben bis nach Mitternacht und gegen zwei Uhr lag Hannes todmüde aber zufrieden in seinem Bett.

»Deine Tochter kommt in vierzehn Tagen zu Besuch«, sagte seine Frau.

»Ach. Das ist ja was ganz Besonderes. Wahrscheinlich will sie sich mal wieder richtig satt essen. Aber ist das nicht auch Deine Tochter?«, fragte Hannes und schlief schon fast.

»Sie hat da irgendwas mit ihrem Studium. Ich glaube, sie braucht Deine Hilfe. Zumindest hat sie sich dahingehend geäußert!«

»Aber da sind wir doch im Urlaub«, nuschelte Hannes halblaut vor sich hin, als er schon fast eingeschlafen war.

Beim Frühstück am nächsten Morgen fragte er noch einmal nach.

»Hat unsere angehende Theologin gesagt, was sie möchte?«

»Ich weiß nicht mehr so genau, da ich mit Kochen beschäftigt und nicht ganz bei der Sache war. Ruf sie doch einfach mal an. Das würde sie ganz bestimmt freuen.«

Eine Stunde später hatte er Sophie am Telefon.

»Hi, Papa. Es ist schön, Dich zu hören!«

»Das gebe ich sehr gern zurück!«

»Mama sagte, dass Du meine Hilfe brauchst?«

»Ach ja, hatte ich fast schon wieder vergessen. Ich stecke mit der Nase tief in den Büchern. Nächste Woche habe ich eine heftige Klausur vor mir. Ich sage Dir, man kommt zu nichts!«

»Das ist schön, dass Du so fleißig bist. Wo aber liegt jetzt mein Beitrag?«

»Das ist etwas kniffelig. Ich brauche eine möglichst alte Bibel. Je älter, desto besser. Hast Du vielleicht eine Idee, wo ich so etwas bekomme?«

»Da fragst Du gerade den richtigen. Aber warte mal. Ich war gestern unterwegs und habe in der Altstadt ein unglaubliches Antiquariat entdeckt. Dort wird man Dir sicherlich helfen können. Ganz abgesehen davon, ist der *Bücherwurm*, so heißt das Geschäft, ganz toll eingerichtet. Es wird Dir bestimmt gefallen. Geh doch einfach mal hin. Die Inhaberin ist echt kompetent.«

»Hast Du vielleicht eine Telefonnummer? Ich würde dort gleich einmal anrufen!«

»Warte. Ich schaue mal ins Internet.«

Es dauerte nur Sekunden.

»Also. Der Laden ist in der Alten Pfarrgasse. Die Geschäftsführerin heißt Marie Baumann. Aber lass es Dir nicht entgehen, selbst dort vorbeizugehen. Wenn Du Dich nur telefonisch meldest, entgeht Dir etwas wirklich Zauberhaftes!«

»OK. Dann mache ich das so. Wann kommt Ihr denn aus dem Urlaub zurück?«

»Wenn Du mittags hier bist, kommen wir ein paar Stunden später. Der Flieger soll um achtzehn Uhr landen. Wir würden uns dann gegen zwanzig Uhr sehen!«

»Das ist schön. Ich muss am Sonntag wieder zurück. Das Studium ist kein Zuckerschlecken!«

»Das will ich gern glauben. Wenn Du etwas brauchst, meldest Du Dich rechtzeitig. Ein paar Sachen bekommt Dein alter Daddy noch auf die Reihe.«

»Hör auf, so zu reden. Alt ist etwas völlig anderes. Du bist vielleicht nicht mehr ganz neu, aber weit entfernt von einem Tattergreis«, lachte Sophie ins Telefon, neckte ihren Vater noch ein wenig und legte dann auf.

Am Mittag kam die Post und Hannes fand im Briefkasten einen schicken Brief aus Büttenpapier. Darin befand sich eine Einladung zum Klassentreffen, die ausgerechnet an dem Abend in seiner alten Schule stattfand, an dem er aus dem Urlaub zurückkommen würde.

»Das ist aber schade, denn ich wäre wirklich gern hingegangen«, sagte Hannes zu seiner Frau.

»Warte doch einfach ab. Wenn es nicht zu spät ist und Du nicht zu müde bist, gehst Du noch auf einen Sprung vorbei. Ich mache mir mit Sophie einen schönen Abend und am Sonntag können wir drei gemeinsam etwas unternehmen!«

»Das ist eine sehr gute Idee. Viele der alten Rabauken von früher habe ich ewig nicht mehr gesehen«, gab er freudig zurück und hoffte, vielleicht auch Isabelle zu begegnen. Nicht, dass er seiner Frau Unrecht antun wollte. Nach so langer Zeit einfach nochmal über die gemeinsame Zeit quatschen, war seine einzige Absicht. Eher im Unterbewusstsein wollte er möglicherweise herausfinden, ob von den großen Emotionen der Schulzeit doch noch etwas geblieben war. Zuletzt sagte er bei seinem alten Schulfreund Harry Westermann zu, deutete aber an, dass es wegen seines Fluges später werden könnte. Hannes wagte nicht zu fragen, ob Isabelle auch kommen wollte. Ihre Liebe war schon während der Schulzeit ein Geheimnis und sollte es auch jetzt, so viele Jahre danach, bleiben. Er freute sich einfach darauf und wollte sich überraschen lassen. Was er nicht wissen konnte, war, dass Harry schon damals von ihrer verliebten Zweisamkeit gewusst, jedoch zu niemandem etwas gesagt hatte. Dass Hannes während des Telefonats Isabelle unerwähnt ließ, deutete er dahingehend, dass sein Schulkamerad das Mädchen von damals längst aus seinem Innenleben gelöscht hatte, was ja eigentlich auch verständlich war. Also sagte Harry nichts von ihr.

Zwei Wochen später waren wunderbar erholsame Urlaubstage im sonnigen Süden wie immer viel zu schnell vorüber und der Flieger setzte mit einer vollen Stunde Verspätung auf der Landebahn auf. Jetzt, da Hannes nicht mehr arbeiten musste, verbrachte er sehr viel Zeit mit seiner Frau. Zu häufig hatten in all den arbeitsreichen Jahren gemeinsame Dinge zurückzustehen. Zwar waren sie ständig mit den Kindern unterwegs, allerdings blieb ihre Zweisamkeit viele Jahre auf der Strecke. Das aber holten sie nun ausgiebig nach, so oft es ihnen irgendwie möglich war. Jetzt freuten sich beide auf das gemütliche Zuhause und ihre Tochter, die dort bereits auf ihre Eltern wartete. Die Pass- und Gepäckkontrolle auf dem Airport war schnell erledigt, sodass sie nach einer störungsfreien Fahrt über die Autobahn endlich an der Tür klingelten.

»Habt Ihr einen schönen Flug gehabt?«, fragte sie ihre Eltern, indem sie beide freudig in die Arme nahm.

»Alles prima!«, gab Hannes zurück, nahm die Koffer und stellte sie in den Flur.

Anschließend saßen sie in der Küche und quasselten, was das Zeug hielt. Papas Lieblingstochter (er hatte neben ihrem Bruder nur die eine) studierte Theologie und war aus diesem Grund nicht sehr oft bei ihnen, sodass es manches zu berichten und auszutauschen gab. Bald unterbrach Marianne die Unterhaltung.

»Was meinst Du. Willst Du noch los?«, fragte sie ihren Mann.

»Ich denke schon. Auf ein Stündchen vielleicht!«, gab dieser zurück.

»Wie? Musst Du noch weg?«, meldete sich nun Sophie.

»Ja, leider«, erklärte ihre Mutter.

»Kurz nachdem Du Deinen Besuch angekündigt hast, trudelte eine Einladung zum Klassentreffen ein, das ausgerechnet heute stattfindet!«

»Aber Morgen bin ich den ganzen Tag für Dich da. Wir wollen gleich nach dem Frühstück einen Überraschungsausflug mit Dir machen. Wohin es geht, wird jetzt aber noch nicht verraten«, versprach Hannes, wohl wissend, dass seine Sophie in diesem Moment noch immer wie ein kleines Mädchen reagierte und die neugierige Spannung kaum aushalten konnte.

»OK. Dann geh doch. Ich mache es mir mit Mama gemütlich. Das geht auch ohne Dich«, stichelte sie.

»Na warte, wenn ich Dich zu fassen bekomme«, gab dieser zurück, griff mit seinen Händen nach ihr und schon rannten die zwei durchs Haus, wie es bereits während Sophies Kindheit gewesen war.

Eine halbe Stunde später klingelte Hannes an Harry Westermanns Tür.

»Sieh es mir nach. Das Flugzeug hatte eine Stunde Verspätung«, entschuldigte er sich und trat ins Haus.

»Das macht nichts. Da wir bereits seit dem Nachmittag feiern, sind allerdings schon einige wieder gegangen«, erfuhr er von Harry.

»Die ganze Klasse war da. Niemand hat abgesagt. Ich bin gespannt, ob Du noch alle wieder erkennst!«

Und tatsächlich. Auch wenn schon so viele Jahre seit dem letzten Treffen vergangen waren, sahen einige Mitschüler so aus, wie in der Schule, nur, dass die meisten etwas dicker und auf dem Kopf grauer des Weges kamen. Das traf auf jene zu, mit denen Hannes früher eng befreundet gewesen war. Andere wiederum passten überhaupt nicht in seine Erinnerung. Sie erschienen ihm, als würde er sie überhaupt nicht kennen. Erst, als Harry seinen Freund durch die Räume führte und die anderen der Reihe nach beim Namen nannte, erkannte Hannes sie wieder.

»Meine Güte. Wie sich doch einige verändert haben. Ich hätte sie nicht wiedererkannt, wenn sie mir auf der Straße begegnet wären«, sagte Hannes zum Musterschüler Westermann.

»Das gilt aber auch für Dich. Hast Du gesehen, dass vor allem ein paar Mädels ziemlich verdattert aus den Augen schauten, als sie Deinen Namen hörten?«

»Ja. Habe ich. Das sind eben die Jahre. Es ist aber auch gemein, was das Alter mit uns macht!«

»Stimmt auffallend«, bekam er zur Antwort.

Es war bereits ein ordentliches Stück nach Mitternacht, als Hannes an seinen Heimweg dachte. Harry hatte die ganze Zeit vergeblich darauf gewartet, dass sein Freund den Namen Isabelle erwähnte. Tatsächlich hatte er sich nach ihr umgeschaut, aber keinen Ton erwähnt. Harry verschwieg, dass sie zu jenen gehörte, die bereits wieder aufgebrochen war.

Auch Isabelle hatte am frühen Abend den Namen ihrer Jugendliebe nicht einmal ausgesprochen. Harry dachte, wie dumm die beiden noch immer sind. Sie glaubten echt, dass damals niemand etwas mitbekommen hatte. Zu gern hätte er zugeschaut, wenn sich die zwei nach so langer Zeit gegenüber gestanden hätten. So aber verpassten sie sich und keiner der beiden hatte eine Ahnung, dass der jeweils andere auf dem Klassentreffen war.

»Wenn sie es so wollen, dann soll es auch so sein«, dachte Harry und verabschiedete Hannes später, in dem er ihm einen schönen Heimweg wünschte.

»Irgendwann arrangiere ich ein Wiedersehen«, dachte er sich und versprach, in den nächsten Tagen einmal anzurufen. Sie hatten sich mit ein paar anderen Mitschülern versprochen, fortan den Kontakt zu halten.

Auf dem Heimweg war Hannes ziemlich enttäuscht. Zu sehr hatte er sich in den vergangenen Wochen darauf versteift, seine Jugendliebe wiederzusehen und jetzt ging er doch unverrichteter Dinge mit einem etwas leeren Gefühl im Bauch durchaus enttäuscht nach Hause.

»Sei es drum«, sagte er zu sich selbst, als er sich ins Bett legte und sofort einschlief.

Am nächsten Morgen war die kleine Enttäuschung bereits in den Hintergrund gerückt und Sophie forderte die ungeteilte Aufmerksamkeit ihres Vaters.

»Na, wieder nüchtern?«, frotzelte sie.

»Da muss ich Dich leider enttäuschen, Du Frechdachs. Ich habe keinen Schluck getrunken!«

»Was war das denn für eine Party, wenn es nichts Ordentliches zu trinken gibt?«, wollte sie jetzt wissen.

»Eine für alte Leute. Du wärst dort echt fehl am Platz gewesen!«

»Das glaube ich auch«, kicherte Sophie und sah zu ihrer Mutter.

»Hast Du Dich denn um Deine Bibel gekümmert?«, wollte ihr Vater jetzt wissen und lenkte von seinem Klassentreffen ab.

»Prima, dass Du danach fragst. Habe ich natürlich gemacht. Hattest übrigens recht. Das ist ein super schicker Laden. Da hätte ich tatsächlich etwas verpasst, wenn ich nur telefoniert hätte und die Inhaberin des Antiquariats ist total nett!«

»Hat sie Dir denn helfen können?«

»Nicht sofort, aber sie wollte mir ein Exemplar aus dem Jahr siebzehnhundertdreißig besorgen. Sie meinte, ich könnte das gute Stück, das ihr ein Sammler angeboten hatte, in den kommenden Tage abholen. Blöd nur, dass ich heute wieder fahren muss!«

»Das macht ja nichts. Ich gehe vorbei, hole die Bibel ab und schicke sie Dir. Dann hast Du sie zum nächsten Wochenende. Mache ich doch sehr gern für mein kleines Töchterlein«, sagte Hannes und ertappte sich dabei, dass er sich jetzt schon auf diesen Weg freute. Diesmal wollte er dort einen Moment länger bleiben und sich etwas mehr Zeit zum Stöbern nehmen.

Inzwischen hatte Marianne den gemeinsamen Ausflug vorbereitet, ein paar Sachen zusammengepackt, um zuletzt Vater und Tochter vom Frühstückstisch wegzulocken.

»So ganz langsam sollten wir aufbrechen, wenn wir noch etwas erreichen wollen«, sagte sie und ließ keine weitere Verzögerung zu. Es folgte ein entspannter Nachmittag auf dem Segelboot eines befreundeten Paares, dass sie sich für das ganze Wochenende ausleihen konnten. Der große See lag nur eine halbe Autostunde weit entfernt und das Wetter war ideal, sodass Sophie für den abendlichen Verzicht auf ihren Vater vollends entschädigt wurde. Stunden später, nach dem Abendessen, wollte sie einfach nicht von zu Hause fort. Zu wohl fühlte sie sich bei ihren Eltern und doch musste sie bald aufbrechen.

Am späten Mittwochnachmittag bog Hannes erneut in die Alte Pfarrgasse ein, um Sophies Bestellung abzuholen. Er hatte seine anderen Wege bereits erledigt und brauchte sich als Letztes nur noch um diesen Besuch kümmern. Als er gemütlich die Straße entlang ging, war er der Annahme, dass er sehr bald schon mit einem Buch und einer Tasse Tee in einer gemütlichen Ecke sitzen und in Ruhe lesen könnte. Doch alles sollte ganz anders kommen. Er hatte absolut keinen blassen Schimmer, dass er nur wenige Minuten später seine ihm eigene Ausgeglichenheit vollkommen verlieren sollte. Hannes öffnete die Tür, trat ein, schaute sich entspannt um, wurde aber von der freundlichen Geschäftsführerin angesprochen, noch bevor er zu einem der Bücherregale gehen konnte.

»Guten Tag. Ich wollte die Bestellung meiner Tochter abholen!«

»Was war das denn?«, wollte sie von ihm wissen.

»Eine alte Bibel!«

»Ach ja. Sie haben Glück. Sie kam erst am heutigen Vormittag. Einen Moment Geduld bitte, ich bin sofort wieder zurück!«

Es dauerte auch nur einige Sekunden, bis er *Gottes Wort* in den Händen hielt und bestaunte.

»Also. Ich habe es ja nicht so mit dem Glauben, aber ein solch altes Buch in den Händen zu halten, ist schon beeindruckend«, sagte er voller Bewunderung über das geradezu unbeschädigte Stück.

»Das stimmt. Mir ging es ähnlich, als ich es am Morgen vor Augen hatte. Soll ich es Ihnen einpacken oder möchten Sie es noch etwas ansehen?«

»Ich sehe es mir zu Hause weiter an. Packen Sie es bitte gut ein, denn meine Tochter würde mir die Ohren lang ziehen, wenn ich es beschädigen sollte!«

»So schlimm?«

»Nein. Noch viel schlimmer. Mit ihren Sachen ist sie sehr eigen. Da darf nichts drankommen!«

»Begleiten Sie mich bitte zur Kasse?«

Es war ein sonniger Spätsommertag. Hannes war schon einige Zeit unterwegs und hatte, da ihm sehr warm geworden war, seine Hemdsärmel hochgekrempelt, sodass seine Unterarme entblößt waren.

»Fertig. Das macht dann fünfzig Euro!«

Hannes kramte sein Portemonnaie hervor, entnahm das passende Geld und legte es auf den Tresen. Dabei drehte er seinen Unterarm so, dass das inzwischen reichlich verblasste tätowierte Herz sichtbar wurde.

»Was haben sie da?«, wurde er jetzt von einer ihn entgeistert ansehenden Geschäftsführerin gefragt.

»Ach, das stammt aus meiner Jugendzeit«, gab er einigermaßen gleichgültig zurück, betrachtete einen Augenblick seinen Unterarm und verfiel für Sekunden in längst verschüttete Erinnerungen. Erst, als er den Kopf hob, fiel ihm ihr erstaunter Blick auf.

»Was ist mit Ihnen. Schockiert sie das Tattoo? Ist doch kaum noch zu sehen und so schlecht ist es wirklich nicht!«

»Hannes? Hannes Neumann?«, wurde er unterbrochen.

»Woher wissen Sie ..... ?«

Weiter kam er nicht, denn jetzt streckte auch sie ihren nackten Unterarm aus.

»Ich habe das gleiche Herz!«

»Das ist doch .... ich verstehe nicht ..... Isabelle? Sie, äh, Du bist Isabelle Schröder?«

Er beobachtete, wie ihr ein paar dicke Tränen über die Wangen liefen.

»Das kann nicht wirklich wahr sein! An der Tür steht doch Marie Baumann?«

»Marie ist mein zweiter Vorname und Baumann heiße ich seit meiner Heirat!«

Hannes brachte kein Wort heraus. Sein Hals war wie zugeschnürt, der Mund trocken wie ein Mehlspeicher und logisch denken war schon überhaupt nicht mehr möglich.

»Warum haben wir uns nicht sofort erkannt?«, fragte er mehr als verlegen.

»Das liegt am älter werden. Dagegen kann man nicht sehr viel tun. Es sind ja auch vier Jahrzehnte ins Land gegangen, ohne, dass wir etwas voneinander gehört haben. Da verblassen schon mal einige Erinnerungen!«

Es war nahezu siebzehn Uhr. Da – wie an den meisten Tagen um diese Zeit – keine weiteren Kunden im Antiquariat waren, schloss Isabelle die Tür vorzeitig ab. Beide nahmen jetzt in einer der Leseecken Platz.

»Sag, wie geht es Dir? Erzähl es mir bitte. War das Leben gut zu Dir? Ich habe eintausend Fragen«, sagte Hannes.

Isabelle sah ihm ins Gesicht, nahm seine Hand.

»Es geht mir sehr gut. Nicht immer lief alles so, wie ich es gern gehabt hätte, aber insgesamt ist alles in Ordnung! Und bei Dir?«

»Es könnte nicht besser gehen. Ich war lange Jahre Fluglotse am Airport München, bin inzwischen pensioniert und vor Kurzem zusammen mit meiner Frau wieder in die alte Heimat gezogen. Meine Tochter hast Du ja schon kennengelernt!«

Die Gesprächsthemen hielten sich für einige Zeit im Allgemeinen und Ungefähren, doch wussten beide, dass es nach so langer Zeit zumindest eine entscheidende Frage zu klären gab. Isabelle wagte als Erste den Vorstoß in diese Richtung.

»Hast Du manchmal noch an mich gedacht?«, fragte sie ihn vorsichtig.

»Oft, sehr oft sogar. Ohne meiner Frau zu nahezutreten, aber wirklich vergessen habe ich Dich nie!«

»Und? Hast Du versucht, mich zu finden?«

»Ich wollte schon wissen, wo Du abgeblieben warst, aber ich hatte keine Ahnung, wie und wo ich Dich hätte finden können. Außerdem fand ich es unpassend, nach so vielen Jahren abermals in Dein Leben zu treten.«

»Ach, das hätte doch nichts gemacht. Ganz im Gegenteil. Es wäre sehr schön gewesen, mal wieder etwas von Dir zu hören!«

»Du hast es aber auch nicht versucht, oder?«

»Mir ging es ganz genau so wie Dir. Aber es macht nichts. Jetzt sitzen wir ja hier zusammen.«

Dann trat eine kleine Gesprächspause ein, die Hannes nach einigen langen Sekunden unterbrach.

»Warum bist Du damals einfach so gegangen? Kein klärendes Wort, kein Gruß, nichts. Bis heute weiß ich nicht, was ich Dir getan habe!«

»Das ist so endlos lange her. Mir fehlt etwas die Erinnerung«, antwortete Isabelle ausweichend.

»Habe ich das verdient. War es so schlimm?«

»Was meinst Du? Ich verstehe nicht!«

»Das Du mir nach all der Zeit gegenüber sitzt und die Unwahrheit sagst?«

»Du hast recht. Das hast Du nicht verdient! Es war damals so, dass Nina Hartmann zu mir gekommen war und erzählte, dass Du Dich ständig an sie ran gemacht hattest, um Dich mit ihr zu verabreden. Darüber war ich so enttäuscht, dass ich Dich einfach nicht mehr sehen wollte und meine Reaktion hast Du ja erfahren!«

»Ja. Die kenne ich nur zu gut und sie hat mich mein Leben lang begleitet. Mir hat sie nämlich erzählt, dass Du Dich von mir trennen wolltest und nicht wusstest, wie Du es mir sagen solltest. Das habe ich ihr aber nicht geglaubt. Sie war bekannt dafür, dass sie die ein oder andere Beziehung auf ähnliche Weise zerlegt hatte. Ich wollte das aus Deinem Mund hören. Alles andere kam nicht in Frage!«

Isabelle wirkte nachdenklich, geradezu erschrocken und nervös. Sie wollte nicht wahrhaben, was Hannes da gerade erzählte. Dieser hingegen brauchte einen Moment, bis er seine Gedanken sortiert hatte und ungläubig fragte:

»Soll das heißen, Du hast dieser blöden Kuh den unglaublichen Mist abgenommen und nur aufgrund ihrer Worte das Band zwischen uns durchschnitten? Mich einfach abserviert?«

Es versetzte ihm einen heftigen Stich und er mochte es nicht glauben. Isabelle hingegen hatte all die Jahre gewusst, dass sie ihn unrecht behandelt hatte. Tatsächlich wäre es richtig gewesen, mit Hannes darüber zu sprechen, um sich anzuhören, was er dazu zu sagen hatte. Jetzt, vier Jahrzehnte später, versuchte sie, ihren Kopf aus der engen Schlinge um ihren Hals zu ziehen, wusste aber, dass es nicht sehr glaubwürdig klang, als sie um Verständnis und Nachsicht bittend sagte:

»Das alles liegt schon so lange zurück. Ja. Es ist richtig. Wir haben uns damals geliebt und so vieles versprochen, aber wir waren noch Kinder!«

Oceanbreeze

Nur leise war das monotone, angenehme Brummen der Triebwerke in der First-Class-Kabine des Airbus A-380 zu hören, als Lucas Bergmann nach erholsamen Stunden aus tiefem Schlaf erwachte und zu seiner Frau sah, die neben ihm lag und noch immer vor sich hin schlummerte. Er stand nicht sofort auf, sondern besah sich in aller Ruhe dieses luxuriöse Kleinod. Das bequeme Bett füllte fast den ganzen Raum, denn mit dem Platz herumquarzen konnte man in einem Flugzeug auch in der sündhaft teuren Oberklasse nicht. Kleine Regale waren in der Kabinenwand eingearbeitet, neben der Tür befanden sich zwei Spiegelschränkchen und an den Fußenden des Bettes füllte ein großer Fernsehbildschirm die Kabinenwand. Alles, von der Bettwäsche bis zum Teppichboden, war aus edelstem Material und extrem elegant.

»Unglaublich, was man sich in der heutigen Zeit für Geld alles leisten kann«, sagte Lucas leise zu sich selbst und schaute erneut zu Sarah, die nun langsam aus ihren Träumen erwachte, seine Hand nahm und ihn mit zerzausten Haaren verschlafen anlächelte.

Sie hatten sich vor fünfzehn Jahren während des Informatikstudiums an der Uni kennengelernt und sofort ineinander verliebt. Es war, wie es auf die meisten Studenten zutraf. Eine ziemlich kleine, spartanisch eingerichtete Bude, Jobs, um zu etwas Geld zu kommen und nächtelange Partys.

Lernen war für sie und ihre Kommilitonen ein Thema, das durchaus leicht verdrängt werden konnte. Das Büffeln und wochenlange Pauken wurde erst zu den Klausuren und Prüfungen wieder wichtig. Bis dahin galt es, mit Volldampf auf der Überholspur unterwegs zu sein. Beide waren trotzdem äußerst zielstrebig und quälten sich, wenn es erforderlich war, durch die verschiedenen Wissensgebiete, bis sie endlich ihr Studium im Fachbereich *Softwareentwicklung und Medieninformatik* abschlossen und auf die freie Wirtschaft losgelassen wurden. Aufgrund der ausnehmend guten Noten gab es keinerlei Probleme bei der Jobsuche, sodass sie nach Hamburg zogen, sich eine gemeinsame Wohnung nahmen und weiterhin sparsam mit ihrem Verdienst umgingen. So ging das Leben einige Jahre dahin, bis Lucas eines Tages vorschlug, sich vielleicht selbstständig machen zu wollen. Fürs Erste könnten sie beide zu Hause arbeiten, und wenn sie Erfolg hätten, würde man auch schon entsprechende Geschäftsräume finden. Sarah war immer sehr vorsichtig und benötigte etwas Zeit, für die wichtigen Entscheidungen im Leben, bis sie zuletzt aber doch zustimmte. Gesagt, getan. Ihr gemeinsamer Weg führte für beide überraschend und völlig unerwartet von nun an steil nach oben. Die ersten Programme, die sie fertigstellten, konnten sie sehr gut absetzen und das erste Mal spürten sie so etwas wie Wohlstand. Des Abends Essen gehen, musste man sich nicht mehrmals überlegen und eine neue Waschmaschine brachte ihren Haushaltsplan auch nicht mehr durcheinander. Trotzdem. Ihre anstrengende Arbeit nahm sie wochenlang ordentlich in Anspruch, sodass die Freizeit oftmals viel zu kurz kam. Die wenigen gemeinsamen Tage jedoch, an denen sie ihre Rechner nicht anstellten, genossen sie in vollen Zügen und waren auch nicht mehr ganz so vorsichtig mit dem Geldausgeben. Sie flogen anfangs wiederholt – wenn auch nur für wenige Tage – spontan nicht nur in die großen europäischen Metropolen, sondern auch an die schönsten Strände rund um das Mittelmeer, mieteten sich in schicken Hotels ein und ließen es sich gut gehen, wohl wissend, dass es sehr bald wieder ans Arbeiten ging.

Der Geburtstag des Hamburger Hafens bietet den Zuschauern alljährlich eine riesige Show. Entlang der Elbe aber auch auf dem Wasser ist dann richtig etwas los. An einem dieser Feiertage wurden Sarah und Lucas von einem gemeinsamen Freund auf dessen Motorjacht eingeladen und konnten das farbenprächtige Spektakel auf dem Fluss aus nächster Nähe miterleben. Beide waren von dem maritimen Flair geradezu begeistert und fanden es herrlich, zwischen den großen und kleinen Schiffen, Barkassen und Jachten unterwegs zu sein. Zum späten Abend hin hatten sie den Trubel zurückgelassen und waren gemütlich die Elbe abwärts geschippert, um an einer abgelegenen Anlegestelle auf dem Boot zu übernachten. Das romantische Essen an Deck, die Stille des Abends, die fühlbare Unabhängigkeit und Freiheit, das milde Wetter, aber auch das sanfte Schaukeln, als sie in ihrer Kabine schliefen, waren unglaubliche Erlebnisse. Von diesem Ausflug inspiriert hatten beide einen Fable für große Motorjachten entwickelt, sehr rasch entsprechende Schiffsführerlizenzen erlangt und sich während ihrer Kurzurlaube immer wieder die unterschiedlichsten Boote ausgeliehen, um zumeist Ausflüge auf dem Mittelmeer zu unternehmen. In den letzten zwei Jahren jedoch waren derartige Trips ausgeblieben. Tatsächlich hatten beide inzwischen ein kleines Unternehmen gegründet, ein paar Geschäftsräume angemietet, drei zusätzliche Programmierer eingestellt und gemeinsam mit ihrem kleinen Team eine Software entwickelt, die das Beladen der größten Containerschiffe revolutionierte. Das Programm wurde ihnen im Zuge einer Ausschreibung von der chinesischen Schifffahrtsindustrie geradezu aus den Händen gerissen. Als sehr bald alle Rechte nach Fernost verkauft waren, hätten Sarah und Lucas eigentlich nie wieder arbeiten müssen. Sie glaubten ihren Augen nicht, als sie das Guthaben auf ihrem Geschäftskonto betrachteten, fielen sich in die Arme und freuten sich über das gemeinsam erreichte Ziel. Als sich nach einigen Tagen alles wieder etwas beruhigt hatte, wollten sie unbedingt eine etwas längere Auszeit nehmen, auf der Strecke gebliebenes nachholen und planten einen ausgiebigen Urlaub. Also buchten sie das erste Mal in ihrem Leben einen Flug, der sie nach Australien führte.

»Sir, wir landen in einer Stunde in Brisbane«, teilte die freundliche Stewardess über das Bordtelefon mit.
»Vielen Dank«, antwortete Lucas und legte den Hörer auf.
»Möchtest Du etwas zum Frühstück?«, fragte er jetzt seine Frau.
»Nein, danke. Ich bin viel zu aufgeregt, um essen zu können!«
»Kann ich etwas anderes für Dich tun?«, wollte Lucas wissen.
»Klar. Könntest Du, aber die Zeit ist dafür wohl ziemlich knapp!«, frotzelte Sarah.

»Du kleine Hexe«, gab er zurück, sprang aufs Bett und schon war eine von lautem Lachen begleitete Kissenschlacht im Gange.

Seidenweich setzte das riesige Flugzeug nach einem besonders angenehmen Flug bei herrlichstem Wetter auf und brachte Lucas zum Staunen.

»Wie so ein schweres Ding überhaupt fliegen kann«, sagte er zu Sarah, der es sichtlich Spaß machte, den kleinen Jungen neben sich zu beobachten.

»Das war längst nicht alles. Wir werden in den kommenden Wochen noch so einiges erleben«, gab sie zurück und konnte nicht ahnen, dass ihre Worte geradezu prophetisch waren.

Im Flughafengebäude wurden sie vom Chauffeur des Hotelshuttles auf das Herzlichste empfangen und nach nur wenigen Minuten rollten sie aus der Stadt Richtung Süden. Die Straße nach *Gold Coast* führte nicht direkt am Meer entlang, bot jedoch einen wunderbaren Blick auf die umliegende Landschaft. Nach etwa dreißig Minuten Fahrt bogen sie von der *M1* nach links ab Richtung *Hope Island* und sahen das erste Mal den *Pazifischen Ozean*.

»Ein unglaubliches Schauspiel«, staunte Sarah und bewunderte das tiefe Blau der weiten See.

»Wer sich das ansieht, kann kaum glauben, dass die unglaubliche Verschmutzung auf unserem Globus bereits so weit fortgeschritten sein soll!«, antwortete Lucas nachdenklich.

Bald fuhren sie die Auffahrt zum Hotel hinauf, bezogen ihr extrem elegantes Zimmer und freuten sich über den fantastischen Blick von ihrem großen Balkon.

»Dafür haben wir jahrelang gearbeitet«, kam Lucas seiner Frau zuvor, die tatsächlich in diesem Moment sagen wollte, dass das ein recht kostspieliger Urlaub sein würde.

»Wie hoch war doch gleich die überaus obszöne Summe, die uns aus China vorab überwiesen wurde? Und vergiss nicht. Das geht jetzt für eine ganze Zeit so weiter, denn die monatlichen Lizenzgebühren sind auf Dauer unser regelmäßiges Einkommen. Wir müssen uns vielleicht Gedanken machen, was wir künftig tun wollen, um unser Auskommen jedoch nicht!«

»Das stimmt. Ich muss mich nur erst daran gewöhnen, jetzt eine reiche Frau zu sein!«

»Mit einem ebenso reichen Gatten«, antwortete Lucas.

Nachdem sie sich eingerichtet und das elegante Hotel erkundet hatten, konnten sie es kaum erwarten, in den nahen Southport Jachthafen zu kommen, um sich das Charterboot ansehen zu können, mit dem sie in den kommenden Tagen unterwegs sein würden. Auf dem Hotelparkplatz stand ihr Mietwagen, ein offener Jeep, für sie bereit. Nach einer kurzen technischen Einweisung durch den Vermieter, der zusätzlich auf einige Besonderheiten der australischen Verkehrsregeln hinwies, rollten die Zwei über die großzügig angelegten Straßen durch die warme Nachmittagssonne. Vergessen war der lange, wenn auch bequeme Flug, die Übernachtung im indischen *Mumbay* und die etwas stressige Zeitumstellung. Jetzt waren sie jedoch am Ziel, weit weg von allem auf der anderen Seite der Welt, allein mit sich und der Freiheit. Vom Hotel aus hatten sie im Hafen ihr Kommen angekündigt und wurden in *Marinas Cove* bereits erwartet, als sie das Auto vor dem Jachtclub einparkten.

»Hi, ich bin Stephen«, kam ein braun gebrannter, smarter Skipper auf sie zu.

»Hallo«, sagte Lucas, reichte dem australischen Sonnyboy die Hand und stellte ihm Sarah vor.

»Wie sieht es aus. Steht unser Schiff schon zur Verfügung?«, wollte er sofort wissen.

»Aber ja doch. Es ist alles vorbereitet. Wir werden es nachher noch ausführlich in Augenschein nehmen. Lasst uns aber erst mal in den Club gehen. Wir sollten uns zunächst einmal kennenlernen. Es gibt anschließend eine Menge zu besprechen. Also müsst Ihr Euch noch einen Moment gedulden.«

»Nobel, nobel«, sagte Sarah, als sie in das Klubhaus eintraten.

»Ja, das kann man durchaus sagen. Die Menschen hier sind jedoch alle recht locker und entspannt. Du triffst hier wohlhabende Leute wie Schauspieler, Sportler, Politiker, Ärzte, Anwälte. Das spielt aber im Umgang miteinander überhaupt keine Rolle. Sie sind wie Du und ich. Unsere Gäste stehen alle mehr oder weniger in der

Öffentlichkeit. Hier sind sie dann froh, einmal für sich sein zu können!«, sagte Stephen und ergänzte:

»Seht ihr die Zwei dort drüben an der Mole?«

»Die in den abgenutzten Jeans?«, fragte Sarah.

»Genau. Der eine, der auf der Mauer sitzt, ist ein weltbekannter Oscargewinner aus Hollywood und der andere, der ihm mit seiner Bierflasche zuprostet, ist der Gitarrist einer der populärsten US-Rockbands. Die haben sich vorhin erst kennengelernt und scheinen sich recht gut zu verstehen!«

»Es sei ihnen zu gönnen«, meinte Lucas, der für einige Sekunden mit Grauen an den Stress der vergangenen Zeit zurückdachte, wie sie nicht nur von der Presse, sondern auch von den chinesischen Wirtschaftsbossen permanent in die Öffentlichkeit gezerrt wurden. Für ihn und Sarah kam ein solches Leben überhaupt nicht infrage. Sie mochten sich erst gar nicht vorstellen, auf Schritt und Tritt von Paparazzi oder Fotografen belagert zu werden. Im Zusammenhang mit dem Verkauf ihrer Software war das für einen Moment zwar berauschend und interessant, ging ihnen aber sehr schnell auf den Wecker, sodass sie froh waren, als sie wieder in ihren heimatlichen vier Wänden sein konnten.

»Heute Abend gibt es hier eine tolle Party. Selbstverständlich sind alle unsere Kunden eingeladen. Es wäre wunderbar, wenn wir Euch ebenfalls begrüßen dürften. Ihr werdet ganz sicher einige dieser Persönlichkeiten kennenlernen und sehen, wie freundlich sie sind!«

»Klar sind wir dabei«, antwortete Lucas mit fragendem Blick zu Sarah schauend, die zustimmend nickte.

In der nächsten Stunde erklärte Stephen verschiedene nautische Problemfelder, die es zu beachten galt, wenn man mit einer - wenn auch großen - Jacht auf den Ozean hinausfährt. Sie erfuhren viel über Strömungen, Windverhältnisse, lokale Schifffahrtsregeln, aber auch über das gecharterte Boot, einer sündhaft teuren, extrem eleganten *Sealine 450 Fly Bridge*.

»Die hat vierhundert fünfunddreißig Pferdestärken. Da kommt richtig Druck auf die Schraube und Ihr müsst Euch festhalten, wenn Ihr einmal Vollgas gebt. Ein wahnsinniges Erlebnis, jedoch nicht ohne Gefahren«, erklärte er und mahnte eindringlich zur Vorsicht. Anschließend standen sie auf, um in den Jachthafen und auf die *Oceanbreeze* zu gehen. Als sie sich einigermaßen schnell von ihren Plätzen erhoben, verspürte Sarah für einen kurzen Moment einen leichten Schwindel und Atemnot. Sie meinte, vielleicht zu schnell aufgestanden zu sein, setzte sich sofort zurück auf ihren Stuhl und war heilfroh, dass dieses Gefühl genauso schnell verschwand, wie es gekommen war. Ihr fiel auf, dass sie Ähnliches in den vergangenen Wochen schon einmal verspürt hatte, und dass ihr seit einiger Zeit immer mal wieder schlecht wurde. Zu ihrer eigenen Beruhigung redete sie sich ein, es wäre alles nur eine Folge des Dauerstresses der vergangenen Zeit und hoffte, dass sich ihre Gesundheit während des Urlaubes wieder normalisieren würde.

»Kommst Du?«, fragte Lucas, der von ihrem Unwohlsein nichts bemerkt hatte.

»Ja, natürlich«, gab sie – jetzt wieder lächelnd – zurück. Auf dem Weg zum Schiff, Stephen und Lucas waren in typische Männergespräche über Motoren vertieft, gingen Sahra die Anstrengungen der letzten zwei Jahre durch den Kopf und sie gestand sich ein, dass sie sich zeitweise und besonders zum Schluss zunehmend häufiger jenseits ihrer körperlichen Leistungsgrenze befunden hatte. Sie konnte von Anfang an weder dem Tempo noch der Ausdauer ihres Mannes folgen, zwang sich aber immer wieder, durchzuhalten und nicht nachzugeben. Lucas hatte den Kopf voller Träume und zuletzt auch recht behalten, sich an der lukrativen Ausschreibung der Chinesen zu beteiligen und sie zu Beginn darauf eingeschworen, dass es keine leichte Zeit würde. Ihm war aber von Anfang an klar, dass sie es schaffen konnten. Zudem hatte er eine sehr ansteckende, permanent gute Laune, die Sarah immer wieder mitriss. Auf keinen Fall wollte sie für das Scheitern ihres Projektes verantwortlich sein, hielt den Druck gegen alle inneren Widerstände aus und machte weiter. In der Endphase wog die innere Last zuweilen so schwer, dass sie sich – wenn sie allein war – einfach auf den Boden setzte, haltlos weinte und kaum in der Lage war, allein aufzustehen. Zuletzt aber - als alles vorbei war - waren sie froh, dass sie die Ausschreibung gewonnen hatten und mehr als fürstlich entlohnt worden waren. Von nun an brauchte sie sich nur noch zu entspannen und alles würde wieder gut.

Als sie die riesige, weiße Jacht vor sich im Wasser liegen und im Sonnenlicht blenden sahen, trauten sie ihren Augen nicht.

»Was für eine Schönheit«, brachte Lucas staunend hervor.

»Das ist wahr«, sagte Stephen und half Sarah an Bord.

»Auch, wenn sie recht mächtig ist, fährt sie lammfromm durch die Wellen, wenn man sie nicht reizt. Herumspielen und übermütig werden ist hier nicht angesagt!«

Es dauerte eine ganze Weile, bis die *Oceanbreeze* inspiziert war, die drei auf der offenen *Fly Bridge* standen und die überwältigende technische Anlage betrachteten.

»Ist alles halb so wild. Die wichtigsten Funktionen kennt Ihr und vieles andere ist eher Spielerei«, beruhigte Stephen.

In der nächsten Stunde erklärte er alles Erforderliche und war sicher, dass die Zwei sehr gut und vorsichtig mit diesem Prachtstück umgehen würden.

»Natürlich lassen wir Euch nicht einfach so in See stechen. Das wäre viel zu gefährlich. Zunächst machen wir gemeinsam einen Tagesausflug, den ich für Morgen geplant habe, wenn Euch das recht ist?«

»Warum nicht gleich?«, fragte Sarah.

»Es ist schon zu spät und ich muss auch noch ein paar andere Sachen für die abendliche Party besorgen!«

»Ist schon OK, aber die schönen Dinge im Leben kann man oft nicht abwarten«, sagte Lucas, zwinkerte der lächelnden Sarah zu, die jetzt wieder den kleinen Jungen vor sich sah und tief im Inneren nur zu genau wusste, dass es gut gewesen war, Lucas geheiratet zu haben.

»Dann sehen wir uns heute Abend«, verabschiedete sich Stephen von den beiden.

Lucas und Sarah blieben noch einige Minuten auf den Schiff und freuten sich auf den nächsten Tag. Später machten sie mit dem Auto noch einen kleinen Ausflug durch das Landesinnere, trafen am frühen Abend im Hotel ein, um sich etwas frisch zu machen und pünktlich zur Party in den Jachthafen zu fahren.

Sie waren nicht die ersten Gäste. Vielmehr war die Party schon in vollem Gange, als sie eintrafen. Stephen hatte sie bereits erwartet und stellte ihnen ein paar seiner Freunde vor. Menschen, die ihnen wahrlich nicht fremd waren, denn sie kannten die meisten von ihnen aus dem Fernsehen.

»Erstaunlich, wenn wir hier alles kennenlernen«, flüsterte Lucas seiner Frau ins Ohr.

»Das stimmt, aber es ist so, wie Stephen sagte. Sie sind alle sehr nett!«

Im Laufe des Abends erhielten sie mehrere Einladungen für luxuriöse Unternehmungen mit dem Hubschrauber, dem Flugzeug, dem Auto oder auch großen Jachten. Beide wussten, dass ihr Urlaub dazu gar nicht ausreichen würde und Sarah fragte sich, ob sie als grundsätzlich bescheidener Mensch in dieser Welt der Schönen und Reichen überhaupt leben wollte. Noch immer haderte sie mit ihrem plötzlichen Wohlstand und war der festen Überzeugung, dass man trotz vollem Bankkonto zurückhaltend leben konnte und und auch sollte. Sicherlich. Das schicke Hotel, die Jacht, der Luxus im Flugzeug gefiel ihr natürlich, allerdings sollte das ihrer Ansicht nach nicht die Regel sein. Gerade im Kreise dieser besonderen Gesellschaft vermisste sie ihre Freunde zu Hause, die ganz normale Berufe und ein ganz normales Auskommen hatten. Sarah würde es keinesfalls zulassen, dass diese Freundschaften verloren gingen, nur weil sie jetzt viel Geld besaßen. Sie nahm sich vor, nach ihrer Rückkehr zu Hause mit Lucas darüber zu sprechen. Für den Moment aber gefiel ihr der Empfang und sie genoss die unterhaltsamen Stunden, bis es sehr bald Mitternacht wurde.

»Wir sollten langsam aufbrechen«, sagte Sarah.

»Du hast recht. Morgen wird ein langer Tag!«

»Ich wollte Euch gerade anraten, langsam aufzubrechen, denn wenn wir hinausfahren, müsst Ihr fit sein«, sagte Stephen, als ihm die Zwei am Ausgang begegneten.

Sarah und Lucas verabschiedeten sich und fuhren bald durch die Nacht zurück ins Hotel, wo sie sehr bald einschlummerten.

Es war noch mitten in der Nacht, als Sarah plötzlich erwachte. Erneute Übelkeit und erneut heftiger Schwindel hatten sie aus dem Schlaf gerissen. Zu sehr war sie mit dem schrecklichen Druck im Magen beschäftigt und spürte nicht, dass sich ihre Lippen etwas taub anfühlten und die Finger der linken Hand kribbelten. Leise kroch sie aus dem Bett, ging auf den Balkon, setzte sich in einen Liegestuhl und atmete die frische Luft. Bald erholte sie sich, fühlte, wie das Unwohlsein langsam verflog. Ihr Herz schlug noch recht heftig und sie spürte einen ungewohnt kräftigen Puls, der sich aber auch bald normalisierte. Schlafen konnte sie jetzt nicht mehr. Sarah hatte gehofft, dass diese Attacken nachlassen würden, machte sich nun aber ernsthafte Sorgen um ihre Gesundheit. Bald brach der neue Tag an. Die Sonne tauchte den Horizont in pastellfarbenes Licht, kroch ganz langsam am Himmel empor und verdrängte die Dunkelheit der Nacht.

»Du bist ja schon wach«, sagte Lucas, als er noch verschlafen aus dem Bett kroch und zu ihr kam.

»Ja. Ich sitze hier bereits einen kleinen Moment und beobachte das Anbrechen des neuen Tages. Es ist wunderschön, wenn die Sonne aufgeht. Alles ist dann so friedlich und rein«, antwortete Sarah und verschwieg ihre unruhige Nacht.

»Das stimmt«, gab Lucas zurück, setzte sich zu ihr und legte seinen Arm um ihre Schulter.

Nach dem Frühstück, Sarah hatte kaum etwas zu sich genommen, waren sie auch schon wieder auf dem Weg nach *Mariners Cove*, wo Stephen bereits auf sie wartete. Lucas war er gedanklich so sehr von dem bevorstehenden Ausflug eingenommen, dass er seine Frau entgegen sonstiger Gewohnheiten nicht so genau ansah hatte, denn sonst hätte er festgestellt, dass sie tatsächlich etwas blass wirkte. In der Sonne allerdings strahlte sie wieder frisch wie immer, freute sich, als ihnen der Skipper von der *Oceanbreeze* aus zuwinkte und sie bat, an Bord zu kommen.

»Hallo, Ihr zwei. Ich hoffe, Ihr habt gut geschlafen. Es ist alles vorbereitet. Noch ein paar Handgriffe und schon kann es losgehen.«

»Soll ich was helfen?«, fragte Lucas.

»Ja. Die Leinen können schon gelöst werden!«

»Geht klar!«

Sarah ließ die beiden Männer machen, setzte sich am Heck des Unterdecks auf einen bequemen Liegestuhl und genoss die warme Seeluft. Mit geschlossenen Augen hörte sie Stephen und Lucas zu und freute sich, dass die Zwei sich offensichtlich gut verstanden.

»Das hat er sich nach der harten Zeit redlich verdient«, dachte sie bei sich und wusste, dass sie ihren Mann niemals bei irgendetwas zurückhalten würde.

Seine vielen unglaublichen, zuweilen verrückten Ideen, die er gegen alle Widerstände umsetzen musste und stets mit sehr viel Engagement anging, machten ihn zu einem glücklichen Mann und brachten immer wieder Schwung in ihr gemeinsames Leben.

So hatte sie ihn kennengelernt und genauso wollte sie ihn auch sein lassen, denn er gab sich, wie er wirklich empfand und darin war er beständig. Dann wurde der Motor angelassen. Es gab nur einen ganz leichten Ruck, als sich die Kolben in Bewegung setzten und der kräftige Motor mit leisem, geschmeidigen Blubbern zu arbeiten begann. Ein beruhigendes, tiefes Geräusch, das enorme Kraft vermuten ließ und ein Gefühl der Sicherheit vermittelte. Diese Jacht würde mit allen Winden und Wellen fertig werden.

»Morgen wollt Ihr allein hinausfahren, also stehe ich nur noch daneben und passe auf. Fahren wirst Du. Übrigens. An Bord wird sich geduzt, da gibt es keine Widerrede!«

»So soll es, denn der Kerl hat seit gestern dauernd davon gefaselt, dass er die Jacht am liebsten schon aus dem Hafen fahren würde«, schmunzelte Sarah in sich hinein.

Und dann ging es los. Als die erste Fahrstufe eingelegt wurde, verstummte das Grummeln des Motors, denn seine unbändige Kraft wurde jetzt auf die Schiffsschraube umgelegt. Lautlos setzte sich die *Oceanbreeze* in Bewegung, entfernte sich sanft von ihrem Ankerplatz, fuhr an den vielen anderen und wunderbaren Booten vorbei, machte bald einen seidenweichen Schwenk nach Backboard und nahm leichte Fahrt zur Mole auf, an der das große Hafenbecken endete. Dann lag er vor ihnen. Der unendlich weite Pazifische Ozean. Zehntausend Kilometer tiefblaues Wasser zwischen Australien und Amerika. Ein Anblick, den man kaum beschreiben kann. Das Meer war angenehm ruhig und bald waren die Drei ein gutes Stück vom Hafen entfernt, als von der *Fly Bridge* aus dem Munde ihres Mannes sein sehnlichst erwünschtes Kommando kam.

»Wer gerade sitzt, sollte besser sitzen bleiben. Jetzt wird richtig Fahrt aufgenommen!«

Dann drehte der Motor wie deutlich hoch, das Schiff bäumte sich am Bug auf und schoss wie von Geisterhand angeschoben mit enormer Wucht über das Wasser. Sarah war froh, dass sie bequem saß, denn diese wahnsinnige Beschleunigung hätte sie im Stehen keinesfalls ausbalancieren können. Nach wenigen hundert Metern lenkten sie in einer scharfen Kurve nach Steuerboard und nahmen nördlichen Kurs auf Brisbane. Sarah konnte es kaum fassen, wie sanft die Jacht trotz der hohen Geschwindigkeit durch das Wasser glitt und hatte das Gefühl, dass die Maschine noch längst nicht am Ende ihrer Leistungsreserven angekommen war, was ihr Stephen später auch bestätigte.

»Wir sollten es nicht übertreiben. Aus diesem Grunde sind wir auch nur auf halber Kraft gefahren. Wie Du gesehen hast, hat der plötzliche Schub bereits ordentlich Dampf«, erklärte er ausführlich.

»Wie? Da kommt das Gleiche nochmal drauf?«, hatte Sarah später gefragt.

»Mehr noch. Wenn die Maschine erst mal auf Drehzahl ist, fühlt sich das Ganze wirklich heftig an. Dann glaubst Du, dass wir über das Wasser fliegen. Wenn Ihr also Morgen draußen seit, geht bitte kein unkalkulierbares Risiko ein!«

Sarah konnte zu diesem Zeitpunkt allerdings nicht ahnen, welche Bedeutung der vollends umgelegte Gashebel und die damit entfesselte Motorkraft tags darauf für ihr Leben haben sollte. Für den Moment ruhte sie jedenfalls in ihrem Liegestuhl, genoss die herrliche Seeluft und freute sich für ihren Mann, der sichtlich den Spaß hatte, den er sich auch erhoffte. Minuten später drehte der Motor wieder langsamer und das Schiff fuhr angenehm rollend durch das weite Blau. Nach etwa einer Stunde war es richtig heiß in der Sonne, die inzwischen ziemlich hoch am Himmel stand.

»Man möchte viel zu gern ins Wasser und sich abkühlen«, sagte Lucas zu Stephen.

»Das solltest Du bitte zu keinem Zeitpunkt tun!«

»Warum?«

»Viel zu gefährlich!«

»Du meinst Haie?«

»Genau!«

»Ist das tatsächlich so schlimm?«

»Ja!«

»Ich verstehe nicht ganz?«

»Also. Es gibt rund um Australien Haie. Die meisten sind jedoch eher scheu und ungefährlich. Hier aber gibt es Bullenhaie und das ist eine ganz besondere Sorte Mäuse. Die haben Menschen zum Fressen gern und tun das auch. Was immer passiert. Ihr geht zu keinem Zeitpunkt schwimmen. Das versprecht Ihr mir. Die greifen Euch an und sind dabei nicht zimperlich. Die schwimmen sogar im Süßwasser den Brisbane River hinauf!«

»Hört sich echt gefährlich an, aber dass sie im Süßwasser leben können, erstaunt mich doch sehr!«

»Das gibt es an anderen Stellen der Welt auch. Da sind sie in Gruppen einen Fluss ins Landesinnere geschwommen, bis sie einen Binnensee erreichten. Dann versiegte der Fluss und damit der Zugang zum Meer, sodass sich im Laufe der Zeit in besagtem See eine ganz eigene Population bildete. Ich glaube, das war in Nicaragua!«

»Unglaublich«, sagte Lucas, »einfach unglaublich!«

»Ich muss Euch unbedingt noch die Notelektronik erklären«, sagte Stephen nach einigen Minuten.

»Deine Frau muss aber auch dabei sein. Könnte ja sein, dass es Dir ganz plötzlich nicht gut und sie den Dampfer heimfahren muss«, ergänzte er und bat Sarah auf die Bridge.

Dann machte Stephen ein ernstes Gesicht und wies auf die Bedeutung dieses überaus wichtigen Systems hin.

»Zuerst müsst Ihr wissen, dass wir an Land alle fünf Minuten ein Signal von Euch empfangen. Damit sehen wir auf unserem Monitor zu jedem Zeitpunkt, wo ihr steckt, welchen Kurs Ihr eingeschlagen habt und wie schnell Ihr seid. Sollte es aus irgendeinem Grund dazu kommen, dass Ihr das Schiff nicht mehr steuern könnt, betätigt einfach diesen Schalter!«

Er zeigte ihnen genau welchen und wie man ihn mit nur zwei kleinen Griffen aktivierte.

»Was passiert anschließend?«, wollte Sarah wissen.

»Die Elektronik deaktiviert alle von Hand zu bedienende Steuerelemente, richtet seine Fahrt auf den Hafen aus, berücksichtigt das Wetter, den Seegang und den Schiffsverkehr, um anschließend seine Geschwindigkeit entsprechend anzupassen und Euch sicher nach Hause zu bringen. Die korrekten Koordinaten sind bereits fertig einprogrammiert. Beim Einschalten erhalten wir sofort einen entsprechenden Notruf und kommen Euch entgegen!«

Die drei diskutierten noch einen Moment über verschiedene technische Dinge, als Sarah erneut ein nur leichtes Schwindelgefühl, dafür aber heftige Übelkeit verspürte. Eilig stieg sie die Treppe hinunter, lehnte sich instinktiv über die Reling und ließ den Dingen beziehungsweise ihrem Mageninhalt freien Lauf. Lucas kam ihr zu Hilfe, hielt sie fest, damit sie nicht über Bord ging und half ihr sogleich, als sie sich erschöpft in einen der Sessel fallen ließ.

»Was ist mit Dir?«, wollte er wissen.

»Du bist doch nicht etwa seekrank?«

»Nein, ganz bestimmt nicht. Es geht schon etwas besser«, war ihre kurze Antwort.

Sie wollte einfach nicht sagen, dass es ihr schon einige Tage nicht wirklich gut ging. Aber genau danach fragte Lucas.

»Hast Du das schon häufiger gehabt?«

»Ja, aber ich wollte Dich nicht beunruhigen.«

Nach einigen Sekunden des Überlegens grinste er plötzlich auf seine ihm eigene, freche Art. Sonst liebte sie genau das, aber in diesem Moment war ihr überhaupt nicht danach.

»Das ist nicht lustig«, mahnte sie und knuffte ihn mit ihrer zierlichen Faust in die Hüfte.

»Ich freue mich einfach nur«, meinte er anschließend.

»Worüber? Es gibt nichts zum Freuen!«

»Aber wenn da vielleicht ein kleiner Seemann unterwegs ist?«, sagte er, sah sie an und strahlte übers ganze Gesicht.

Sarah überlegte und ärgerte sich sofort, dass sie nicht von selbst darauf gekommen war.

»Das ist es. Das erklärt alles«, sagte sie sich und fühlte, wie in ihr ein dunkler Vorhang, aber auch alle Ängste plötzlich verschwanden.

»Und wenn es so ist?«, schaute sie ihren Mann jetzt fragend an.

»Dann muss ich zu Hause sofort los und eine Eisenbahn kaufen!«

»Und wenn es ein Mädchen wird? Die spielen nicht so gern mit Lokomotiven!«

»Dann gibt es ein schickes Cabrio, denn Mädels fahren solche Autos gern, habe ich mir sagen lassen!«

»Was Du alles weißt«, antwortete die plötzlich überglückliche Sarah und nahm Lucas fest in die Arme.

»Was ist los bei Euch«, rief Stephen von der Brücke.

»Nichts weiter. Wir sind nur zu viert unterwegs«, rief Lucas zurück.

»Na, das erklärt alles!«

»Was denn?«

»Sarahs Füttern der Fische und Dein dusseliges Grinsen. Komm hoch. Darauf müssen wir anstoßen!«

Sarah fühlte sich tatsächlich besser, denn die befreite Seelenhaltung lenkte sie auch von ihrem anhaltenden, leichten Schwindel ab.

»Das gehört alles zu Schwangerschaften dazu«, redete sie sich jetzt ein und betrachtete ihren Bauch, ob sie vielleicht schon etwas sehen könnte. Das war aber leider nicht der Fall und auch mit den Händen war noch nichts zu fühlen. Anschließend lehnte sie sich erschöpft zurück, um sofort einzuschlafen.

Es war bereits später Nachmittag und die warme Sonne senkte sich spürbar zum Horizont, als die *Oceanbreeze* gemächlich schaukelnd auf die Hafeneinfahrt zusteuerte. Das Signalhorn ließ Sarah erwachen. Erholt und voller Hoffnung öffnete sie ihre Augen. Sie konnte sich kaum daran erinnern, irgendwann einmal so gut geschlafen zu haben. Vorsichtig kletterte sie zu den Männern, beobachtete Lucas, wie er die Jacht vorsichtig in den Hafen lenkte.

»Du hast gut aufgepasst«, sagte Stephen und klopfte ihm freundlich auf die Schulter.

»Das war ein erstklassiges Anlegemanöver«, unterstrich er sein Lob.

»Finde ich auch«, bestätigte Sarah.

»Dann weiß ich ja mein Schiff Morgen in guten Händen!«

»Worauf Du Dich verlassen kannst«, gab Lucas zurück.

Zu dritt saßen sie noch eine geschlagene Stunde im feinen Jachtklub, beschlossen den Tag mit einem Drink, wobei Sarah nur Wasser trank und verabredeten sich für den nächsten Morgen, pünktlich zehn Uhr.

Der Heimweg führte die beiden natürlich nicht direkt in ihr Hotel. Lucas hatte sich rechtzeitig gekümmert und ein Stück weit im Landesinneren ein schickes Restaurant ausfindig gemacht. Also lenkte er das Cabrio Richtung Westen. Entspannt rollten Sarah und er über die nur wenig befahrenen Landstraßen der schon bald untergehenden Sonne hinterher. Dabei durchquerten sie wundervoll ursprüngliche Landschaften und ließen sich bei gemütlicher Fahrt den angenehmen Wind durch die Haare wehen, bis sie nach einer guten Stunde ihr Ziel erreichten. Wenig später saßen sie abseits der Straße hinter einem Blockhaus in einem archaisch anmutenden Steingarten an einem elegant eingedeckten Tisch und hatten das Gefühl, als säßen sie mitten in der weiten Landschaft. So, wie das Restaurant, war auch das Essen. Rustikal, aber sehr wohlschmeckend.

»Du musst ordentlich was zu Dir nehmen, damit es dem kleinen Mann oder der hübschen Göre gut geht!«, sagte Lucas und hielt ihre Hände fest in den seinen.

»Ich habe auch wirklichen Appetit«, erwiderte seine Frau.

»Das will ich wohl verstehen, nachdem Du recht großzügig die Fische im Pazifik verwöhnt hast!«

»Das war unfreiwillig und geschah nur, weil ihr wie ein paar Halbstarke gefahren seid!«

»Ach ja. Zuletzt sind wieder die Männer schuld. Anders geht es ja nicht!«, scherzte Lucas.

So unterhielten sie sich noch eine ganze Weile und machten sich anschließend auf den Heimweg.

Während der Fahrt hatten sie weniger miteinander gesprochen und ihren eigenen Gedanken nachgegangen. Jetzt aber drängten sich Fragen in Lucas auf, die er unbedingt loswerden musste.

»Seit wann weißt Du denn von Deiner Schwangerschaft?«

»Immer wieder übel und schwindelig ist mir seit einigen Wochen. Das erste Mal, als all die Verträge unter Dach und Fach waren!«

»Warum hast Du mir nicht gleich etwas gesagt? Dann hätten wir den Urlaub vielleicht sausen lassen!«

»Das wollte ich auf keinen Fall, denn nach den Anstrengungen der vergangenen zwei Jahre haben wir uns das wirklich verdient. Außerdem habe ich ja gesehen, wie sehr Du Dich darauf gefreut hast. Wirklich anstrengend ist es ja auch nicht. Morgen fahren wir gemütlich auf den Pazifik, machen uns noch ein paar schöne Tage und dann sehen wir weiter! An eine Schwangerschaft hatte ich übrigens überhaupt nicht gedacht. Erst, als Du das vorhin gesagt hast, wurde es mir klar und jetzt freue ich mich wirklich auf unser Kind!«

»Warst Du denn schon beim Arzt?«

»Nein. Ich sagte ja, dass ich nicht an Nachwuchs gedacht hatte. Wenn wir zurück sind, werde ich das umgehend machen!«

»Unser Leben wird sich aber gewaltig ändern«, philosophierte Lucas nachdenklich.

»Das ist wahr. Ehrlich gesagt, die letzte Zeit war mir auch zu heftig. Lange hätte ich das nicht mehr durchgehalten«, vertraute sie ihm an.

»Das hatte ich geahnt, aber in meiner Arbeitswut habe ich nie Zeit gehabt, intensiver darüber nachzudenken. Dass ich Dich zumindest zeitweise ein Stück weit überfordert habe, tut mir aufrichtig leid. Wir werden jetzt erst mal ein schickes Zuhause schaffen und dann bist Du hauptberuflich Mama, wenn Du das so möchtest!«

»Genauso hatte ich mir das auch gedacht«, lachte sie ihm ins Gesicht und freute sich, dass sie das beide so sahen.

»Vielleicht gibt es ja noch mehr kleine Sarahs oder Lucas?«

»Das heißt dann was?«

»Na, ganz einfach. Das Haus muss groß genug sein, mit riesigem Garten und so«, scherzte Lucas.

»Ich dachte mir schon so etwas. Und wer macht dann alles sauber?«

»Na, ich nicht. Ich muss ja arbeiten und den Kindern Unsinn beibringen. Das füllt mich sicherlich total aus!«

»Männer! Ihr seid doch alle gleich!«, grinste sie ihn an.

So ging das Gespräch noch eine ganze Stunde weiter, bis es Zeit wurde, aufzubrechen. Auch die Heimfahrt durch die Dunkelheit war ein Erlebnis besonderer Art. Um das offene Cabrio herum die wilde, zugleich herrlich duftende Natur, über ihnen Millionen Sterne und in ihren Seelen abgrundtiefe Ruhe. In dieser Gemütsverfassung lagen beide am Ende dieses langen, schönen Tages sehr bald erschöpft aber glücklich in ihrem Bett, hielten sich bei den Händen und fielen in einen erholsamen Schlaf.

Das letzte Mal in ihrem noch so jungen, verheißungsvoll gestarteten Leben.

Zunächst aber weckten sie die Geräusche des nächsten Morgens aus ihren Träumen und ließen Lucas gut gelaunt erwachen. Während Sarah die Augen noch nicht aufmachen wollte, spürte sie, wie er seinen Kopf auf ihren Bauch legte und irgendwelches unverständliche Zeug in sich vor sich hin brummelte.

»Was machst Du da?«, wollte sie wissen.

»Mich mit meinem Kind unterhalten!«

»Du bist ein Kaspar. Man sieht doch noch überhaupt nichts, geschweige denn, dass man sich mit jemandem da drinnen unterhalten könnte!«

»Wer weiß das schon. Außerdem kann ich gar nicht früh genug damit anfangen!«

»Au weia. Was soll das alles noch werden?«, äußerte Sarah lachend ihre Befürchtungen, von denen sie inständig hoffte, dass sie wahr würden.

Dann streckte Lucas seinen Kopf unter dem Bettdeck hervor.

»Guten Morgen, Mama«, sagte er liebevoll zu seiner Frau, die den wissenden, zufriedenen Gesichtsausdruck einer schwangeren Frau hatte.

»Guten Morgen, Du verrückter Papa«, gab sie zurück, zog ihn zu sich und nahm ihn fest in die Arme.

»Freust Du Dich?«, wollte sie von ihm wissen.

»Ja. Sehr. Ich kann es nicht mehr erwarten«, gab er zurück.

Dann sprangen sie aus den Federn, bewarfen sich wie so oft mit ihren Kopfkissen, fielen wieder auf die Matratzen, kitzelten sich gegenseitig aus, um sich nach einigen Minuten völlig auspustet in den Armen zu liegen.

Nach dem Frühstück machten sie sich abermals zum Jachthafen auf. Während der Fahrt durch die Sommersonne dachte Sarah darüber nach, ob eine veränderte Seelenhaltung tatsächlich so entscheidend auf das Wohlbefinden einwirkt. Auf jeden Fall hatte sie seit dem Moment, als Lucas ihre Schwangerschaft vermutete, auch nicht den kleinsten Schwindel- oder Übelkeitsanfall. Die erholsame Ruhe der Nacht, das wunderbare Gespräch mit ihrem Mann, ihre Aussichten für die Zukunft, ihre wirtschaftliche Unabhängigkeit und der bevorstehende Trip auf der *Oceanbreeze* ließen sie mehr als hoffnungsvoll in den Tag und in ihre gemeinsame Zukunft sehen.

»Da seid Ihr drei ja schon wieder«, begrüßte sie Stephen vor dem Klubhaus.

»Was macht der Nachwuchs?«

»Verweigert jede Aussage«, erwiderte Lucas.

»Ich verstehe nicht!«

»Ich habe heute Morgen mit ihm zu reden versucht, aber das Kind sagt einfach nichts!«

»Hör nicht hin. Der Kerl quasselt nur dummes Zeug«, warf Sarah ein und begrüßte den Skipper mit einer freundlichen Umarmung.

»Lasst uns noch etwas trinken. Es gibt ein paar Änderungen, die ich Euch erklären muss!«

Lucas befürchtete, dass die Jacht defekt sein könnte und der Turn auf dem Ozean abgesagt werden müsste. Entgeistert traf er auf die fragenden Blicke seiner Frau, die den gleichen Gedanken zu haben schien. Sie wurden aber sofort eines Besseren belehrt.

»Euer Ausflug fällt nicht ins Wasser«, sagte Stephen, der die offensichtlichen Befürchtungen der beiden erraten hatte.

»Es ist nur so, dass da draußen ein Unwetter unterwegs ist. Wir beobachten das Tiefdruckgebiet bereits seit einigen Tagen. Bislang sah es so aus, als würde es weiter nach Norden und bevor es dann Neukaledonien erreicht, nach Norden Richtung Papua-Neuguinea abziehen würde!«

»Und das macht es jetzt nicht mehr?«, wollte Lucas wissen.

»Kommt her. Ich zeige es Euch auf dem Monitor.«

»Wir erwarten das Unwetter am Nachmittag beziehungsweise, am frühen Abend. Das hängt davon ab, ob es die Geschwindigkeit hält oder stärker wird. Genau können wir das aber noch nicht sagen. Der hohe Luftdruck wird dann relativ zügig fallen, das Meer aufwühlen und den Himmel verdunkeln. Dann müsst Ihr aber schon im Hafen sein. Einem solchen Wetter kann die *Oceanbreeze* nicht standhalten. Dafür ist sie nicht gebaut, obwohl sie schon einen ordentlichen Stiefel verträgt!«, erklärte Stephen in eindringlichen Worten.

»Bis zwei Uhr am Nachmittag könnt Ihr locker draußen bleiben. Dann aber müsst Ihr die Rückfahrt antreten. Habt also bitte das Wetterdisplay auf der Bridge im Auge und fahrt nicht so weit hinaus, dass Ihr die Küste aus den Augen verliert, denn dann ist die Entfernung gering genug, dass Ihr innerhalb einer Stunde den nächsten Hafen anlaufen könnt. Da wir gestern in nördlicher Richtung unterwegs waren, empfehle ich auch, nach Süden zu fahren. Der Küstenabschnitt hinunter nach *Lennox Head* ist sehr schön und liegt etwa sechzig Kilometer entfernt. Wenn Ihr zügig hinunterfahrt und langsam zurückkommt, habt Ihr einen wunderbaren Trip und einen schönen Tag vor Euch.«

»Hört sich interessant an. Überlegt hatten wir uns Ähnliches auch und werden es wohl so machen«, sagte Lucas.

Sarah nickte zustimmend.

»Ich weiß, dass ich mich auf Euch verlassen kann. Ihr habt ja nicht nur Verantwortung für das Boot, wie wir alle wissen!«

»Wir werden pünktlich wieder hier sein«, ergriff Sarah das Wort, noch bevor Lucas Luft holen konnte.

»Geht klar.«, bestätigte ihr Mann.

»Ihr habt genug Kraftstoff an Bord. Der Sprit geht Euch jedenfalls nicht aus. Egal, wie schnell Ihr fahrt. Darüber braucht Ihr also nicht nachzudenken!«

»OK«, antwortete Lucas.

Dann gingen sie durch den Hafen zur Jacht und waren beim Anblick des Schiffes erneut von seiner Ästhetik beeindruckt. Strahlend weiß lag es herausgeputzt an seinem Platz, schaukelte ganz sanft und kaum sichtbar im sich nur leicht bewegenden Wasser des Hafenbeckens.

»Wir haben es noch einmal richtig sauber gemacht und die Vorräte im Kühlschrank aufgefüllt.«

»Das war doch gestern schon so blank. Ihr gebt Euch aber wirklich Mühe«, meinte Sarah.

»Die Kunden bezahlen viel Geld und dafür sollen sie auch jeden Luxus bekommen. Reinlichkeit ist dabei die kleinste Aufgabe, das kann ich Dir versprechen!«

Dann war es endlich so weit. Stephen löste mit wenigen Griffen die Leinen. Als das Schiff frei an seinem Ankerplatz schwamm und kaum spürbar schaukelte, drückte Lucas den Gashebel ganz behutsam nach vorn. Wieder kroch die Jacht sanftmütig und gehorsam vorwärts, fuhr in das weitläufige Hafenbecken und bewegte sich zur Ausfahrt. Lucas – ein klein wenig aufgeregt – lauschte dem gutmütigen Blubbern des Motors, drehte sich noch einmal um, winkte Stephen zu und konzentrierte sich dann voll auf seine Aufgaben, während Sarah neben ihm stand, genaustens beobachtete, was ihr Mann alles machte, um ihm gegebenenfalls zu helfen. Das war jedoch nicht nötig, denn der hatte Stephen auf ihrem Ausflug genauestens zugehört und bediente die Instrumente so, als ob er sein Lebtag nichts anderes getan hätte. Schnell hatte sich seine anfängliche, innere Angespanntheit gelegt. Nur Momente später verließen sie den Hafen und lenkten die *Oceanbreeze* hinaus aufs offene Meer. Wie am Tage zuvor zeigte sich der blaue Pazifik von seiner schönsten Seite. Es herrschte nur ganz leichter Wellengang, der auf dem Schiff kaum wahrzunehmen war und ein milder Wind aus südlichen Richtungen machte die extrem warme Sonne etwas erträglicher. Nichts deutete auf ein Unwetter hin und schon gar nichts auf die noch kommenden, dramatischen Ereignisse. Etwa zwei Seemeilen weit draußen nahm das Powerboat Kurs Richtung Süden. Stephen hatte sie nach einigen Minuten noch einmal angefunkt, um die Kommunikation zu testen, ließ sich abermals ihre geplante Route durchgeben und versprach, sie fortan nur noch zu kontaktieren, wenn es auch Gründe dafür gab.

»Ob Du dem Kapitän bitte einen Kaffee besorgen könntest«, sagte Lucas.

»War das eine Bitte oder ein Befehl?«

»Ein Befehl natürlich!«

»Aye aye, Sir. Wird gemacht!«, gab Sarah zurück, grüßte formal wie ein Offizier mit der flachen, an die Schläfe gehaltenen Hand und verschwand unter Deck.

»Wenigstens ist geklärt, wer hier das Sagen an Bord hat«, sagte Lucas halblaut belustigt vor sich hin.

Bald standen beide nebeneinander auf der Brücke und ließen sich den Wind durch die Haare wehen, sprachen aber für eine ganze Weile kein Wort. Zu schön war es hier draußen, zu überwältigend die paradiesische Abgeschiedenheit. Die Jacht schlingerte leise und wohlig brummend durch das tiefblaue Wasser.

»Mit jedem Moment, der vergeht, freue ich mich mehr auf unser Kind«, unterbrach Lucas die Stille, nahm die Hand seiner Frau und lachte, als sie ihn ansah und mit einem Auge zuzwinkerte.

Er registrierte in seiner Freude nicht, dass Sarah einigermaßen verhalten reagierte, denn sie zweifelte noch immer ein Stück weit an ihrer Schwangerschaft. Von plötzlich auftretender Übelkeit bei Frauen in anderen Umständen wusste sie natürlich und hatte solche Momente ihn ihrem Freundeskreis wiederholt mitbekommen. Allerdings sorgte sie sich um die mysteriösen Schwindelattacken, die so gar nicht zu einer Schwangerschaft passten. Die kamen ihrer Empfindung nach nicht aus dem Bauch, sondern eher aus dem Hinterkopf. Je mehr sie darüber nachgedacht hatte, desto deutlicher war ihr aufgefallen, dass sie immer zuerst diese Gleichgewichtsstörungen verspürte und sich erst in der Folge des Schwindels übergeben musste. Aber was wusste sie schon von solchen Zusammenhängen. Zuletzt siegte natürlich die Hoffnung. Sarah klammerte sich an den wundervollen Gedanken, dass tatsächlich neues Leben in ihr heranwuchs und die fiesen Begleiterscheinungen in ihrem Fall einfach nur andersgeartet waren. Ein Arztbesuch, den sie sich für den nächsten Tag vorgenommen hatte, würde ihnen beiden Klarheit verschaffen. Ihre trüben Gedanken beschäftigten sie jedoch nur für einen Moment. So plötzlich, wie sie sich in den Vordergrund drängelten, verflogen sie auch wieder.

»Ich gehe mir schnell einen Bikini anziehen«, sagte Sarah nach weiteren wortlosen Minuten und gab Lucas einen Kuss auf die Wange.

»OK«, sagte dieser etwas abwesend, da er mit konzentriertem Blick auf die Instrumente schaute.

Als sie in der Kabine verschwand, steuerte die *Oceanbreeze* in einer gefühlvollen Linkskurve nach Osten und nahm Kurs auf den offenen Ozean, ohne dass Sarah etwas davon mitbekam.

Er hatte Stephen zwar versprochen, in Küstennähe zu bleiben, jedoch war es sein tiefer Wunsch, zusammen mit seiner Frau wenigstens einmal dort zu sein, wo es nichts weiter gab, als die beiden. Der Himmel, das Meer und kein Land. Nichts, was sie stören oder ablenken konnte. Von daher hatte er lediglich im Sinn, so weit hinauszufahren, bis sie das Festland nicht mehr sehen konnten. Das war die ihm eigene Art von Romantik. Er wusste nur zu genau, dass seine Frau ihn verstehen und die kleine Kursänderung toll finden würde. Dann hörte er, wie Sarah zurück an Deck kam.

»Als Kapitän bin ich das Gesetz und kann allen an Bord Befehle erteilen, oder?«, rief er ihr über die Schulter zu, ohne sie angesehen zu haben.

»Du spinnst wohl«, erhob Sarah ihren vorgetäuscht ernsten Einspruch.

»Doch, doch. Das ist Seefahrerrecht. Und in Ermangelung eines Maschinisten oder Smutje musst Du jetzt alles tun, was ich sage!«

»Ach, und das wäre?«

»Ausziehen, bitte!«

Eine kurze Gesprächspause trat ein.

»Als hätte ich es mir nicht schon gedacht. Aber weißt Du überhaupt, dass der Sklavenhandel längst abgeschafft wurde?«

»Also. Folgendes gilt ein für alle Mal. Befehle werden nicht diskutiert, sondern bedingungslos ausgeführt und meinen hast Du ja gehört«, neckte Lucas weiter.

»Aye, aye, Sie. Ich bin Ihnen aber einen Schritt voraus!«

Lucas drehte sich um, sah die Splitterfaser nackte Augenweide zum Greifen nah vor sich und musste es jetzt ertragen, wie sie ihn mit provozierenden Gesten zu sich lockte, er aber das Steuer nicht aus seinen Händen lassen konnte.

»Die gesamte Besatzung sofort auf die Brücke!«, war die nächste Order.

»Befehl wird verweigert!«

»Das gilt nicht. Hast Du es vergessen? Der Kapitän bin ich!«

»Das macht nichts. Wenn der Herr Schiffsführer Spaß haben will, muss er sein Hinterteil schon mal etwas bewegen. Wenn er das in seiner Hochnäsigkeit aber nicht innerhalb der nächsten Sekunden auf die Reihe bekommt, wird alles wieder verpackt, und dann ist Schluss mit lustig.«

Sie mussten beide laut lachen, Sarah stieg die Treppe hoch und kuschelte sich in seine Arme.

»Hier draußen sind wir ganz allein. So weit weg von allem werden wir vielleicht nie wieder im Leben sein. Vor allem nicht, wenn Dein hübscher, flacher Bauch erst mal kugelrund ist. Jetzt, und wahrscheinlich nur jetzt, wird und kann uns niemand stören. Egal, was wir machen!«

»Und was wäre das genau?«

»Zeige ich Dir gleich. Wir parken hier draußen ein, was kein größeres Problem sein sollte, weil ja niemand da ist und stellen einfach den Motor ab. Dann ist, außer dem Wind und den Wellen, nichts mehr zu hören!«

»Und dann?«

»Dann beginnt der gemütliche Teil des Tages. Nur Geduld, meine erotische Nixe. Nur noch etwas Geduld!«

»Aha! Das ist meine größte Tugend. Ich kann wirklich sehr gut abwarten!«

»Na, ich weiß nicht. Unterschreiben würde ich das aber nicht. Übernimm doch mal das Ruder. Unten steht eine große Flasche Champagner. Ein herrlich gekühltes Tröpfchen. Ich mache es uns schön gemütlich. Du hältst bitte die Geschwindigkeit, bis ich zurück bin!«

»Wird gemacht, Sir. Stumpf geradeaus Richtung Amerika!«

»Das wäre ganz in meinem Sinne, aber Du musst auf den Kurs nicht weiter achten. Ich habe ihn auf Automatik gestellt. Was immer Du auch tust, das Schiff fährt immer in die vorgegebene Richtung!«

»Traust mir wohl nichts zu, was?«

»Doch, doch. Aber sicher ist sicher!«

»Frecher Kerl!«

»Noch eins!«, sagte Lucas, als er die Treppe hinunterstieg und sich noch einmal zu ihr umdrehte.

Wie auf Kommando sahen sich beide aufmerksam an.

»Ich liebe Dich über alles«, sagte er mit aller Aufrichtigkeit.

»Bei mir ist das noch sehr viel schlimmer«, hörte er seine Frau sagen.

Die letzten Worte, die er von ihr hören sollte.

Während Lucas im Unterdeck herumkramte, genoss Sarah ihre neue Rolle und fand es fantastisch, mit nur wenigen, leichten Handgriffen ein solches Boot dirigieren zu können, das trotz seiner enormen Kraft äußerst sanft reagierte. Lucas hielt wenig später den Schampus in den Händen und schaute sich um, wo er die Flasche am besten öffnen konnte, ohne das reinliche Schiff durch das Übersprudeln des köstlichen Inhalts zu beschmutzen. Aus diesem Grund ging er an die Reling am Heck, wo Sarah tags zuvor noch so eifrig die Fische gefüttert hatte. Er lehnte sich weit über Bord, um den Korken zu entfernen und erschrak, als der Motor ausgerechnet in diesem Moment aufheulte, sich die Jacht in derselben Sekunde von der urplötzlich entfesselten Wucht aufbäumte, Lucas unversehens aus dem Gleichgewicht brachte und durch den gewaltigen Ruck über Bord katapultierte. Mit dumpfem Krachen landete er im Wasser, war für Sekunden vom heftigen Aufschlag benommen und registrierte alsbald die Stille, die ihn etwa zwei Meter unter der Wasseroberfläche umgab. Wenig später tauchte er auf, versuchte sich zu orientieren und sah das Schiff in einiger Entfernung davonrasen.

Es war nichts anderes passiert, als dass Sarah erneut eine heftige, sie völlig beherrschende Schwindelattacke und einen in derselben Sekunde damit einhergehenden starken Brechreiz verspürte. Sie glaubte, eine mächtige Hand mit messerscharfen, stählernen Fingern würde tief in ihren Hinterkopf greifen. Ihre Hand, die sie am Gashebel des Schiffes hielt, verkrampfte sich unter dem Schmerz. Dann kippte sie bewusstlos vornüber, verkeilte mit ihrem Körper zusätzlich den Gashebel und blieb derart unglücklich liegen, dass sie auch bei zunehmender Geschwindigkeit nicht von den Armaturen rutschen und zu Boden fallen konnte, wodurch die Jacht vielleicht noch zum Stillstand gekommen wäre. So aber raste die *Oceanbreeze* mit vollem Speed führerlos auf die offene See hinaus. Immer Richtung Osten. Exakt so, wie es die entsprechend eingestellte Automatik vorgab.

Lucas konnte gerade noch sehen, wie Sarah reglos auf dem Cockpit lag. Er vermochte sich beim besten Willen nicht erklären, was ihr Schlimmes zugestoßen sein konnte. Ihm wurde bewusst, dass das Schiff nicht mehr zu stoppen war. Augenblicklich erkannte er, dass weder Sarah noch ihm nichts und niemand mehr helfen konnte, zumal die *Oceanbreeze* den eingestellten Kurs strikt einhielt, unaufhaltsam schnell davonfuhr und zusehends kleiner wurde, als sie sich dem Horizont näherte, um sehr bald aus seinem Blickfeld zu verschwinden. Der um diese Zeit noch leichte Wind trug ein paar letzte Geräuschfetzen über das Wasser und dann wurde es still um ihn.

»Sarah! Was ist mit Dir geschehen?«, sagte er zu sich selbst in seiner Verzweiflung und realisierte, dass auch er sich in höchster

Lebensgefahr befand. Er konnte es niemals schaffen, bis an Land zu schwimmen. Zu sehr hatten sie sich vom Festland entfernt. Jetzt rächte es sich, dass er zuvor die Weite und Einsamkeit gesucht hatte. Aber Lucas dachte nicht an sein eigenes Wohlergehen. Vielmehr sorgte er sich um seine Frau. Er vermutete, dass Sarah keinen Notruf mehr absetzen konnte und hoffte inständig, dass Stephen sehr schnell erkennen würde, wie rasant die Jacht auf den Pazifik hinausfuhr und dass an Bord etwas überhaupt nicht in Ordnung war. Es würde ganz sicher eine umgehende Rettungsaktion gestartet, vermutlich mit Flugzeugen versucht, die Jacht einzuholen, um sie wie auch immer anzuhalten. Ihn aber würde in der blauen Endlosigkeit niemand mehr finden können, auch dann nicht, wenn man direkt über ihn hinwegfliegen oder mit einem Boot an ihm vorbeifahren würde. Angesichts dieser Erkenntnis überkam ihn jetzt die blanke Angst um das eigene Leben.

Stephen war etwa zwanzig Minuten im Hafen unterwegs, als er in sein Büro zurückkam, einen Blick auf den Kontrollmonitor warf und sofort erkannte, dass er unmittelbar aktiv werden musste.

»Die Coastguard in Brisbane sofort alarmieren. Nur noch der Hubschrauber kann die beiden da draußen einholen und das Schiff zu stoppen versuchen. Wir müssen uns beeilen, denn das angekündigte Tiefdruckgebiet ist nicht mehr sehr weit weg«, wies er seine Mitarbeiter, die er eilig zusammengetrommelt hatte, hastig ein.

»Hinsichtlich des Wetters brauche ich sofort alle vorliegenden Informationen und Prognosen. Mit etwas Glück und nur, wenn der Sturm nicht allzu schlimm wird, übersteht die *Oceanbreeze* das Unwetter!«

In diesem Tempo hagelte es noch verschiedene Anweisungen, und bevor er die letzte Anordnung ausgesprochen hatte, war der Rettungshubschrauber bereits in der Luft, um der davonrasenden Jacht zu folgen. Auch zwei andere Schnellboote machten sich auf den Weg. Geradewegs auf die weit draußen unter schweren, schwarzen Wolkenwänden bereits heftig tosende See zu. Es gab für die Rettungskräfte in der Luft eine durchaus berechtigte Chance, das Boot noch rechtzeitig einzuholen. Jedoch hatte niemand eine Ahnung, was dann zu tun wäre. Alle gingen davon aus, dass Lucas und Sarah - aus welchem Grund auch immer – handlungsunfähig waren und das Boot nicht gestoppt werden konnte. Es war nun Stephens Aufgabe, hier nach Möglichkeiten zu suchen. Was ihn am meisten sorgte, war der ausgebliebene Notruf. Von daher war klar, dass beide unverhofft außer Gefecht gesetzt wurden. Was ihnen zugestoßen sein konnte, vermochte er sich nicht zu erklären. Soweit es die *Oceanbreeze* betraf, hoffte er auf einen möglichen Motorschaden durch Überbelastung, verwarf diese Hoffnung jedoch umgehend. Diese Maschinen waren für genau die jetzt herrschenden Bedingungen gebaut. Anhaltende Volllast auch bei zunehmend widrigen Verhältnissen. Doch auch die *Oceanbreeze* hatte trotz aller Qualität ihre Grenzen. Sie war beileibe nicht gebaut, um einen Ozean zu überqueren. So viel Kraftstoff war auch nicht an Bord. Starke Wellen konnte sie schon vertragen, haushoher Seegang war aber auch für dieses Schiff viel zu gefährlich. Es blieb zuletzt die Berechnung, dass man die Jacht in dem Moment erreichte, wenn sie in das Sturmgebiet einfahren würde.

»Das Einholen ist das Eine. Aber wie sollte es anschließend gestoppt werden. Mit Glück würde sie im falschen Winkel in eine Woge fahren und so zum Kentern gebracht. Nur dann könnten die Rettungstaucher etwas unternehmen«, ging es Stephen durch den Kopf, als er tiefen Respekt für die Besatzung des Hubschraubers empfand, da sich die Jungs immer wieder völlig selbstlos den gefährlichsten Situationen aussetzten, um anderen Menschen zu helfen.

Lucas versuchte, sich zusammenzureißen. Er unternahm gar nicht erst den Versuch, zu schwimmen. Er wusste, dass ihm das nur unnötig Kraft kostete. Also legte er sich flach auf das Wasser und ließ sich treiben. Konzentrieren und klar denken war das Einzige, was ihm möglicherweise noch helfen konnte. Inzwischen war er über eine Stunde im Wasser und bekam Durst. Die Sonne brannte unsäglich vom Himmel auf seinen nassen, ungeschützten Kopf, was im Zusammenhang mit fehlendem Trinkwasser nicht folgenlos blieb. Quälende Kopfschmerzen und Übelkeit stellten sich ein. Seine Gedanken aber hingen weiterhin an Sarah. Inständig hoffte er, dass sie aus irgendeinem Grund einfach nur ohnmächtig geworden war, das Bewusstsein vielleicht schon wiedererlangt hatte und Hilfe holen würde. Vorsichtig ließ er die leise aufkeimende Hoffnung auch für seine Rettung zu. Eine halbe Stunde später ging es ihm bereits richtig schlecht. Krämpfe in Armen und Beinen kamen, schmerzten und gingen. Einige Male musste er sich übergeben, verspürte jedoch keine Erleichterung oder Besserung. Zu allem Pech hatte er beim tiefen Einatmen auch Salzwasser geschluckt, das die Brechreize nicht besser werden ließ. Bald erfassten ihn starke Gemütsschwankungen. Angstattacken schienen ihn wiederholt lähmen zu wollen und dann gab es Momente der Ruhe, in denen er über sein ganzes Leben nachdachte. Er erinnerte sich, wie er Sarah damals an der Uni traf, sie ihn auf diese besondere Weise ange-lächelt und er sich sofort in sie verliebt hatte. Dann kamen Bilder so vieler anderer Erlebnisse mit seinen Freunden und Eltern. Alles endete in der Freude des vergangenen Tages, als er von Sarahs Schwangerschaft erfuhr. Ihr Kind, das sie in Liebe gezeugt hatten, sollte für ihn das lebende Symbol ihrer unzertrennlichen Gemein-samkeit sein. Noch einmal erfüllte echte Vorfreude sein Herz. Mit dem Bild Sarahs immer runder werdenden Bauch erwachte er aus seinem Traum, spürte zuerst das Wasser um sich herum, fasste dann für Augenblicke wieder klare Gedanken und erschrak, als er die Realität um sich herum erkannte. Lucas hatte gehofft, dass alles wäre nur ein schlechter Traum.

Hätte jemand die *Oceanbreeze* sehen können, er oder sie würde beobachten, wie das Schiff nach wie vor mit hochstehendem Bug durch die inzwischen aufschäumenden Wellen raste. Der zunehmend auffrischende, jetzt aus östlichen Richtungen wehende Wind, spielte im Moment noch keine Rolle. Man würde sehen, dass auf dem Cockpit vornübergebeugt noch immer eine regungslose junge Frau lag, die offensichtlich dringend Hilfe nötig hatte. Außer-dem wäre zu beobachten, dass am Horizont keine dunklen, sondern pottschwarze Wolken, angetrieben durch heftige Stürme, sehr bald das unschuldige Blau des Tages bedrohen würden. Auf halbem Wege zwischen Boot und Festland raste ein sehr tieffliegender Hubschrauber in die gleiche Richtung. Die Aussichtslosigkeit ihrer Mission erkannte dessen die Gefahr ignorierende Besatzung eine halbe Stunde später, als die Männer meinten, weit voraus die gesuchte Jacht endlich ausgemacht zu haben. Die düstere Wetterfront hatte bald sowohl den Hubschrauber als auch das Schiff vollends verschluckt. Für den Piloten wurde es zum wirklichen Kraftakt, seinen Helikopter in der Luft zu halten. Gemeinsam hatte die Besatzung entschieden, trotz aller Widrigkeiten weiterzufliegen. Als sich ihr Vorhaben zusehends der Unverantwortlichkeit näherte, musste dann doch der Rückflug eingeleitet werden. Die Crew war bis weit über alle tolerierbaren Grenzen hinausgegangen und zuletzt musste man um ihre sichere Heimkehr fürchten, die aber trotz allem gelang.

Sarah aber raste weiter geradeaus in den apokalyptischen Abgrund. Inzwischen tobte das Meer und lieferte sich ein Duell mit dem drastisch zunehmenden Wind, der zügig den Status eines starken Sturms überschritt und zu einem Zyklon mutierte. Die Wellen wurden zu Wogen, türmten sich schnell mehr als haushoch auf und eines dieser Ungetüme verschlang die *Oceanbreeze* einfach, begrub das Schiff tief unter sich, sodass es unmittelbar zerbrach und auf den Meeresgrund sank. Sarah aber hatte von all dem nichts mehr gespürt oder etwa leiden müssen, denn das Licht ihres so jungen Lebens war bereits in dem Moment erloschen, als der Motor erstmalig hemmungslos aufheulte, das Schiff vorwärts katapultiert und Lucas über Bord geworfen wurde.

Dieser hatte die ganze Zeit auf Rettung für Sarah und sich gehofft, aber so viele Zufälle konnte es einfach nicht geben. Die letzten klaren Gedanken galten seiner Frau, seinem Kind und dem Wunsch, dass wenigstens sie am Leben bleiben durften. Irgendwann aber entglitt sein Denken in alles verdrehende Halluzinationen, bis auch ihn endlich die Bewusstlosigkeit ereilte, aus der er nicht mehr erwachte.

Man kann Haie als Killer oder Monster betrachten, sie verurteilen, jagen und töten. Zuletzt aber leben sie so, wie es ihnen die Natur vorgibt. Jonas war schon weit weggetreten und der Sturm hatte auch ihn fast erreicht, als sich nur wenige Hundert Meter entfernt die Rückenflosse eines Bullenhais durch die aufschäumenden Wellen schnitt.

Zeit des Friedens

Es hatte bereits den ganzen Tag über geschneit. Anfangs fielen nur kleine Flocken, doch ab Mittag verdunkelten sich die Wolken am winterlichen Himmel rasant. Der Niederschlag nahm deutlich zu, bis die Welt nach und nach von einer sich langsam schließenden Decke aus Puderzucker eingehüllt wurde. Der dichte Schneefall saugte alle Geräusche auf, sodass draußen eine ganz eigentümliche, äußerst angenehme Stille herrschte, die ich auch heute noch besonders mag. Nachmittags hatte ich vergeblich versucht, den Gehweg zu fegen, musste jedoch kapitulieren, da ich gegen die vom Himmel herabfallenden Mengen einfach nicht mehr ankam. Also stellte ich den Schneeschieber zur Seite, ging ins Haus und heizte den Kamin an. Natürlich haben wir auch eine Heizung , doch ist es mir ein lieb gewordenes Ritual, die säuberlich vorbereiteten Holzscheite einer Kiefer in den Brennraum zu legen, anzuzünden und die wachsenden Flammen zu beobachten. Ein wunderbarer, archaischer Akt, denn schon die Menschen in der Steinzeit haben sich in den kalten Jahreszeiten am offenen Feuer gewärmt. Lautes Knacken der entflammten Scheite erfüllte den Raum und ein betörender Duft der ätherischen Öle des verbrennenden Harzes breitete sich aus. Wenn man in solchen Augenblicken seine Augen schließt und tief einatmet, fühlt es sich an, als befände man sich in einem wunderschönen Nadelwald. Schnell wurde es mollig warm in unserem Wohnzimmer und das Licht der kleinen Lampe auf meinem alten Schreibtisch aus der Biedermeierzeit vervollständigte die Gemütlichkeit. Ich stand am Fenster und bewunderte eingehend das winterliche Schauspiel der Natur. Die Sonne war bereits untergegangen und das letzte Licht der Abenddämmerung verlor sich langsam an die heraufziehende Nacht. Für mich sind das unbezahlbare, magische Minuten, die mich immer wieder unglaublich faszinieren. Meine Frau war für einen Moment ganz leise hereingekommen und hatte ein paar Kerzen angezündet, mich aber in meiner Nachdenklichkeit nicht unterbrochen oder gestört. Jetzt hörte ich sie in der Küche herumkramen. Sie bereitete das Abendessen vor und sorgte dafür, dass es im ganzen Haus lecker duftete. Als ich eine ganze Weile schweigend dagestanden hatte, kam unhörbar auf leisen Pfoten unser Kater namens Pepper aus irgendeinem seiner Verstecke hervorgekrochen, strich zunächst leise schnurrend um meine Beine und sprang elegant mit leichtem Satz auf die Fensterbank. Sogleich legte er sich zwischen die Blumentöpfe und schien zu erwarten, dass ich ihm das Fell kraulte.

»Ich bin doch nicht Dein Personal, Du kleiner Schwerenöter«, erhob ich nicht wirklich ernst gemeinten Protest, vermochte seinem herzerweichenden, auffordernden Blick aber nichts entgegenzusetzen und tat, was er verlangte.

Draußen stapfte meine Tochter Michelle mit ihren Freundinnen durch den Winter. Die drei waren irgendwo in der Stadt unterwegs gewesen und hatten glücklicherweise rechtzeitig den Heimweg angetreten, bevor der Verkehr zum Erliegen kam. Sie war jetzt achtzehn Jahre, bildhübsch wie ihre Mutter und erhellte mit ihrem freundlichen Wesen jeden Raum, wenn sie durch die Tür kam. Sie würde aufgrund ihres Studiums sehr bald dem Elternhaus den Rücken kehren und ihren Vater ganz allein zurücklassen.

»Wie grausam«, dachte ich.

»Mein kleines Töchterlein!«

Nun. Das Leben ist so und noch ist sie bei uns. Außerdem bin ich sehr gut darin, solche Ereignisse genauso schnell wieder zu verdrängen, wie sie in meinen Gedanken auftauchen. Wie sie in der Behindertenwerkstatt, in der sich dieses wunderbar gutmütige Wesen seit ungefähr zwei Jahren engagierte, ohne sie zurechtkommen würden, war mir schleierhaft. Sie kümmerte sich um alles und wer zu ihr kam, machte seinen Weg niemals vergebens. Für ihr hilfsbereites Wesen bewunderte ich das Mädchen aus tiefstem Herzen. Gleichzeit freute ich mich für den noch unbekannten Mann, der sie einmal zur Frau bekommen würde. Das aber lag noch in weiter Ferne und würde sicherlich eine ganz andere Hürde für mich werden. Dann klappte die Haustür zu und holte mich aus meinen Gedanken.

»Bin wieder da«, rief Michelle und wuselte noch einen Moment an der Flurgarderobe herum.

Sie brachte Leben in unsere ruhigen vier Wände. Zunächst half sie ihrer Mutter ein wenig in der Küche, kam anschließend ins Wohnzimmer, umarmte mit strahlendem Lächeln ihren auf sie wartenden Vater, um zuletzt den bereits tief schlafenden Pepper ordentlich zu knuddeln, der daraufhin nur kurz erwachte, sich über die plötzliche Störung missbilligend umschaute, aber sofort – als sie von ihm abließ – wieder die Augen schloss und genüsslich vor sich hin schnurrte. Michelle durfte das. Vor ihr kapitulierte auch dieser kleine Rüpel. Für ihn war es immer nur wichtig, dass sich jemand um ihn kümmerte. Wie, war ihm offensichtlich egal.

»Das sollte ich einmal machen«, ging es mir durch den Kopf.

Mich würde er nämlich mit strafendem Blick mahnen, sich dann vorsichtshalber aus dem Staub machen und vermutlich unter dem Sofa am Kamin verschwunden, denn dort blieb er unbemerkt, wäre sicher vor weiteren Störungen, könnte jedoch alles mitbekommen, was im Raum geschah. Ich war immer etwas pikiert über die Unter-schiede, die dieser kleine Nichtsnutz vor allem zwischen Michelle und mir machte. Trotzdem mochte ich ihn, denn wenn im Fernseher die Sportschau lief, saß er ausschließlich auf meinem Schoß. Warum auch nicht, denn außer mir schaute ja niemand diese Sendung. Ich musste schmunzeln, als mir jetzt klar wurde, dass er mich nur für seine Zwecke ausnutzte. Ein wirklicher Oppor-tunist.

Meine Tochter kuschelte sich an mich, sagte nichts, folgte meinem Blick hinaus in das Schneegestöber und in die weiße Landschaft. Ich kannte dieses Verhalten. So begegnete sie mir immer, wenn sie etwas auf dem Herzen hatte und war gespannt, womit sie gleich herausrücken würde. Und richtig. Es verging kaum eine Minute, als sie mich ansah.

»Papa?«

»Was gibt es, meine kleine Prinzessin?«, fragte ich nach einigen Sekunden.

»Ist es OK, wenn ich Morgen einen Jungen aus der Wohngruppe mitbringe?«

Ein glühender Stachel traf meine an dieser Stelle sehr empfindliche Vaterseele.

»Hatte sie sich dort in einen dieser jugendlichen Raubritter verliebt, der mir nun meine Tochter wegnehmen wollte?«

Da sie ihn jetzt anschleppen wollte, lief das sicherlich schon länger. Eifersucht bäumte sich in mir auf. Da ich von all dem bislang nichts mitbekommen habe, müsste ich unbedingt ein ernstes Wort mit meiner Frau sprechen. Wehe, wenn sie etwas wusste und es vor mir geheimgehalten hatte. Meine Tochter gebe ich nicht so einfach her. Das war klar wie Kloßbrühe. Sie war fast erwachsen und sollte tun, was sie möchte. Jedoch würde ich die Hürden für den Bengel sehr hoch hängen. Wenn er nämlich keinen ordentlichen Beruf erlernen oder sonst wie schräg um die Kurve kommen würde, könnte er sofort auf der Türschwelle kehrt machen. Das galt insbesondere, wenn er keine Sportschau sah und sich nicht wirklich für Fußball interessierte. Meinen Gedankensturm hatte jedoch nur einige Sekunden gedauert. Ich wandte mich zu ihr und gab mich gelassen, geradezu tiefenentspannt, sagte aber kein Wort, sondern schaute sie nur fragend an.

»Versteh doch«, reagierte sie auf meine unausgesprochene Frage.

»Er heißt Tim und wäre ganz allein, wenn wir uns nicht um ihn kümmern. Sein Vater lebt nicht mehr und seine Mutter liegt im Krankenhaus!«

»Aha. Tim soll also mein Schwiegersohn heißen«, dachte ich bei mir.

»Ich habe den Namen in unserem Haus bislang noch nicht gehört und konnte mir auch beim besten Willen nicht vorstellen, dass sich ein Tim am Samstag die Sportschau ansehen würde. Auch habe ich nie etwas von berühmten Ärzten, Forschern oder anderen Persönlichkeiten gehört oder gelesen, die Tim hießen. Von daher konnte er überhaupt nicht in die engere Wahl kommen, denn ich würde niemanden ins Haus lassen, der meiner Tochter nichts in dieser Richtung zu bieten hatte. Und überhaupt. Was sollte das mit seiner Mutter? Warum muss man sich um einen fast erwachsenen jungen Mann kümmern, dessen Mutter im Krankenhaus liegt?«, huschte es mir in Windeseile durch den Kopf.

»Ich verstehe nicht ganz?«, sah ich Michelle fragend an und wollte ihr etwas auf den Zahn fühlen.

»Wie alt ist dieser Tim eigentlich?«

»Sechzehn Jahre?«

Ich erschrak. Das konnte doch nicht sein. Sie war doch selbst noch so jung und jetzt das? Doch ohne weitere Fragen abzuwarten, erzählte sie mir aus seinem Leben.

»Als er ein kleines Baby war, hatte er eine folgenschwere Hirnhautentzündung und sehr viel Glück, dass er überhaupt noch lebt. Seine geistige Entwicklung geht nur äußerst langsam voran und er wird niemals so weit kommen, dass er ohne fremde Hilfe sein kann. Trotzdem ist er ein liebenswerter Kerl, lacht viel, ist aufmerksam, hört zu, will alles wissen, begreift aber nur ganz wenig. Man muss sich auf ihn einlassen, sich um ihn kümmern und ihn ständig beaufsichtigen.«

»Anders geht es einfach nicht. Und er liebt Fußball. Wenn Du Dich mit ihm unterhalten möchtest, erkläre ihm einfach die Spielregeln, dann wirst Du einen neuen Freund haben, der am Samstag mit Dir und dem Kater vor dem Kamin oder besser, vor dem Fernseher sitzt. Du musst ihm alles nur immer wieder plausible machen. Das ist zuweilen etwas anstrengend. Ich sage es aber noch mal. Er ist eine ganz liebe Socke!«

Kann man dazu nein sagen? Ich vermochte es jedenfalls nicht, nickte stumm und bejahend, wohl wissend, dass das auch ganz im Sinne ihrer Mutter war und schämte mich vor mir selbst für meine eifersüchtigen Gedanken.

»Danke!«, sagte sie, zu mir, drückte mich erneut ganz fest, küsste mich auf die Wange und verschwand.

Mir wurde mit einem Schlag klar, dass ich fortan die innere Umklammerung von meiner Tochter lösen musste. Sich als Vater zu sagen, dass sie erwachsen geworden war, wäre das Eine. Es zu begreifen aber gehört genauso dazu. Diese Hürde hatte ich infolge ihrer warmherzigen Worte endlich nehmen können und begegnete ihr fortan, wie man einer jungen Frau mit ihrer eigenständiger

Persönlichkeit gegenüberzutreten hatte. In meinem Inneren aber würde sie für immer mein kleines Töchterchen, meine Prinzessin, mein Nesthäkchen bleiben.

Weihnachten. Am nächsten Tag war Heiligabend und die Erfahrung, wie wichtig es für mich gewesen war, der Bitte meiner Tochter zuzustimmen, wartete bereits auf mich. Als ich noch ein kleiner Junge war, konnte ich die spannenden Tage der Vorweihnachtszeit nur schwer ertragen. Es gab Geschenke, Süßigkeiten, die ich immer ohne elterliche Mahnung in mich hineinstopfen konnte, weil eben Weihnachten war. Außerdem musste ich auf meinem bunten Teller Platz machen, denn an den Festtagen kamen meine Großeltern, Tanten und Onkels mit großen Taschen voller weiterer Geschenke. Das Schöne an der Kindheit war, dass ich jeden Tag etwas Neues machte, was ich zuvor nie getan hatte. Alles war Abenteuer, intensiv, momentan und ich voller Ungeduld, die vermutlich die meisten Kinder gepachtet hatte und haben. So erlebte ich damals diese Zeit und fand sie herrlich. Ich machte mir keine Gedanken um irgendwas, nahm die Dinge wie sie mir begegneten und genoss die in meiner Erinnerung äußerst besinnlichen, familiären Tage um den Jahreswechsel.

Irgendwann aber wird man größer, kritischer, hinterfragt die Dinge, entwickelt sein eigenes Ich und nimmt nicht mehr alles einfach so hin. Ich begann mich dafür zu interessieren, woher all unsere Bräuche kamen und auch, warum wir überhaupt Ostern, Pfingsten, im Besonderen aber Weihnachten feiern. Der geschichtliche Hintergrund und eigentliche Sinn der Feste fasziniert mich bis heute. Ich las und lese vieles über die Bedeutung des Weihnachtsbaums, der Geschenke, die drei heiligen Könige und so vieles mehr. Dass der Weihnachtsmann selbst rot gewandet durch den Schornstein kommt, war für mich immer das Bild meiner frühesten Kindheit. Als ich aber las ich, dass sein Dress möglicherweise ein Werbegeck eines weltbekannten, amerikanischen Limonadeherstellers war, geriet mein Bild deutlich ins Wanken. Je mehr ich aber darüber las und betrachtete, wie wir nicht nur diese Festtage inzwischen begehen, machte sich so etwas wie Ablehnung in mir breit. Nicht, dass ich Weihnachten selbst infrage stellte, wohl aber, was wir daraus gemacht haben.

Erscheint es nicht fragwürdig, dass die Supermärkte bereits Ende September eines jeden Jahres Weihnachtsgebäck anbieten, dessen Haltbarkeitsdatum vielleicht schon zum Nikolaustag ablaufen wird. Ostern und Pfingsten sind doch noch vor gar nicht so langer Zeit erst gewesen. Das liegt nicht daran, dass die Zeit schneller vergeht, sondern, dass wir zunehmend kommerziell ferngesteuert werden. Jeder meint es zum Fest aus seiner Sicht gut, wenn er die Kleinen beschenkt. Nur sehen das oftmals alle Omas und Opas, Tanten und Onkels so und müssen erleben, wie die Enkel und Nichten in Geschenktürmen versinken, unter denen so manche Überraschung vielleicht doppelt auf dem Gabentisch liegt. Der Heilige Abend kommt alle Jahre immer wieder unangemeldet, plötzlich und völlig unerwartet, sodass sich in den ersten Wochen des Dezembers Menschenmassen auf der Suche nach Präsenten durch die übervollen Geschäfte drängeln. Eine Zeit, die Taschendiebe ganz im weihnachtlichen Sinne für sich zur Hauptarbeitszeit erkoren haben. Auch wir haben auf der Arbeit alljährlich Weihnachtsfeiern. Diese eigentlich schönen Traditionen mit leckerem Essen und unterhaltsamen Gesprächen, sind jedes Mal sehr nett. Wenn wir bei uns nicht einen aufmerksamen Kollegen hätten, der an diesen Abenden eine schöne Festgeschichte vorlesen würde, bliebe das Wort Weihnachten vermutlich vollkommen unerwähnt.

Diese und andere Gedanken sind eigentlich nur dahingehend von Bedeutung, als dass ich für mich schon vor langer Zeit festgestellt habe, nicht daran teilnehmen zu wollen. Natürlich mag ich das Weihnachtsfest und selbstverständlich gibt es auch bei uns kleine Geschenke. Ich bin halt nur auf der Suche nach dem Geist und dem inneren Wert dieser Zeit. Das aber fällt mir besonders schwer und erfüllt mich mit tiefster Abscheu, wenn ich an die Kriege auf dieser Welt denke, die auch zum Jahresende weltweit geführt werden. Besonders beschämend fand ich, dass vor einigen Jahren am Heiligen Abend ausgerechnet in Bethlehem Bomben abgeworfen wurden. In folgender Hinsicht sind doch die meisten Menschen gleich. Frieden möchte jeder. Es sind lediglich ein paar Eliten in verantwortlichen Positionen, die diese Konflikte über die Menschen bringen.

Es sind seit langem solche und ähnliche Gedanken, die mich das Fest als das zu sehen lassen, was es ist oder was es vielleicht sein sollte. So stand ich noch immer nachdenklich vor meinem Fenster, haderte ein kleines Stück weit mit mir und der vor sich selbst davoneilenden Menschheit, als die Tür aufging und meine Frau erneut hereinkam.

»Na, mein Lieber. Ist der Kopf wieder so gedankenschwer?«

Sie kannte mein oftmals nachdenkliches Wesen, meinen zuweilen melancholischen Blick auf die Welt und wusste nur zu genau, was mich immer wieder zur Weihnachtszeit beschäftigte.

»Ja. Ein wenig schon. Auch wenn ich weiß, dass sich nichts ändern lässt!«

»Ich verstehe Dich und ich teile vieles von dem, was Du denkst. Aber jeder darf und soll die Welt so sehen, wie er oder sie es möchte. Dazu gehört, dass alle die Festtage gestalten können, wie sie es für richtig halten!«

Sie blieb für einen Moment an meiner Seite, lächelte mit wissendem, verständnisvollen Blick, um bald wieder in die Küche zu gehen. Meine Frau war schon immer der gute Geist unter unserem Dach. Sie hielt alles fest zusammen, sorgte für Ordnung, ließ nicht zu, was zu Hause nicht zugelassen werden konnte. Sie war der Anker für unsere Tochter und mich. Selbst in Peppers Hierarchie nahm sie eine besondere Stellung ein, denn sie allein füllte zu immer wieder denselben Zeiten seinen Futternapf. Mister Samtpfote erwartete sie pünktlich, indem er sich schweigend neben das kleine Schälchen setzte, sie auf Schritt und Tritt genauestens beobachtete, bis sie endlich zu ihm kam und er an der Reihe war. Wie immer beugte sie sich zu ihm, gab ihm zu fressen, redete in liebevollem Ton auf ihn ein, strich sanft über sein Köpfchen und ließ ihn in Ruhe futtern. Zum Dank mauzte er leise und machte sich dann über die Leckereien her. Und genau so begegnete sie allem und jedem. Niemand kam zu kurz oder wurde bevorteilt. Schon seit Tagen hatte sie mit selbstgebasteltem Weihnachtsschmuck an so vielen Stellen für weihnachtliche Festlichkeit gesorgt. Der sehr betörende Duft frisch gebackener Kekse zog durch die Räume und das Licht flackernder Kerzen unterstrich die wunderbare Atmosphäre.

Pepper aber hatte mit all meinen Gedanken nichts am Hut. Wie auf Kommando erwachte er aus seinem Tiefschlaf, machte – wie es sich für einen Kater gehört – einen ordentlichen Buckel, streckte sich und schaute nach, ob er vielleicht in der Küche etwas abstauben konnte. Das Letzte, was ich an diesem Tag von ihm hörte, war sein freudiger Empfang durch meine Mädels, die ihn vermutlich erst mal ordentlich durchknuddelten, um ihm anschließend seinen Napf zu füllen.

»Jetzt wickelt er die Zwei um seine kleinen Krallen, dieser freche Raubauke. Er hat uns alle lautlos im Griff und bekommt von jedem, was er möchte. Wenn ich es genau betrachte, ist er der eigentliche Chef in diesen Räumen. Der ungekrönte König«, lachte ich kopfschüttelnd in mich hinein und beneidete ihn um seinen unbändigen Charme, dem offensichtlich niemand zu widerstehen in der Lage war.

Der nächste Tag. Schon früh kroch ich aus den Federn, schaute neugierig aus dem Fenster und freute mich über den klaren Morgen, der einen sonnigen, frostigen Tag versprach. Am wolkenlosen Himmel waren in der aufkommenden Dämmerung noch ein paar Sterne sichtbar. Allein die Venus, die des Abends als Erstes zu sehen ist und am nächsten Morgen zuletzt im Tageslicht verschwindet, leuchtete strahlend hell. Nach dem wie immer sehr gemütlichen Frühstück mit meinen beiden Frauen und Herrn Pepper, machte ich mich auf zum Schnee schippen. Bis spät in die Nacht musste es geschneit haben, und ich würde ganz schön schuften müssen, um die Wege zu räumen. Das aber machte ich gern, denn wann in den letzten Jahren hatten wir weiße Weihnachten. Vielleicht trügt mich die Erinnerung an meine Kindheit, aber ich meinte, damals war es zum Fest immer verschneit und kalt. Und genau dieses Wetter verband ich schon immer mit diesem Fest. Die Nachbarn waren genau wie ich fleißig bei der Arbeit, und nachdem ich mich das erste Mal richtig warm gearbeitet hatte, war ich über das ein oder andere nachbarschaftliche Gespräch am

Gartenzaun recht dankbar. Oft nahm ich es nicht bewusst wahr, wie sehr meine Frau auf mich achtete. Als ich mit einem vorbeikommenden Freund die Fußballergebnisse des vergangenen Spieltages besprach, öffnete sich die Haustür und schon hatten wir eine Tasse heißen Tee in den Händen. Als sie wieder ging, sah ich ihr nach und spürte tiefe Dankbarkeit, sie an meiner Seite zu haben. Es waren gut neunzig Minuten vergangen, als ich den Schneeschieber in der Garage abstellte und Ausschau hielt, ob es nicht noch etwas zu tun gab. Ich wollte zu gern an der frischen Luft bleiben, denn die Bewegung hier draußen tat mir wirklich gut, als plötzlich mein Töchterchen in Begleitung eines Freundes um die Ecke kam.

»Hi, Papa. Das ist Tim. Der Junge, von dem ich gestern erzählt hatte!«

»Oh, das ist aber schön. Ich freue mich, Dich kennenzulernen«, sagte ich freundlich und reichte ihm die Hand.

»Hallo«, kam es etwas verzögert und schüchtern aus seinem Mund, in dem er fragend zu Natalie sah.

Sie nickte ihm mit ihren Augen blinzelnd zu und gab ihm so die Gewissheit, alles richtig gemacht zu haben. Das wiederum löste in ihm eine riesige Freude aus, sodass er in die Hände klatschte und laut lachte. Er wirkte auf mich, wie Natalie es tags zuvor beschrieben hatte. Er war gekleidet, wie alle Jungen in seinem Alter, sehr gepflegt und äußerst aufmerksam. Ganz besonders fiel seine sehr hagere Figur auf. Die Brillengläser waren so stark, dass sie seine blauen Augen als viel zu groß erschienen ließen. Auch ich warf einen Hilfe suchenden Blick zu meiner Tochter, hoffte auf eine Bestätigung, dass ich auch ja nichts falsch gemacht hatte und erntete ihr zustimmendes Nicken. Sie hatte uns am Abend zuvor gesagt, wir sollten uns einfach so geben, wir wirklich sind. Keine übertriebene Freundlichkeit und vor allem kein Mitleid. Das würde Tim nur verwirren, denn er sieht sein Leben so, wie sie ist, als normal an.

»Vielleicht ist er in seiner Welt viel glücklicher als wir. Er hat in der Wohngruppe immer jemanden um sich. Seine Tage sind gut ausgefüllt, da man sich aufrichtig um ihn und seine Mitbewohner kümmert. Was ich sagen will ist, dass er niemals allein gelassen wird. Und nun beantworte Dir die Frage selbst, wie das in unserer Gesellschaft so ist.«

Ihre Worte erwischten mich auf dem linken Fuß und entblößten mein Inneres. Wie konsequent sie doch Stellung genommen hatte. Ich sah sie für Sekunden stumm an, war sehr beeindruckt und akzeptiere mehr als noch zuvor, dass sie eine aufrechte junge Frau geworden war. Trotzdem. Ich hatte niemals in meinem Leben unmittelbar mit behinderten Menschen zu tun und fühlte aus diesem Grund etwas Unsicherheit in mir. Es ist sehr leicht, als unbeteiligter über Behinderungen zu sprechen. Eine solche Situation direkt zu erfahren, ist jedoch etwas vollkommen anderes. Von daher hatte ich nicht erst in diesem Moment größten Respekt vor jenen, die in der Betreuung und Pflege behinderter Menschen ihre Berufung sahen.

»Wie schnell sich unser aller Leben von einer Sekunde auf die nächste verändern kann!«

Ich verspürte eine unglaubliche Dankbarkeit, dass es meinen Lieben und mir so gut ging. Inständig hoffte ich, dass es immer so bliebe. Tim aber hatte es mir wirklich leicht gemacht. Ich schlug vor, dass wir im Garten gemeinsam einen Schneemann bauen sollten. Der Junge sah mich etwas erstaunt an, sodass ich ihm erklärte, was ein Schneemann ist. Das schien ihm zu gefallen und wenig später waren wir eifrig dabei, eine große Kugel für den Bauch des frostigen Gesellen zu rollen. Natalie hatte sich bewusst etwas abgesondert und beobachtete, wie ich mit meinem neuen Kameraden, der in jeder Minute mehr Vertrauen zu mir fasste, im Schnee wühlte. Nach ungefähr einer Stunde war das weiße Männchen fast fertig. Die dicke Kugel ganz unten, eine etwas kleiner darüber und darauf der Kopf. Was jetzt noch fehlte, waren die Kohlen für Augen, Mund und Jackenknöpfe, aber auch eine Mohrrübe als Nase und ein alter Topf für den Hut. Nach und nach wurde aus den abstrakten Kugeln ein Väterchen Frost mit geradezu echtem Ausdruck im Gesicht. Tim und ich klatschen uns in die Hände und freuten uns über das gelungene Werk. Die ganze Zeit über hatte er mir viele neugierige, zuweilen auch sehr persönliche

Fragen gestellt, die ich ihm auch alle beantwortete. Unmerklich machte ich die ersten Schritte in seine kleine, verwirrte Welt, zu der er mir die Tür sperrangelweit geöffnet hatte. Natalie war längst im Haus verschwunden und beobachtete uns inzwischen aus dem Wohnzimmerfenster. Wer vor ihr in der Fensterbank lag, muss ich nicht besonders erwähnen. Ausnahmsweise schlief Pepper nicht, sondern fixierte den reglosen Eindringling mit seinen schwarzen Kulleraugen in unserem, genauer gesagt, seinem Garten mit sehr mürrischem Blick. Tatsächlich sollte er sich erst wieder nach draußen wagen, als der Schneemann Wochen später wegge-schmolzen war. Als Tim den kleinen Vierbeiner erblickte, wollte auch er sofort ins Haus. Ich räumte noch etwas auf und folgte ihm wenige Minuten später. Meine Mädels, der Junge und Pepper saßen bereits am Küchentisch. Allein diese kurze Zeit war ausreichend gewesen, dass sich seine Majestät Pepper bei Till eingeschmeichelt und wie selbstverständlich auf dessen Schoß Platz genommen hatte, als wären die Zwei seit Ewigkeiten Freunde. Tim fühlte sich wie im Himmel. Er hatte nur etwas Probleme, wenn er mit seinen Händen die Kakaotasse nehmen wollte, weil der kleine Opportunist vor ihm durch erweichendes Mauzen sofort sein ihm zustehendes Recht, nämlich durchgehend gekrault zu werden, einforderte. Es war ein wunderbares, ein beruhigendes Bild, das sich meinen Augen bot. Tim fühlte sich offensichtlich sehr wohl bei uns. Gerade so, als wäre er hier zu Hause. Für meine Gemahlin war der Umgang mit ihm ohnehin das Normalste auf der Welt und mein Töchterchen sowieso zufrieden. Ich setzte mich auf eine Tasse Kaffee zu ihnen und schon waren wir dabei, die verschiedensten Themen zu besprechen. Unser junger Gast hörte zu, war aber voll und ganz bei seinen Aufgaben. Mit seiner rechten Hand streichelte er des Katers Fell, um mit der linken vom Kuchen zu essen oder die Schokolade zu trinken. Dass er dabei krümelte oder auch ein paar Tropfen auf seinen Pullover kleckerte, lag freilich in der Natur der Sache.

»Wer hilft mir denn, den Weihnachtsbaum zu schmücken?«, fragte ich in die Runde.

»Tim und ich«, sagte Natalie ohne Umschweife.

Dieser wusste nicht sofort, was damit gemeint war, ahnte aber voller Freude, dass jetzt etwas sicherlich Spannendes passieren würde. Und schon standen wir im Wohnzimmer. Zunächst wurde im Kamin erneut ein gemütliches Feuer gemacht. Auch hier musste ich genau beschreiben, was und warum ich dieses oder jenes tat. Tim machte große Augen, als aus den anfangs kleinen Flämmchen im Handumdrehen richtige Flammen wurden, das Holz knackte und neben dem herrlichen Geruch eine wohlige Wärme durchs Zimmer strömte. Dann war der Baum an der Reihe. Wir stellten ihn etwas abseits des Kamins auf und begannen, die bunten Kugeln und das Lametta aufzuhängen, um zum Schluss die Kerzen anzubringen. Tim untersuchte alles, was wir an den Baum hängten, half fleißig mit, ließ sich genaustens erklären, wie man so eine Kugel aufhängt und staunte wie ein kleines Kind mit großen Augen, als wir eine Stunde später endlich fertig waren.

»Wir müssen noch aufräumen«, mahnte er uns, in dem er auf die vielen leeren Kartons deutete.

»Tatsächlich. Wie gut, dass Du daran gedacht hast«, gab Natalie gespielt erstaunt zurück.

»Los. Alle zusammen. Bevor Mama die ganze Unordnung sieht«, sagte sie an uns Männer gerichtet.

»Also. Alles hört auf mich. Auf die Plätze, fertig, los!«, gab ich das Kommando und Tim musste unbedingt der Erste sein.

»Was würden wir nur ohne diese fleißige Hilfe machen. Das hätten wir allein doch bestimmt nicht so schön hinbekommen«, sagte ich zu meiner Tochter.

»Das stimmt. Er ist eine wirklich große Hilfe. Erst baut er einen so großen Schneemann und dann schmückt er auch noch den Baum so schön. Da wird sich der Weihnachtsmann sicherlich freuen«, gab sie halblaut zurück.

Als Tim das Wort Schneemann hörte, sprang er auf, ging zum Fenster und bestaunte unser großartiges Meisterwerk, das langsam von der aufziehenden Dunkelheit eingehüllt wurde.

»Ist kalt draußen«, sagte er an uns gerichtet.

»Stimmt. Unser weißer Freund mag das aber. Sieh mal genau hin. Die Augen hat er schon zu und gleich schläft er«, erklärte ich ihm.

»Schneemann schläft«, antwortete er beruhigt und tief ausatmend.

Dann wurde es endlich Abend. Es gab ein wunderbares Essen an sehr festlich gedecktem Tisch, Kerzen brannten überall und leise Musik spielte im Hintergrund. Wir Männer hatten darauf bestanden, dass wir als neue Freunde nebeneinanderzusitzen haben. Das galt nicht nur für Tim und mich, sondern auch Pepper. Besser gesagt, er bezog sich selbst mit ein, denn er wich auch in den kommenden Tagen nicht von der Seite seines neuen Freundes. Also lag er unter dem Tisch auf Timmis Füßen und tat genau das, was er immer tat. Er schlief. Während des Essens achtete ich wachsam darauf, das Tim ordentlich futterte. Er tat mir wegen seines deutlichen Untergewichts von Anfang an sehr leid. Natalie hatte zuvor berichtet, dass der Junge nicht sehr gut isst und dass wir ihn anhalten müssen, tüchtig reinzuhauen. Das konnte auf jeden Fall nur meine alleinige Aufgabe sein. Nach einer Portion für Mäuse wollte Tim auch schon die Segel streichen und schaute fragend in die Runde.

»Wer große Geschenke haben will, muss auch tüchtig essen«, sagte ich ihm und zog schon mal die Schüsseln heran.
Ich wollte aber, dass er sich nicht zum Essen genötigt fühlte und selbst nachnehmen würde. Das tat er dann auch und aß so, als wäre es das das Erste, was er heute zwischen die Zähne bekam. Anschließend unterhielten wir uns sehr angeregt und ruckzuck hatte Tim seinen Teller erneut geleert. Jetzt war ich zufrieden und wusste, dass es gleich noch leckeren Schokoladenpudding geben würde. Hier ließ sich Tim nicht lumpen und verputzte eine ordentliche Portion.

»Das esse ich auch gern«, sagte ich im Flüsterton zu ihm.

»Lecker«, gab er ebenso leise zurück, sah mich nur für eine Sekunde an und konzentrierte sich sogleich wieder auf seinen Pudding.
Meine Mädels schienen es zu genießen, wie ich mich kümmerte. Mir war es aber egal, ob und wie sie mich beobachteten. Es erfüllte mich zutiefst, für das Wohlergehen dieses Jungen zu sorgen und er

dankte es mir mit jedem seiner Blicke. Bald war der Tisch abgeräumt, wir saßen bei einem Gläschen vor dem Kamin, plauderten angeregt und plötzlich sagte meine Frau:

»Timmi. Hast den nichts gehört, als wir vorhin gegessen haben?«
Er schaute auf, als hätte sie ihn bei etwas Schlimmen ertappt und wusste nicht, worum es überhaupt ging, schaute mit fragendem Blick reihum zu Natalie, zu mir, wieder zu meiner Tochter und erneut zu meiner Frau.

»Da war der Weihnachtsmann hier!«
Abermals seine stumme Frage in die Runde.

»Sieh mal, was da unter dem Baum liegt«, nahm sie ihm seine Ratlosigkeit, freute sich, als er sich umsah und mit Erstaunen die bunten Päckchen erkannte, die vorhin noch nicht dort gelegen haben.

Vielleicht hatte er sich gefragt, wie sie dahin gekommen sein mochten und wer sie wohl vorbeigebracht hatte. Möglich, dass er glaubte, es gäbe den Weihnachtsmann tatsächlich. Das aber schien er als völlig normal zu empfinden. Wir erfuhren aber nichts aus seinem Inneren, so ganz anderen Empfindungskosmos. Ich dachte an die Worte meiner Tochter, als sie mir einen Einblick in seine kleine Welt vermittelte. Noch bevor sie uns gefragt hatte, setzte sie voraus, dass Tim die Festtage bei uns verbringen würde. Also hatte sie ein paar schöne Dinge besorgt und mit viel Liebe wunderschön verpackt. Wir hielten die Gaben in unserem Haus seit jeher im Kleinen und verschenkten am Heiligen Abend nur etwas, das wirklich gebraucht wurden oder die sich jemand von Herzen wünschte. Dafür aber gab es übers Jahr immer wieder die eine oder andere Aufmerksamkeit, sodass sich das Christenfest für uns nicht auf das Schenken und Essen allein reduzierte. Trotzdem lag und liegt es uns immer wieder am Herzen, zu teilen und dem Anderen etwas zu geben. Das begrenzte sich jedoch nicht nur auf unsere Familie. Insbesondere die Behindertenwohngruppe, in der sich Natalie mit Hingabe engagierte, bedachten wir alljährlich mit einem bunten Korb Leckereien und einer wohlgemeinten Geldspende. Zu fortgeschrittener Stunde kamen noch ein paar Nachbarn auf ein Gläschen Wein vorbei, und als es fast Mitternacht wurde, hatte sich unser sonst so aufgeräumtes Wohnzimmer zu einem warmen Hort der Gemütlichkeit verändert. Weingläser, Kaffeetassen, Tellerchen mit kleinen Knabbereien, das Knistern des Kaminfeuers, angeregtes Geplauder. Und wer geglaubt hätte, unser gestreifter Vierbeiner hätte sich aus dem Staub gemacht oder an ein verschwiegenes Plätzchen zurückgezogen, der irrte sich. Mr. Pepper lag der Länge nach ausgestreckt dösend unter dem Tisch. Vorzugsweise mit der Hälfte seines warmen Körpers auf den Füßen seines Freundes, der sich konzentriert mit einem Bildband aus der Tierwelt beschäftigte und von niemandem stören ließ. Ich lehnte mich in meinem bequemen Stuhl zurück und beobachtete das bunte Miteinander.

»Warum kann es nicht immer so sein?«, dachte ich.

»Es scheint doch so leicht, freundlich mit den Nächsten umzugehen und wenn jeder wenigstens ein Stück weit in diese Richtung dachte, könnte unser Planet ein ganz anderer sein. Aber es ist und bleibt für viele Menschen wohl doch nur ein frommer Wunsch!«, resümierte ich still.

Wer mir noch vor wenigen Tagen gesagt hätte, dass am Weihnachtsabend der kleine Tim an unserem Tisch sitzen, mich auf eine ganz besondere Art beeindrucken und meinen Blick auf das Fest völlig verändern würde, dem ich hätte nicht geglaubt. Still dankte ich meiner Frau und meiner Tochter, dass sie alles so schön vorbereitet und für einen gemütlichen Abend gesorgt hatten. Ich vermied es in den vergangenen Tagen, Nachrichten anzusehen, da ich nicht wissen wollte, wo es auf der Erde zu Weihnachten wieder irgendwelche Auseinandersetzungen gab. An all diesen und so vielen anderen Dingen konnte ich nichts ändern. Egal, was gerade irgendwo auf dem Erdenrund passierte, unabhängig davon, wie andere Menschen den heutigen Abend verbrachten. Für mich waren es die Stunden der inneren Ruhe, Momente wirklicher und tiefer Zufriedenheit. Es war die Zeit des Friedens.

Rock'n Roll

Einst kannte ich einen Jungen. Er war genauso alt, wie ich, ging auf dieselbe Schule, war ein guter Schüler und in den Pausen auf dem Hof trieb ihn der gleiche Unsinn an, wie er mir damals ständig durch den Kopf schwirrte. Wir waren Kinder und in unserem ungestümen Dasein ziemlich gleich. Das galt grundsätzlich auch für Lewis Mainfield, der sich allerdings in einem Punkt von uns anderen unterschied. Er war dunkelhäutig, ein Farbiger, ein Neger, wie wir damals sagten. Mag sein, dass der ein oder andere in unserer Klasse das mit respektierlichem Unterton sagte, aber ich erzähle hier meine Geschichte und für mich galt diese Abwertung nicht. Von Kindheit an bis zum heutigen Tage war es mir nie begreiflich, wie man Menschen allein wegen ihrer Hautfarbe, ihrer Herkunft, ihres Glaubens oder des Geschlechts diskriminieren konnte. Für mich waren alle Menschen gleich, solange sie mir ihre Überzeugungen nicht aufdrängen wollten. Nur um es vorwegzunehmen. Lewis war ein ordentlicher Kerl. Er hielt sich aber immer etwas am Rand, war eher verschwiegen und eben dunkelhäutig.
Wir waren alle aus dem Jahrgang neunzehnhundertachtundvierzig, also kurz nach dem Zweiten Weltkrieg geboren und lebten in Pensacola/ Florida. Unsere Väter arbeiteten fast alle auf der *Naval Air Station* und meiner schien besonders stolz darauf. Er war Pilot beim Jagdgeschwader und ein strammer Amerikaner, wählte die Republikaner und redete über nichts anderes, als über den gewonnenen Krieg in Europa. Besonders beim Sonntagsfrühstück, bevor wir in die Kirche gingen, war *Omaha-Beach* sein immer wiederkehrendes, geradezu unerschöpfliches Lieblingsthema. Mit meinen zwölf Lebensjahren wusste ich mehr über den *D-Day*, als in den Geschichtsbüchern stand, denn ich hörte ihm jedes Mal sehr aufmerksam zu, staunte, was er alles erlebt, und wie er den *deutschen Krauts* offensichtlich ganz allein mit seinem leichten Bomber, einer *Douglas A-26 Invader*, den Garaus gemacht hatte.

Meine Mutter schwieg fast immer, wenn er so im Redefluss überschäumte. Ich hatte den Eindruck, sie war froh, dass Papa heile und unverletzt zurückgekommen war. Zumindest hatte sie mir das einmal so gesagt. Erst später begriff ich, wie es damals um die familiären Rollen nicht nur bei uns bestellt war. Die Frauen hatten ihre Aufgaben im Haus und waren mit der Kindererziehung ausgelastet, während die Väter sich um den Rest kümmerten. Auch mein Erzeuger gab den Ton an. Was er sagte, wurde gemacht und so war es nur logisch, dass er auch die politische Haltung unter unserem Dach bestimmte. Ich denke, ich war ein anständiger Junge, befolgte den Rat meiner Eltern und schrieb gute Noten in der Schule. Wenn ich doch einmal etwas anstellte, waren Dad und Mom sehr nachsichtig mit mir.

»Der Junge muss sich doch ausprobieren«, sagte mein sonst so strenger Vater lachend, als ich beim Football einmal die Fensterscheibe unseres Nachbarn zerdepperte.

In diesen für mich überschaubaren Bahnen lief mein frühes Leben bis zu dem Tage, als ich einmal zu Besuch auf der Airbase war. Klar war es toll, die vielen Flugzeuge zu sehen und besonders jenes, mit dem Dad Jahre zuvor den Deutschen Manieren beigebracht hatte, wie er immer zu sagen pflegte. Voller Eindrücke begleitete ich ihn am Nachmittag nach Hause und hörte gar nicht auf, von meinen unglaublichen Eindrücken zu erzählen. Beim Abendessen stellte ich jedoch in meiner kindlichen Unwissenheit eine Frage, die – wie ich zurückblickend betrachtet zu der Überzeug gelangte –, mein Leben und das Verhältnis zu meinem Vater nachhaltig änderte.

»Dad, warum steht auf den Toilette bei Euch *für Schwarze* und *für Weiße* über den Pinkelbecken?«

Er sah mich an, schaute zu Mom und dann wieder zu mir.

»Weißt Du, mein Junge. Sie sind eben anders als wir. Das sieht man schon an der Hautfarbe. Und so ist es auch auf der Arbeit. Die haben ihre Aufgaben und wir unsere. Das betrifft aber nicht nur die Arbeit, sondern auch das sonstige Leben. Am Besten ist es, Du gibst Dich gar nicht mit ihnen ab. Du spielst mit Deinen Jungs und die Schwarzen bleiben für sich. Zusammen geht da nicht viel!«

Ich dachte an Lewis und fragte mich, mit wem er wohl spielte und nahm mir vor, ihn mal danach zu fragen.

»Auf den Fotos aus dem Krieg, die Du mir gezeigt hast, habe ich aber auch Farbige gesehen!«

»Da geht es ja ums Vaterland. In solchen Momenten muss jeder den Kopf hinhalten«, war meines Vaters kurz angebundene Antwort.

»War der Dad von Lewis auch in *Omaha-Beach*?«

»Wer ist Lewis?«

»Ein Junge aus meiner Klasse«, brachte ich hervor und wollte noch etwas mehr erzählen, als ich unterbrochen wurde.

»Dass Du mir ja nicht mit ihm spielst. Der Krieg ist vorbei und jetzt gelten die alten Regeln!«

Sein plötzlich schroffer Ton ließ keinen Zweifel daran aufkommen, dass es für mich besser wäre, nun die Klappe zu halten.

Tatsächlich gab es in meinen frühen Lebensjahren noch echte Rassentrennung in den USA. Das hieß, dass Schwarze bei weitem weniger Rechte hatten, als die weiße Bevölkerung. Erst viel später Begriff ich, dass diese Haltung Nachwehen der Sklaverei aus den vergangenen Jahrhunderten waren, die erst mit dem Ende der *Sezessionskriege* im Jahre achtzehnhundertfünfundsechzig ihr Ende fand. Auch, wenn *Martin Luther King* und sein Traum noch weit in der Zukunft lagen, wuchs bereits seit Beginn der vierziger Jahre in Teilen der Gesellschaft ein Aufbegehren, das unter anderem die Freiheit von der biederen, bürgerlichen Moral und von der Unterdrückung von Bevölkerungsgruppen zu ihren Idealen erhob. Den strammen Nationalisten wie meinem Vater musste das ein Dorn im Auge sein und so versuchte er, mich unbedingt von seiner Denkweise zu überzeugen und mich von andersfarbigen Menschen fernzuhalten. Doch mit diesem Vorhaben machte er mich zusehends neugieriger auf das Verbotene und stellte sich so selbst ein Bein, arbeitete praktisch gegen seine Überzeugung. Ich verstand nicht, warum ich meinen Mitschüler meiden sollte, sah es auch nicht ein und brach gleich am darauffolgenden Tag erstmalig die väterliche Weisung, in dem ich sehr wohl mit Lewis herumtollte. Er hatte nämlich ein neues Fahrrad. Also ging ich in der Pause auf ihn zu und fragte ihn, ob ich damit einmal fahren dürfte. Natürlich hatte ich schon häufig mit ihm gesprochen und gespielt. Allerdings zeigte er sich immer sehr zurückhaltend und wenig initiativ, sodass unsere gemeinsamen Momente eher von kurzer Dauer waren. Meinen anderen Mitschülern ging es nicht anders.

»Wenn Du magst«, sagte er nach einigen Sekunden des Überlegens etwas schüchtern und schien daran herumzuknobeln, was ich überhaupt von ihm wollte.

»Wir könnten uns nach der Schule im Park treffen! Dann lasse ich Dich gern eine Runde drehen«, ergänzte er, schien seine Hemmungen abgelegt zu haben und sich zu freuen, dass ich mich nicht nur für sein Rad, sondern offensichtlich auch für ihn interessierte.

Und so kam es dann auch. Ich sah ihn in einem abgelegenen Teil der Grünanlagen auf einer Bank sitzen, wo er bereits auf mich wartete. Ich besah mir sein Fahrrad sehr genau und fand es geradezu fantastisch. Es ließ sich dank einer modernen Gangschaltung wunderbar fahren und war genau das, was ich ganz oben auf meinen nächsten weihnachtlichen Wunschzettel schreiben würde. Als ich bald wieder neben ihm auf der Bank saß, kamen wir ins Quatschen. Da uns niemand beobachten konnte, wirkte Lewis sehr viel entspannter. Man muss wissen, dass Jungs in unserem Alter viele Themen hatten, über die sie reden konnten. Ich mochte ihn von Minute zu Minute mehr, denn ich stellte fest, dass wir viele Gemeinsamkeiten hatten. Mit jedem Wort, das er von sich gab, riss er die konservativen Mauern meines Vaters ein und bestätigte mich in meinen Empfindungen, dass diese Schwarz-Weiß-Welt der Erwachsenen längst auf den Müllhaufen der Geschichte gehörte.

»Was würden eigentlich Deine Eltern sagen, wenn sie wüssten, dass Du Dich hier mit mir triffst, mich auf Deinem Fahrrad fahren lässt und wir uns unterhalten«, wollte ich dann von ihm wissen.

»Um Gottes willen. Das dürfen sie nicht wissen. Insbesondere mein Vater möchte nicht, dass ich mich mit weißen Jungs treffe. Du solltest mal hören, wenn am Sonntag nach der Kirche Freunde und Verwandte zum Kaffee kommen!«

»Bei uns ist es nicht anders«, sagte ich etwas bedrückt zu Boden schauend.

»Ich denke, es ist an der Zeit, dass sich da was ändert!«, ergänzte ich meine Worte.

»Ja. Das stimmt.«

So saßen wir dort noch einen Moment, redeten inzwischen recht vertraut miteinander und beschlossen, uns auch am nächsten Tag nach der Schule hier im Park zu treffen.

»In der Klasse sagen wir aber nichts davon, OK?«, bat Lewis.

»Ist klar. Das gäbe ohnehin nur Ärger, den niemand braucht. Irgendein Mitschüler würde ganz sicher petzen«, antwortete ich.

»Genau. Da fielen mir gleich ein paar Doofköppe ein, die ihr schwatzhaftes Maul sowieso nicht halten können!«

Auf dem Heimweg und den ganzen Nachmittag über beschäftige mich unsere Unterhaltung. Ich dachte noch einmal über alles nach, was wir besprochen hatten und konnte zu diesem Zeitpunkt nicht wissen, dass sich zwischen uns entgegen aller gesellschaftlichen Regeln eine echte Freundschaft entwickelte, die bei unseren Eltern deutlich mehr verursachen sollte, als nur ein saures Aufstoßen. In den folgenden Tagen und Wochen trafen wir uns immer dann, wenn die Schule zeitig vorüber war, sodass wir beide nicht zu spät nach Hause kamen. Je enger unsere Freundschaft wurde, desto mehr bedrückte es uns, dass wir uns nicht wie ganz normale Jungs verabreden konnten. Ich hätte Lewis gern mein Zimmer gezeigt und ihn zum Staunen gebracht, wenn ich ihm all meine damals äußerst wichtigen Besitztümer gezeigt hätte. Da stand eine alte Kiste mit Werkzeug, Schrauben und Nägel unter meinem Bett, an den Wänden hingen die Flaggen der aktuellen *Football Leaque* und in einem kleinen Karton unter dem Kleiderschrank lagen ein paar tote und völlig vertrocknete Blindschleichen, von denen meine Mutter nichts erfahren durfte. Sie machte ja schon vieles mit, aber an dieser Stelle hätte sie ganz gewiss gestreikt. Und natürlich hatte ich ein altes Radio, das mehr recht als schlecht lief, aber nur einen Sender empfing. Auf dieser Welle gab es des Abends immer die aktuellen Schlager von Leuten wie *Debby Reynolds* und *Tab Hunter*, die ich auf meiner ebenfalls uralten Gitarre hilflos nachzuspielen versuchte. Mir war es aber egal, denn ich liebte jede Art Musik und verbrachte oft Stunden vor dem alten Kasten. Grandpa hatte mir gesagt, dass das Radio nur verstaubt wäre und innen drin mal richtig gereinigt werden müsste. Anschließend könnte man auch wieder alle Sender sauber empfangen. Für den Moment aber begnügte ich mich mit dem, was ich hatte und fragte mich, wie es bei Lewis zu Hause aussehen würde. Sicherlich hatte er ebenfalls einige tolle Sachen, die er mir vielleicht auch mal ausgeliehen hätte. Allerdings war daran im Moment und in der näheren Zukunft überhaupt nicht zu denken. Lewis hatte ja erzählt, dass er sonntags immer in die Kirche ging. Bei uns zu Hause war das nicht so streng. Manchmal aber musste ich auch mit und langweilte mich dort zu fast zu Tode.

»Ist es in Eurer Kirche auch immer so langweilig? Und wenn Du jeden Sonntag dorthin gehst, ist das doch schrecklich, oder?«, fragte ich ihn einmal.

»Nein. Das ist echt gut. Ich glaube an den Herren im Himmel und unsere Gottesdienste sind wirklich lebensfroh. Am meisten aber fasziniert mich die Gospelmusik. Da kommen häufig unterschiedliche Sängerinnen und Chöre aus anderen Gemeinden. Du hast ja keine Ahnung, was die Kirche an Klangqualität bietet. Da schmeißt Du jedes Radio auf den Schrott. Das ist einfach unglaublich toll.«

Ich dachte darüber nach und prompt viel mir mein knacksendes, verstaubter Empfänger ein, den ich aber trotzdem nicht hergeben würde.

»Was ist Gospel?«, wollte ich wissen.

»Das ist eine Musikrichtung, die sich aus der afroamerikanischen, christlichen Kirchenmusik entwickelt hat. Da findest Du inzwischen auch Jazz- und Bluesanteile drin. Es ist unglaublich, so etwas zu hören!«

Und damit war das Thema gefunden, um das sich zukünftig unsere ganze Freundschaft vornehmlich drehen würde. Lewis schien da schon viel weiter zu sein und ich erzählte ihm von meinem Rundfunkgerät mit seinem schlimmen Klang.

»Mach es doch mal auf und richtig sauber. Vermutlich sind die Röhren nur verstaubt und dadurch die Kontakte unterbrochen!«

»Das hat mein Großvater auch gesagt. Aber wie muss ich da vorgehen? Ich habe absolut keine Ahnung davon!«

»Ganz einfach. Als Erstes den Stecker aus der Dose ziehen, damit Du keinen gewischt bekommst. Dann nimmst Du ein sauberes, ganz weiches, trockenes Putztuch. Öffnest das Gerät auf der Rückseite, entfernst immer nur eine Röhre und reinigst sie. Die bekommst Du durch leichtes Ziehen ganz einfach aus der Halterung. Dann pustest Du noch mal in die Steckplätze und steckst die Röhre wieder rein. So geht es der Reihe nach weiter. Immer eine nach der anderen. Sollte eine kaputt sein, bringst Du sie mit. Ich habe ganz sicher Ersatzteile für Dich.«

»OK. Das mache ich«, gab ich zurück und erklärte ihm, was ich so alles höre.

»Meine Güte. Das ist ja gruselig. Was meinst Du, was in der Musikwelt los ist. Da ändert sich so vieles. Was Du hörst, ist was für alte Leute. Bring erst mal das Ding in Schwung, dann wirst Du schon sehen!«

Anschließend holte er aus und erzählte, was er toll findet. Ich hörte das erste Mal Begriffe wie *Rythm and Blues, Folk, Soul* und das Zauberwort meines Lebens, nämlich *Rock'n Roll*.

»Was ist das?«, fragte ich Lewis.

»Was meinst Du?«

»Na, dieses *Rock'n Roll*?«

»Das ist eine Offenbarung, sage ich Dir. Wenn Du das hörst, lässt es Dich nicht mehr los. Ich schwöre es, so wahr ich von schwarzer Hautfarbe bin. Es gibt einen DJ namens Alan Freed, der im Radio die *Afterschool-Radioshow Moondog Rock and Roll House Party* macht. Der verwendet diesen Begriff für eine ganz bestimmte, alles offenbarende Musikrichtung, die inzwischen von der gesamten Jugend im Land gehört wird. Den Begriff selbst hat er der Textzeile *Rock, rock, rock everybody, roll, roll, roll everybody* aus Bill Haleys *Rock-a-Beatin-Boogie* abgeleitet, habe ich unlängst in einem Interview mit ihm gehört. Ich sage Dir, mach Deinen Apparat gängig, dann sehen wir weiter!«

Am Abend saß ich mit einem Staubtuch bewaffnet vor dem Gerät, hatte es inzwischen geöffnet, bestaunte das Innenleben und ging mit der Reinigung so vor, wie Lewis es gesagt hatte. Nach etwa zwei Stunden war ich fertig und die Rückseite des Radios wieder verschlossen. Als es erneut an seinem Platz stand und der Stecker wieder in der Dose steckte, musste ich vor dem zu Bett gehen unbedingt eine Hörprobe machen und war kurz nach dem Einschalten über den deutlich besseren Klang erstaunt. Dann drehte ich das Senderband langsam weiter und empfing sofort eine Radiostation nach der anderen. Es war, wie Lewis prophezeit hatte. Da waren völlig unbekannte Rhythmen, ganz andere Musik, Interviews mit Musikern, deren Namen ich nie gehört hatte und vieles mehr. Eine einzige Faszination. Irgendwann aber kam ich auf den Einspieler einer gerade beginnenden Sendung, der von einer männlichen Stimme unterbrochen wurde:

»Hi, Ladies and Gentleman. This Alan Freed and you're listening to *The Afterschool-Radioshow Moondog Rock and Roll House Party!*«

Das war die von Lewis prophezeite Offenbarung, die mich mit einer enormen Wucht in eine andere Welt katapultierte. Welch einen unglaublich tollen Klang dieses Wort *Rock'n Roll* für mich hatte, vermochte ich noch nie zu beschreiben. Es war und ist eine magische Empfindung, die es bis heute in mir auslöst. Dann kamen auch schon die ersten Songs. *Chuck Berry, Bo Diddley, Gene Vincent* und zuletzt der Gottvater des klassischen Rock'n Roll, der nicht nur mit seiner Musik, sondern auch mit seinen für die spießige Gesellschaft unakzeptabel wilden Shows sehr bald und vor allem die weiblichen Massen elektrisieren sollte. Er mixte weiße *Country Musik* mit *Rythem & Blues* und was herauskam, würde bald auch gesellschaftliche Verkrustungen aufbrechen und den Weg für die linksgerichteten Studenten- und Bürgerrechtsbewegungen der späten sechziger Jahre ebnen. Ich erinnere mich noch sehr gut daran, dass ich an diesem Abend wie ein Kaninchen auf eine vor ihm auftauchende Schlange starrte, als aus meinem Radio *Jailhouse Rock* dröhnte. Es riss mich davon und schoss mich unvermittelt in einen anderen Kosmos. Es war ein Traum, aus dem ich niemals mehr aufwachen wollte. Ich wusste nicht, was in diesem Moment mit mir geschah. Klar war, dass ich am Ende des Songs ein ganz anderer sein würde. Auf keinen Fall aber hörte ich jemals wieder Musik von *Bobby Goldsboro, Conny Francis* und anderen Sternchen, die sehr wohl ihre Berechtigung hatten, für mich aber von einem Augenblick zum anderen in der völligen Bedeutungslosigkeit verschwanden. Als ich meinen Freund am darauffolgenden Tag wiedertraf, saß er bereits auf unserer Bank und wartete auf mich.

»Wie ist es mit dem Radio gelaufen?«, fragte er mich, als ich auf ihn zukam.

»Der blanke Wahnsinn. Du hattest recht. Das Gerät spielt, als wäre es nagelneu. Und dann diese Musik. Es ist, als wäre ich auf einem anderen Stern«, konnte ich meine Begeisterung kaum zurückhalten. Das musste ich auch nicht, zumindest nicht, wenn ich mit Lewis zusammen war.

Zu Hause war das jedoch etwas völlig anderes. Als meine Mutter nur Tage später mitbekam, was ich da hörte, mahnte sie mich.

»Lass das bitte nicht Deinen Vater hören. Der fährt aus dem Anzug, wenn er das erfährt!«, bat sie mich, dass Radio zumindest dann leise zu stellen, wenn er nach Hause kam.

Mutter ließ mich eigentlich immer machen, was ich wollte. Nur selten riet sie mir, dieses oder jenes besser sein zu lassen und nur ganz vereinzelt sprach sie ein Verbot aus. Bei Dad war das anders. Wenn es nach ihm ging, sollte sich ich am besten gar nichts auf der Welt ändern, die er kannte und in der er sich zurechtfand. Die Jugend aber muss andere Ansichten haben, damit sich die Dinge neu gestalten und in neuem, besseren Licht zeigten.

Ich wurde langsam älter, hatte zu vielen Sichtweisen, die mir insbesondere mein Vater eintrichterte, so ganz andere Einstellungen, und das führte in den kommenden Jahren immer häufiger zu familiären Konflikten. Lewis erzählte mir, dass es bei ihm ganz genau so war. In unserer Erziehung wurde uns von Kindheit an erzählt, wie anders Menschen mit anderer Hautfarbe waren, hatte größten Wert darauf gelegt, uns voneinander zu trennen. Für die Kunst und insbesondere für die Musik aber gab es derartige Abgrenzungen nicht. Sie führte mit Leichtigkeit zusammen, was andere mit ihrer spießiger Engstirnigkeit und Ausdauer voneinander fernzuhalten versuchten. Als mein Vater erkannte, dass er dagegen auf lange Sicht chancenlos sein würde, wurde er ruppiger, aggressiver und streitsüchtiger. Das führte dazu, dass ich keine Lust mehr verspürte, überhaupt zu Hause zu sein, wenn er von der Arbeit kam. Dieses Militärgetöse aus seinem Hals wurde bald unerträglich für mich, war ich in meinem Inneren doch sehr auf Frieden aus und hatte keine Hemmungen, ihm damit in die Parade zu fahren, wenn er mir wieder die gesellschaftlichen Verhaltensformen eines echten Amerikaners unterjubeln wollte. Da er ständig seine Vaterposition auszunutzen versuchte, stand ich einfach auf, ging in mein Zimmer und stellte das Radio so laut wie möglich an und gönnte ihm eine Priese *You really got me* von den *Kinks,* um ihm danach *I want to hold your hand* von den *Beatles* in die Ohren zu dröhnen. Anschließend verließ ich das Haus und kam erst spät am Abend zurück. Meine Mutter tat mir leid, denn sie musste versuchen, uns Streithähne wieder zu besänftigen und die Familie beisammen zu halten. Eine geradezu unmögliche Aufgabe, denn ich war schließlich auch der Sohn meines Vaters und daher für die Verteidigung meiner Position sehr unnachgiebig.

In meiner Freizeit war ich fast ausschließlich mit Lewis unterwegs. Beide beschlossen wir, ein Instrument spielen zu lernen, um vielleicht selbst einmal eine Band zu gründen. Es war eine begeisternde Idee und sehr schnell hatte meine alte Kindergitarre ausgedient. Also jobbte ich nach der Schule mal hier und mal da, um mir nach einigen Monaten eine gebrauchte, aber recht gut klingende neue kaufen zu können. Lewis hatte es da besser. Seine Großmutter liebte ihn über alles und war außergewöhnlich liberal. Sie wusste und wollte es auch, dass die Jugend ihren eigenen Weg zu gehen hatte und sah ihre Aufgabe darin, ihren Enkel auf dessen neuen Pfaden zu unterstützen und sich über seine verrückten Ideen zu freuen. Jedenfalls kaufte sie ihm eine schicke Bassgitarre, einen Verstärker und wir übten gemeinsam unsagbar viele Stunden, bis die Finger weh taten. Bald trafen wir uns nicht weit von der Schule entfernt mit ein paar anderen Jungen und Mädels, die sich mit einfachen Mitteln eine alte Lagerhalle als regelmäßigen Treff ausgebaut hatten. Es war ein unglaublich skurriler, ein fantastischer und freier Ort. Dort begegneten sich die unterschiedlichsten Typen, tauschten sich aus und opponierten in diesen Jahren noch im kleinen Kreis gegen das Establishment. Es spielte einfach keine Rolle, wer Du warst oder von wo Du kamst. Ein hübsches Mädchen knutsche auf einem alten, muffigen Sofa mit einem farbigen Jungen und niemand störte sich daran. Dann gab es auch ein schwules Pärchen, Chinesen unterhielten sich angeregt mit Mexikanern. An den Wänden hingen die Poster aktuelle Bands der *Billboard Charts* und jeder kleidete sich so ganz anders, als andere in unserem Alter. Vorbild war *Der Mann in der Schlangenhaut* von *Tennessee Williams* und *Sidney Lumet*, in dem der junge *Marlon Brando* eine im höchsten Maß coole Jacke aus Schlangenleder trug. Sowohl er als auch der neunzehnhundertfünfundfünfzig durch einen Unfall viel zu früh verstorbene *James Dean* stemmten sich mit ihrem Auftreten und ihrer Erscheinung gegen alles Normale, ließen sich nichts gefallen und faszinierten uns genauso, wie die Rockmusik, die langsam deutlich härter wurde. Klar, dass auch wir bald Haare hatten, die uns weit über die Schultern fielen, andere Klamotten trugen, diese untereinander austauschten und dadurch sowohl unsere Haltung als auch unseren Lebensstil zum Ausdruck brachten.

»Alles nur Subkulturen.«, gab mein inzwischen resignierender Vater nur noch halblaut von sich.

»Warte es nur ab. Bald ziehen sie Dich zum Militär ein. Da bringen sie Dir bei, wie Du im Spielgel *Sie* zu Dir selbst sagst!«
Mich störte sein dummes, verstaubtes Gequatsche nicht im Geringsten. Ich nahm ihn gar nicht mehr wahr, ignorierte ihn, war aber weiterhin aufrichtig zu meiner Mutter. Sie wollte und würde ich niemals aufgeben.
Unser Bandprojekt hatte in den vergangen zwei Jahren längst Formen angenommen und unseren recht experimentellen *Under-groundrock* spielten wir in verschieden Klubs, die wie unserer überall aus dem Boden schossen. Zumindest rund um Pensacola hatten die *Firebirds,* wie wir unsere Band genannt hatten, einen ordentlichen Ruf.

»Wenn unsere Eltern wenigstens einen der Gigs sehen würden!«, sagte ich zu Lewis.

»Meiner Oma würde das gefallen, glaube ich«, gab er lachend zurück.

»Meinem Vater sicherlich auch«, meinte ich dazu mit ironischem Unterton.

»Ist doch aber egal. Wir machen das für uns. Was andere dazu sagen, ist spielt keine Rolle.«

»Stimmt auffallend«, antwortete ich und klopfte ihm freundschaftlich auf die Schultern.

In diesen Tagen waren wir nicht mehr tagtäglich zusammen, da die Mädchen inzwischen genauso interessant waren, wie unser Lebensstil und die Musik. In unserem Klub traf ich eines Tages ein sehr hübsches Mädchen namens Mi Lhing. Sie stand einfach da, lachte mich an und schon war es passiert. Wir kamen ins Gespräch, trafen uns ein paar Mal allein und waren fortan unzertrennlich. Sie war wie ich und wie wir alle auf der Suche nach einem freien, anderen und neuen Leben. Ich hatte damals keineswegs die Erwartung, dass sie mich vielleicht durch mein ganzes Leben begleiten würde. Über so etwas denkt man in den jungen Jahren wohl eher nicht nach. Für uns zählte nur das Jetzt und die momentanen Augenblicke. Vor allem in den ersten Wochen und Monaten unseres Zusammenseins suchten wir häufig die Zweisamkeit, kehrten aber bald in unseren vertrauten Freundeskreis zurück. Wir alle erlebten damals eine wunderbar freie und unbeschwerte Zeit.

In Kalifornien war in diesen Tagen eine Jugendbewegung unterwegs, die sich als *Hippies* bezeichneten. Diese *Blumenkinder* propagierten ein von Zwängen und bürgerlichen Tabus befreites Leben, waren für freie Liebe und kifften, was das Zeug hielt, um vielleicht dem Bewusstsein zu entfliehen und ganz andere, spirituelle Sphären zu erreichen. Von der freien Liebe hielten Mi Lhing und ich nichts. Den Rest aber teilten wir uneingeschränkt und überlegten, ob wir nicht auch einmal einen Trip nach *San Francisco* unternehmen sollten, woraus zuletzt aus Geldmangel leider nichts wurde. Außerdem hatten wir in diesen Monaten reichlich Bandverpflichtungen. Auch, wenn wir nur wenig Geld verdienten, löste ein Gig den anderen ab. Trotzdem diskutierten wir ausführlich über diese und andere Bewegungen, teilten viele ihrer Ideen und versuchten, etwas Ähnliches auf die Beine zu stellen. Auch, wenn die *Hippies* unserer Ansicht nach völlig verdrehte Songs mit psychedelisch sphärischen Klängen hörten, vereinte auch sie die Musik und trug sie weit weg von ihrem Elternhaus. Kein Zweifel. Die Welt war in einem gewaltigen Umbruch und wir steckten mittendrin.

Die Schule hatte ich inzwischen hinter mir und wusste, dass ich irgendwann zum Militär eingezogen würde. Damals wütete der Vietnamkrieg, an dem sich Amerika beteiligte und es stand zu befürchten, dass sie mich auch dorthin schicken würden. Den Kriegsdienst nur aus Überzeugung zu verweigern, stand damals noch unter Strafe. Einzig ein gesundheitliches Problem und die damit verbundene Untauglichkeit hätte mich vor dem Dienst an der Waffe retten können. Es war genau die Erziehung meines Vaters, die mich schon früh zu einem Pazifisten hatte werden lassen. Er wollte mich unbedingt einmal als Offizier in der Luftwaffe sehen. Je mehr er mich aber in diese seine Richtung zu treiben versuchte, lehnte ich mich gegen ihn auf und verweigerte diesen Weg aus tiefster Seele. Ich sah keinen Sinn darin, auf andere Menschen zu schießen und wollte mich auf keinen Fall an einem staatlich legitimierten Massenmord beteiligen. Und doch sah ich keine Möglichkeit, dem Ganzen zu entkommen. Mi Lhing und ich bekamen jedes Mal Angst, wenn wir darüber sprachen. Furcht vor der langen Trennung und auch davor, dass mir etwas passieren könnte. Noch aber war etwas Zeit, die wir intensiv nutzen wollten. Einen Job anzunehmen, kam zu diesem Zeitpunkt nicht infrage. Das würde ich überlegen, wenn ich vom Militär zurückkäme. Also hielten wir uns mit den Einnahmen unserer Konzerte einigermaßen über Wasser und lebten von dem, was Mi Lhing aus dem Lebensmittelgeschäft ihres Vaters, in dem sie auch für einen recht ordentlichen Lohn arbeitete, an Geld und Nahrung mitbrachte. Beseelt vom Frieden coverten wir damals Songs einer Band, die die *Billboard Charts* stürmte. *Creedence Clearwater Revial* hauten einen

Hit nach dem anderen raus und trafen mit *Have You Ever Seen the Rain* und *Woh'll Stop the Rain* mitten in unsere friedenshungrigen Überzeugungen. In beiden Songs meint das Wort *Rain* die Bomben, die in Fernost abgeworfen wurden und für die Menschen den tausendfachen Tod brachten.

Es war Anfang neunzehnhundertneunundsechzig, als Lewis durch die Tür kam und uns von einem im Staat New York geplanten Open Air Musikfestival berichtete, dass während des Sommers in einem Ort namens *Woodstock* stattfinden sollte. Er zog einen Zeitungsbericht aus der Tasche, las ihn vor und sofort wussten wir, was wir machen würden. Von diesem Tage an planten wir, sparten alles Geld, besorgten uns Tickets – die im Vorverkauf nur achtzehn Dollar kosteten – und hatten kaum noch ein anderes Thema. Das *Lineup* elektrisierte uns und bot alles, was damals Rang und Namen hatte. Bands wie *Mountain, Jimi Hendrix, The Who, Janis, Joplin, Greadfull Dead, Creedence Clearwater Revival, Joe Cocker* und so viele mehr. Das Open Air sollte der absolute Höhepunkt in unserem damaligen Leben werden. Wir hatten noch keine Ahnung, wie wir von Pensacola nach New York kommen sollten, doch waren wir der Überzeugung und voller Zuversicht, dass uns auch das noch gelingen würde. Mitten in unsere Planungen wurde mir und Lewis selbst in unserer Lagerhalle, von der wir meinten, dass sich dort niemand allein hintraute, von einem uniformierten Offizier des Militärs unsere Einberufung zugestellt.
Eines Tages klopfte es an der Tür, die Mi Lingh nur zögerlich öffnete.
»Ich suche die Mister Lewis Mainfield und Bill Turner. Sind die hier erreichbar?«
Bill Turner, das war mein Name und auch ich erschrak, als er so formell und gradlinig ausgesprochen wurde. Wir hatten mit allem gerechnet, nur nicht, dass man uns hier suchen würde. Von daher hatten wir auch keinen Plan, wie wir jetzt reagieren, vielleicht sogar abhauen sollten. Es half nichts. Es gab keinen Ausweg.
»Ja, äh, vielleicht. Ich muss mal nachsehen«, antworte meine Freundin verdutzt und wollte die Tür einfach wieder schließen.

»Ma'm. Wenn sie hier etwas Falsches sagen oder tun, machen sie sich strafbar und kommen ins Gefängnis!«

»Ist schon gut. Wir sind hier«, unterbrach ich das Gespräch und befreite Mi Lhing aus ihrer beklemmenden Situation.

Sie sollte nicht lügen müssen und durch mich in Schwierigkeiten geraten.

»Sir. Diese Briefe gelten hiermit als zugestellt. Folgen Sie bitte den Anweisungen, die Sie darin finden. Alles andere hätte fatale Folgen«, sagte der Offizier.

»Wie haben Sie uns gefunden?«, wollte ich von ihm wissen.

»Sir. Die Armee findet immer, was sie finden muss. Guten Tag, Sir!«

Ich schloss die Tür, wir sahen einander an, fielen uns in die Arme, sagten aber zunächst kein Wort.

»Mach doch mal auf«, sagte Lewis.

Zögernd öffnete ich das an mich gerichtete Schreiben und las.

»Am ersten Februar muss ich im Militärhospital Pensacola zur ärztlichen Untersuchung«, sagte ich.

»Komme mit«, antwortete Lewis, der inzwischen seinen Befehl gelesen hatte.

»Noch haben wir die Chance, dass sie uns nicht nehmen«, versuchte ich, Mi Lhing zu beruhigen, wusste aber genau, wie sehr ich mich irrte.

So kam es dann auch. Die Untersuchung war schon nach kaum zwanzig Minuten vorbei. Klar. Sie brauchten Soldaten und aus diesem Grund war diese Nummer geradezu eine Alibiveranstaltung, um der Rechtsprechung zu genügen. Der Einberufungsbefehl folgte auf dem Fuß und genau vier Wochen nach dem Arztbesuch. Wieder klopfte es an der Tür, abermals stand dort derselbe Offizier mit den gleichen Umschlägen und unsinnigen, alles erdrückenden Worten.

»Am ersten September auf der *Airbase Pensacola*«, beantwortete ich die Fragen der mich anstarrenden Gesichter.

»Ich komme mit«, sagte Lewis darauf abermals.

»Ich will froh sein, wenn Ihr zusammen bleibt. Dann wird es für mich nicht ganz so schwer«, schluchzte Mi Lhing und fiel mir in die Arme.

»Hab keine Sorgen. Es sind nur sechs Monate und wir kommen gesund wieder«, flüsterte ich ihr ins Ohr .

»Woodstock ist aber gesichert. Das machen wir auf jeden Fall noch zusammen«, versprachen wir uns gegenseitig.

Zu Hause nahm meine Mutter die Nachricht hin, wie Mütter es eben tun. Wortlos, schweigend, um ihren einzigen Sohn bangend.

»Wird schon, Mama«, tröstete ich sie.

»Dann kommen endlich die langen Haare ab«, zeterte der alte aus seinem Sessel vor der Glotze.

»Wenn Du wieder zurück bist, kannst Du Dich auch wieder an unseren Tisch setzen. Aber nur, falls Du den reisfressenden Schlitz-augen das *Vater Unser* beigebracht hast, wenn Du weist, was ich meine«, stänkerte er weiter und kümmerte sich keinen Deut um Mutters Ängste.

Dies war der Moment, in dem ich tiefste Verachtung für ihn spürte. Wir konnten damals beide nicht ahnen, dass wir niemals wieder gemeinsam an einem Tisch sitzen oder gar ein Gespräch zwischen Vater und Sohn führen würden.

Es wurde Sommer und Woodstock rückte näher. Die Show sollte am Fünfzehnten beginnen und am Morgen des achtzehnten August enden. Ein dreitägiges Nirvana wartete auf uns. Lewis, Mi Lhing und ich waren eine Woche zuvor aufgebrochen, hatten in der Nähe des Bahnhofs einen wirklich coolen Truckerfahrer angesprochen, der uns mitnahm und über den *Highway 10* bis nach Atlanta brachte.

»Ich wünsche Euch eine tolle Zeit«, rief er aus dem Führerhaus nach, als er uns auf einer Tankstelle absetzte und riet, einen der Greyhounds für die Weiterreise zu nehmen.

»Die sind nicht sehr teuer und brauchen auch etwas, bis sie nach New York kommen, da sie wegen ihrer Haltestationen immer auf Umwegen unterwegs sind«, erklärte er.

Wir folgten seinem Rat, nisteten uns auf der Rückbank eines Busses häuslich ein und brauchten dann tatsächlich volle drei Tage, bis wir Nashville, West Virginia und Maryland durchquert hatten, um endlich Woodstock, das El Dorado zu erreichen. Die Reise als solche war schon ein Erlebnis für sich, denn wir fuhren durch viele Orte, von denen wir zuvor immer mal etwas gehört hatten und die wir jetzt mit eigenen Augen sahen. Wir konnten es kaum glauben, wie schön das Reisen durch unser wunderbares Land war. Die Natur, die Städte, die Menschen. Der helle Wahnsinn.

Zwei Tage vor Konzertbeginn war in Woodstock schon mächtig was los. Tausende junger Leute aus allen Regionen dieser Welt versammelten sich, und es war kaum zu glauben, wie groß die Gemeinde der Rockmusikfans, der Friedensanhänger, der Freigeister war. Dann aber begann dieses historische Ereignis. In den folgenden achtundvierzig Stunden strömten unglaubliche Massen heran und summierten sich zuletzt auf etwa vierhunderttausend Jünger des *Rock'n Roll*. Dann kam als erster Act der Folkmusiker *Ritchie Havens* auf die Bühne, ein unglaublicher Sound dröhnte durch die riesigen Verstärkeranlagen und riss uns mit, wie ein heftiger Sturm. Ein Künstler löste den anderen ab und es gab für uns keine Chance, einmal zu verschnaufen. So saßen wir volle drei Tage fast an derselben Stelle, schliefen dort, wo wir waren und aßen mitgebrachtes aus unseren Rucksäcken. Es war ein geradezu mystisches Ereignis, das es unbedingt verdient hatte, sämtliche Unannehmlichkeiten und so manche Anstrengung in Kauf zu nehmen. Einerseits etwas Alkohol, andererseits der ein oder andere Joint machten alles spürbar leichter und entführten unser Bewusstsein in ganz neue Winkel der Wahrnehmung. So waren wir eine glückliche, vierhunderttausend Mitglieder große Familie auf ihrer Reise mit dem Woodstockraumschiff durch den unendlichen Kosmos des *Rock'n Roll*. Und doch gingen die drei wunderbaren Tage dahin. Zuletzt betrat Jimi Hendrix die Bühne. Ich war hellauf begeistert, von seiner phänomenalen Art, Gitarre zu spielen und froh, ihn überhaupt einmal live gesehen zu haben, denn bereits im Jahr darauf verstarb die Legende.

Es dauerte abermals eine halbe Woche, bis wir voller fantastischer Eindrücke endlich zu Hause und froh waren, unser normales Leben wiederzuhaben. Es fehlte eine ausgiebige Dusche und erholsamer Schlaf im warmen, sauberen Bett.

Unsere Erinnerungen und Eindrücke drehten sich noch ein bis zwei Tage im Kreis, wurden aber recht schnell von unserem bevorstehenden Abschied eingeholt.

So standen wir eine knappe Woche später vor dem Tor der Airbase und hatten die schriftliche Bestätigung in der Tasche, dass wir eine dreimonatige Ausbildung an den verschiedenen Waffenarten zu absolvieren hatten, um anschließend nach Vietnam zu gehen und für das Vaterland zu kämpfen. Vor der Kaserne hielt ich Mi Lhing im Arm, versprach ihr, gesund zurückzukommen und sie nach meiner Rückkehr zu heiraten.

»Daran halte ich mich fest«, sagte sie mir im Flüsterton ins Ohr.

»Und pass mir gut auf Lewis auf. Er gehört zu unserer Familie«, ergänzte sie und ihre Worte ertranken in einer Tränenflut.

»Das mache ich, denn er soll ja mein Trauzeuge werden«, gab ich zurück.

»Du meinst es wirklich ernst, oder?«

»Aus tiefstem Herzen«, waren meine letzten Worte, bevor ich sie küsste, meinen Koffer nahm und für lange Zeit aus ihren Augen verschwand.

Und dann ging alles ganz schnell. Wir hatten noch keine Uniform, als wir zunächst beim Friseur saßen und zusahen, wie man unsere Mähnen abrasierte. Wir wurden eingekleidet, einer bestimmten Einheit zugeordnet, in ein Transportflugzeug gesteckt und noch am selben Tag nach Kalifornien geflogen, wo tags darauf der Drill begann. Die meiste Zeit verschanzten wir uns im Wüstensand und schossen mit unseren Gewehren auf alle möglichen Ziele, Steine und herumliegende Äste. Als Abwechselung gewährte man uns lange Orientierungsmärsche unter erschwerten Bedingungen, die uns auf den Dschungel vorbereiten sollten. Es blieb keine Zeit, zu telefonieren oder Briefe zu schreiben. Unsere Tage waren so verplant, dass wir des Abends erschlagen ins Bett fielen und so manches Mal mitten in der Nacht aus den Federn getrommelt wurden, um völlig übermüdet einen Nachtmarsch zu unternehmen. So verliefen die drei Monate und bevor es dann nach Fernost ging, hatte ich Mi Lhing doch noch am Telefon, die seit Wochen bei meiner Mutter saß und auf ein Zeichen von mir wartete. Sie erzählte mir, dass sie gemeinsam auf unsere Rückkehr warten wollten und ich freute mich, dass die beiden sich mochten. So wusste ich meine künftige Ehefrau und meine Mutter sehr gut aufgehoben. Trotzdem war das Telefonat schmerzhaft und machte es auch mir nicht leichter, in den bereits wartenden Lkw zu steigen, der uns in den Hafen von *Los Angeles* fuhr. Dort bestiegen wir einen Flugzeugträger, der uns über den *Pazifischen Ozean* direkt nach Vietnam brachte. Lewis und ich hatten wirklich Pech, denn Richard Nixon begann genau in dieser Zeit, die amerikanischen Bodentruppen in Südostasien abzuziehen. Allerdings ging das alles nicht von heute auf morgen, sodass andere Soldaten, die schon länger im Kampfeinsatz waren, abgelöst werden mussten. Die Dinge waren eben, wie sie waren.

Der Morgen kündigte sich mit einem blassen Schein am Horizont an und unsere Einheit saß bewegungslos am Fuße eines kleinen Hügels im undurchdringlichen Gestrüpp des vietnamesischen Dschungels. Die tropische Luft war feucht und während der Nacht kaum abgekühlt. Es war die Hölle auf Erden. An Schlaf dachte niemand, denn wir waren nicht allein unterwegs. Irgendwo in der Nähe mussten die Soldaten des Feindes lauern und auf uns warten. Niemand vermochte zu sagen, wo wir auf sie treffen würden. Schon seit Stunden hatten wir uns nicht gerührt, kein Wort zu sprechen gewagt. Die wie Drahtseile auf verräterische Geräusche ausgerichteten Sinne erschöpften zusätzlich und brachten uns infolge des ausgebliebenen Schlafs an den Rand des Erträglichen. Doch wenn jeder noch so leise Mucks das Ende unser aller Leben bedeuten konnte, hielten wir durch, ertrugen den Schmerz, den Durst und die Bisse irgendwelcher Insekten, ohne uns zu rühren. Lewis saß neben mir und zwinkerte mit einem Auge. Ich nickte ganz vorsichtig zurück und so machten wir uns gegenseitig Mut. Man muss sich das einmal vorstellen. Noch vor wenigen Wochen standen wir zusammen auf einer Bühne und machten Musik, wachte ich zufrieden am Morgen neben Mi Lhing auf und ließ die Tage auf mich zukommen. Jetzt hockte ich auf der anderen Seite der Welt mit einem feuerbereiten Gewehr im Dschungel und bangte um mein Leben. Man hatte uns verschiedene Dinge beigebracht und eingehend erklärt. Wie sich eine solche Situation jedoch tatsächlich anfühlt, war etwas ganz anderes. Noch nie in meinem Leben hatte ich mich so gefürchtet, wie in diesem Moment. Keiner von uns wusste, ob er den Sonnenaufgang unverletzt oder überhaupt noch erleben würde. Ich hoffte inständig, ich würde gleich aus diesem bösen Traum zu Hause in meinem Bett erwachen. Das aber geschah nicht. Wir waren seit Tagen nahezu auf allen Vieren unterwegs und würden innerhalb der nächsten Stunde den vor uns aus dem Wald ragenden Hügel stürmen, den die Armeeführung aus einem mir unerklärlichen Grund als einen strategisch wichtigen Punkt auserkoren hatte.

Plötzlich tippte mir unser Leutnant auf die Schulter und wies mich an, langsam und leise zu einem etwa einhundert Meter entfernt liegenden Felsvorsprung zu kriechen. Bevor ich mich aber in Bewegung setzte, war Lewis schon voraus, sodass ich ihm einfach folgte. Es war totenstill. Kein Vogel sang, kein Wind wehte durch das Gebüsch, kein Wasser plätscherte und doch war unsere ganze Kampfgruppe unterwegs. Lautlos und zu einem Kampf bereit, den keiner von uns gewollt hatte. Wir waren fast am Ziel, als es ein Knacken gab, das aufgrund der gespenstischen Ruhe laut durch das Dickicht hallte. Lewis hatte eine Sekunde nicht aufgepasst und sich mit einer Hand auf einen trockenen Ast gestützt, der unter dem Gewicht seines Körpers zerbrach. Danach ging alles sehr schnell. Wie auf Kommando verharrten wir reglos dort, wo wir gerade waren. Für einen Moment glaubten wir, dass uns niemand gehört hatte, doch dann durchbrachen heftige Maschinengewehrsalven die Geräuschlosigkeit und durchsiebte mordend unsere Einheit. Bevor ich begriff, was überhaupt los war, raubte mir ein böser Schmerz im Oberschenkel und mächtiger Schlag in der Bauchgegend das Bewusstsein. Sofort versank ich in einem tiefschwarzen Loch und spürte nichts mehr. Keine Qual, keine Wärme, kein Leben.

Um mich herum war alles nebelig, als ich wieder zu mir kam. Es dauerte eine ganze Zeit, bis die ersten klaren Gedanken durch meinen Kopf zogen und ich mich fragte, wo ich jetzt war.

»Mister Turner? Können Sie mich hören?«, drang eine sehr freundliche Frauenstimme in mein Ohr.

Als ich sehr bald realisierte, dass ich noch lebte, öffnete ich vorsichtig meine Augen und stellte fest, dass man mich in ein Krankenhaus gebracht und inzwischen operiert hatte. Die Ärztin erklärte mir später, dass ich einen Beinschuss abbekommen und ein anderes Geschoss meine Wirbelsäule verletzt hatte.

»Kann ich denn noch gehen?«, wollte ich wissen.

»Aber klar«, sagte sie.

»Sie werden lebenslang etwas humpeln, ansonsten aber wieder gesund werden. Da ist noch etwas«, deutete sie weiter an, ließ mich aber im Unklaren.

»Was meinen Sie?«, fragte ich neugierig.

»Für den Kriegsdienst sind Sie ab sofort ungeeignet. Für Sie ist hier Feierabend. Nächste Woche geht das nächste Schiff in die Heimat«, sagte es und klopfte mir freundschaftlich zwinkernd auf die Schultern.

»Was ist mit meinem Freund Lewis?«

»Ihre ganze Einheit ist ums Leben gekommen. Sie sind der einzige Überlebende!«

Schweigend blieb sie noch einen Moment an meinem Bett sitzen, fasste mich abermals an die Schulter und ließ mich dann allein. Tränen liefen mir übers Gesicht. Ich weinte wie ein Schlosshund um meinen besten Freund, der mir über die gemeinsamen Jahre wie ein Bruder, wie ein Teil von mir selbst geworden war, der mein Trauzeuge werden sollte, den ich von Herzen liebte. Je länger ich in den folgenden Tagen über ihn nachdachte, wurde mir bewusst, dass er bei unserem letzten Einsatz allein in der Absicht, mein Leben zu schützen, vor mir losgekrochen war. Tiefste Dankbarkeit erfüllte mich von diesem Tage an.

Als das Schiff den Hafen verließ, konnte ich mich bereits wieder etwas bewegen. Auf der Überfahrt saß ich oft in einem bequemen Stuhl am Achterdeck und sah hinaus auf den endlosen Pazifik. Im Bauch des Schiffes standen die Särge der gefallenen Soldaten und so machten Lewis und ich noch einmal eine letzte, gemeinsame

Reise. Als wir irgendwann das amerikanische Festland sahen, war ich wirklich froh, wieder nach Hause zu kommen. Mi Ljing, die mich am Kai erwartete, fiel mir weinend in die Arme, als ich langsam und vorsichtig gehend das Ende der Gangway erreichte. Eine ganze Zeit hielten wir einander nur fest und sagten kein Wort.

Die Jahre gingen dahin, ich bin inzwischen in den Mittsechzigern angekommen und muss miterleben, wie die Idole meiner Jugend einer nach dem anderen von uns gehen. Ein Felsen am Strand von Malibu bietet mir eine wunderbare Sitzgelegenheit in der warmen Septembersonne und ich denke an die Zeit von damals zurück. Nach meiner Rückkehr aus dem Krieg haben Mi Lhing und ich geheiratet und bald zwei gesunde Kinder in die Welt gesetzt. Ein Junge und ein Mädchen. Beide sind inzwischen erwachsen und gehen ihrer eigenen Wege. Meine Tochter erzählte mir neulich ganz aufgeregt, dass ich sehr bald Großvater würde. Das ist ein tröstlicher Gedanke und etwas, worauf ich mich wirklich freue. Mi Lhing ist noch immer an meiner Seite. Sie war mir mein Leben lang eine gute Ehefrau, eine liebevolle Mutter, ein Mensch, auf den unbedingter Verlass war und ist. Allerdings ist sie nicht mehr so gut zu Fuß und aus diesem Grund bin ich auch allein unterwegs. Ich wurde nach meiner Genesung umgehend aus der Armee entlassen, zog mit meiner Frau nach Los Angeles und gab, da ich über die Jahre ein wirklich guter Musiker geworden war, Gitarrenunterricht. Dieses Business lief gerade in dieser unglaublichen Metropole sehr gut und so manchem bekannten Rockmusiker half ich durch meine Arbeit auf die Sprünge. Seit den Siebzigern hatte sich der ursprüngliche Rock'n Roll enorm weiter entwickelt. Er wurde deutlich härter, wilder, splittete sich in so viele unterschiedliche Richtungen. Damit einhergehend wurde aber auch die Technik deutlich besser. Welcher Sound heute von den Bühnen dröhnt, ist mit unserem Krawall der späten Sechziger überhaupt nicht mehr zu vergleichen. Auch heute noch treibe ich mich des Abends häufiger im *Roxy* auf dem *Sunset Boulevard* herum und schaue den Newcomern zu. Leider aber musste ich diese wahnsinnige Entwicklung der Musik ohne Lewis erleben, der daran ganz sicher seine helle Freude gehabt hätte und an den ich nach wie vor sehr häufig denke. In nicht allzu ferner Zukunft werde ich ihm auf seinem Weg folgen müssen und hoffe, dass ich ihn auf der anderen Seite des Himmels wiedersehen werde.

Sollte man mich dort drüben vielleicht fragen, wann ich auf der Erde gelebt habe, würde ich antworten:

»Es war eine aufregende, eine erfüllende, Epoche, die erlebt zu haben mich mit aufrichtiger Dankbarkeit erfüllt. Es war eine Periode des gesellschaftlichen Umbruchs, der Veränderung. Es war die Zeit des *Rock'n Roll*!«

Der Pfarrer

Wie von Künstlerhand gemalt lag die von sanften Hügeln bestimmte Landschaft im abendlichen Sonnenlicht. Bei klarem Wetter war es sehr gut möglich, die wunderschönen, in die Wolken aufsteigenden Silhouetten der Alpen zu erkennen. Inmitten dieser geradezu lieblich anmutenden Gegend befand sich unser Städtchen, das sich wie hingegossen in ein sanftes Tal schmiegte und dem aufmerksamen Betrachter durchaus den Eindruck vermitteln mochte, dass es zwischen den Bewohnern genauso harmonisch zugehen würde. Das aber stimmte nur sehr bedingt, denn unter den freundlichen Menschen in diesem augenscheinlichen modernen Paradies gab es durchaus eine klare hierarchische Gesellschaftsstruktur. Da war einerseits die fleißig arbeitende Bevölkerung, die mit mehr oder weniger geringem Lohn ihr Auskommen suchte und mit ihrem Leben zufrieden war. Auf der anderen Seite gab es aber auch die örtliche Hautevolee. Ein schillernder, elitärer Kreis mit klaren Vorgaben und Regeln, wer dazugehörte und wer nicht. Man betrachtete sich als die Chefriege der Gemeinde, ohne jedoch von irgend jemandem dazu gewählt oder mit öffentlichen Aufgaben betraut worden zu sein. Ihre Struktur richtete sich grundsätzlich erst einmal am Reichtum eines jeden Mitgliedes aus. Das konnte eigentlich nur heißen, dass der Holzbaron des Sägewerks der Ranghöchste, das Alphatier unter ihnen sein musste, denn mit seinen Produkten, die er bis nach China verkaufte, machte er regelmäßig einen riesigen Reibach. Seine Lebensdevise war es, dass man nur vom Geld behalten reich wurde. So hielt er sich in seinen Ausgaben streng zurück und unterstützte auch nur bedingt, dafür aber widerwillig, die kostenträchtigen Gemeindeobjekte. Die besseren Kreise finanzierten nämlich gemeinsam aber nur sehr gelegentlich den einen oder anderen Kindergarten, neue Grünanlagen im Park und Ähnliches, um das eigene, genauso schlechte wie christliche Gewissen damit zu beruhigen, dass man ja von seinem

Reichtum etwas an das gemeine Volk abzugeben hatte. In Wahrheit aber nahm er lediglich einen Platz in der dritten Reihe ein, denn vor ihm waren noch ein paar andere, wichtigere Persönlichkeiten platziert, von denen jetzt die Rede sein wird. Auf keinen Fall durfte man den Inhaber der Fleischfabrik, den Rechtsanwalt, den Juwelier, aber auch so manch anderes kleine Sünderlein, das - wie auch immer und zuweilen ohne eigenes Zutun - zu Wohlstand gekommen war, übergehen. Die Hierarchie dieses illusteren Kreises formte sich wie überall nach oben hin spitz zu. Formal und ganz offiziell bildeten zuletzt der Richter des Amtsgerichts und der Bürgermeister das zweite Glied im Gefüge. Mit dem obersten Juristen der örtlichen Gerichtsbarkeit musste sich ein jeder zwingend gut stellen, denn sollten einmal alle Dämme brechen, war man zuletzt und einzig ihm allein bis zur Nacktheit ausgeliefert. Und das vielleicht nur, weil der eine oder andere eher unbedeutende Fehltritt aufgefallen war. Da konnte es schon hilfreich sein, wenn man sich nicht öffentlich vor dem gemeinen Volk zu rechtfertigen hatte und die zu erwartende Strafe vielleicht mit künftigen Geschäften verrechnet werden konnte. In Schatten des Kadis aber respektierte man auch den örtlichen Wachtmeister, der zwar kein bisschen Kohle besaß, aber trotzdem und von Amts wegen befugt war, einem das Leben richtig schwer zu machen. Sein wohlwollendes beiseite Sehen ließ man sich hier und da eine kleine Zuwendung kosten, um gegebenenfalls auf diesem Wege den Marsch zu Justitias Heimstatt von vornherein zu vermeiden. Der Bürgermeister, als örtliche politische Macht, dem von Insidern ein latent toleranter Hang zur Annahme auch großzügigster, in bar ausgezahlter Parteispenden nachgesagt wurde, gehörte seit alters her ohne jeglichen Zweifel nach vorne. Er war ein gewählter Mann, hielt die Fäden zum Ministerpräsidenten des Landes aber auch zur Regierung in der Bundeshauptstadt in den zweifellos unschuldigen Händen. Sein Einfluss war einfach nicht auszumachen und er von daher äußerst gefährlich. Mit ihm musste man Reden, wenn kommunale Regelungen aus nicht uneigennützigen Interessen wenigstens vorübergehend außer Kraft gesetzt, gänzlich abgeschafft oder geändert werden mussten. Man mochte sich nicht vorstellen, was er gemeinsam mit dem Richter, soweit sie sich zusammentaten, in Gang setzen konnten. Einen großen Berg zu versetzen, wäre sicherlich die kleinste Übung für das Duo. Ganz gendermäßig spielten selbstverständlich auch die Frauen eine wichtige Rolle. Da war beispielsweise die Frau des Bürgermeisters. Sie repräsentierte die politische Macht ihres Gatten auf gesellschaftlicher Ebene, wenn der Herr Gemahl wie so oft durch Abwesenheit glänzte. Dieser war nämlich vorsichtig genug, seine Termine so zu planen, dass er sich beim sonntäglichen Gang der gesamten Lippenstiftfraktion in das *Café am König Ludwig Platz* drücken konnte. Also schwang Frau Bürgermeister nicht nur an diesen Nachmittagen das Zepter. Sie bestimmte in durchaus resolut hochnäsigem Gehabe, wer an ihrem Tisch sitzen oder ihr zuvor den Stuhl rücken durfte, wies die Bedienung hinter dem Kuchenbuffet zurecht, wenn auf Frau Doktors Erdbeerkuchen eine Frucht mehr war, als auf ihrem Stück und wenn sonst irgendetwas nicht ins Bild passte. Die anderen Damen hielten sich zu Beginn des einen oder anderen Meetings mit der Kritik an Frau Bürgermeisters Verhalten vornehm zurück. Das fand jedoch nach einem Gläschen Sekt (oder waren es mal wieder Flaschen) ein jähes Ende, sodass manches Kränzchen nicht so friedlich verlief.

Ganz oben in der örtlichen Rangordnung stand aber seit je her der Pfarrer. Um das zu verstehen, muss man Folgendes wissen. Der Glaube ist bis zum heutigen Tage in der Gemeinde das, woran sich das gesamte Leben ausrichtet. Wenn die täglich um zwölf Uhr läutende Glocke des Kirchturmes durch die Gassen und über die Lande klingt, hält ein jeder inne, um sich nach dem Gotteshaus auszurichten und ein kurzes Gebet abzuhalten. Selbst während der Ausübung dunkelster Geschäfte einzelner Mitbürger, deren Gebaren hin und wieder nicht all umfänglich der katholischen Moral entspricht, kommt man mit einer intensiven Bekreuzigung beim mittäglichen Glockengeläut nicht aus. Niemand zweifelt an des Pfarrers Position. Keiner wagt im Falle seines Haderns daran zu denken, was mit dem eigenen Seelenheil geschehen soll, wenn der Hirte Gottes, der christliche Fingerzeig, sozusagen die örtliche Himmelsmacht im direkten Auftrag des Herren den Segen verweigert. Jedem von ihnen ist klar, dass irgendwann auch sie oder er durch die letzte Tür gehen muss und dann, ganz allein auf der anderen Seite des Himmels angekommen, würde abgerechnet. Dort weiß man sicherlich alles, was der Ankömmling während seiner Lebenszeit so alles verzapft hat. Die Angst davor war schon immer übermächtig und nur der Pfarrer kann dem Dahinscheidenden mit seinem Segen vor dem irdischen Ende eine Art christliche Fürbitte mit auf den Weg geben. Niemand weiß, ob er vielleicht sogar einen direkten Draht dorthin hat und dieser Gedanke lässt den Gläubigen beim regelmäßigen Kirchgang in Demut versinken. Aus genau diesem Grund sind die Menschen bei uns tief gläubig, mitfühlend und human, wie sie allesamt von sich behaupten. Zumindest, wenn der Gesalbte in seiner schwarzen Robe in Reichweite war. Andernfalls zeigen sich die Schäfchen einigermaßen glaubenstolerant oder legten die Konfession zuweilen etwas großzügiger aus.

Alles war anders an einem Sonntag im Sommer des vergangenen Jahres, als sich unsere Crème de la Crème auf dem Portal vor der von allen Wohlhabenden gesponserten Kirche versammelt hatten und einigermaßen aufgeregt in Grüppchen miteinander tuschelten. Allee trugen ihre besten Kleider, zeigte sich in Feiertagslaune und verwiesen mit dem Finger zeigend auf genau die Bereiche des Gotteshauses, deren Neugestaltung mit dem eigenen Geld und natürlich völlig selbstlos unterstützt wurde. Niemand sprach es aus, unterstellte aber, sich damit nicht nur einen festen Platz in der Kirche, sondern auch eine hoffentlich erst in sehr weiter Zukunft zu erwartende, freundliche Aufnahme an den großen Pforten des Allmächtigen gesichert zu haben.

Was aber war denn eigentlich so abweichend, so neu, so anders an diesem sonnigen Morgen. Eben nichts Geringeres, als dass an diesem Tag der neue Pfarrer sein Amt antreten sollte. So etwas erlebt man nicht sehr häufig, denn in der Regel war die Fluktuation unter Gottes Hirten eher gering und sehr überschaubar. Das sollte nichts anderes bedeuten, als dass sich die Pfarrer bei Amtsantritt auf ein lebenslängliches Verbleiben in unserer Gemeinde verpflichteten. Manch einer von ihnen mochte das in den vergangenen Generationen für sich persönlich als Berufung verstanden haben. Andere wiederum hatten ihre Zeit bei uns, wenn sie am Ende ihres sicherlich nicht immer leichten Jobs zurückblickten, auch als Verurteilung, geradezu als göttliche Strafe empfunden und sich im stillen Zwiegespräch gefragt, womit sie dieses Schicksal wohl verdient hatten. Wie dem auch war. Man mochte bei uns keine stetigen Wechsel, vor allem auf diesem wichtigen Posten, denn dauernd und immer wieder aufs Neue anderen Seelenhirten das eigene Heil anzuvertrauen, war jedem Gläubigen zutiefst suspekt. Der Gottesdienst an diesem Tag des Herren war also ein Ereignis, das beim besten Willen und auf Teufel komm raus von niemandem versäumt werden durfte. Als bald der Moment der Pfortenöffnung und des Einlasses zu nahen schien, schoben sich die Pfeffersäcke mitsamt Anhang wie auf ein geheimes Signal geschlossen auf das Tor zu, sodass es dem gemeinen Volk unmöglich gemacht wurde, sich vorzudrängen und vielleicht sogar zuerst in die Kirche zu gelangen, um einen Platz in den vorderen Reihen zu ergattern.

In der bunten Menschenmenge fiel ein in reichlich abgenutzten, durchaus etwas ungepflegten Kleidern herumstehender Mann zunächst nur einem geübten Beobachter mit besonders scharfem Blick auf. So etwas war an diesem Tage vor der Kirche aber nicht vertreten und diese unrasierte, langhaarige, durchaus alternativ daherkommende Erscheinung mittleren Alters blieb für den Moment erst einmal unerkannt. Er hielt ein Säckchen in den Händen, ging bald in leicht gebeugter Haltung mit ruhigem Schritt langsam durch die Menge, bat hier und da um eine kleine Spende, in dem er seinem Gegenüber besagten Beutel hinhielt. Nur sehr vereinzelt griff dieser oder jener in die Tasche und spendete eine oder ein paar kleine Münzen. Großzügig zeigte sich jedoch niemand. Und trotzdem. Auch wenn die Gabe noch so klein war, lüftete er anschließend aufs Freundlichste seine Mütze, bedankte sich, in dem er sich verbeugte, weiterzog und sogleich in der Menge verschwand. Bald aber sah man ihn dicht vor der Kirchentreppe, wie er jetzt in der Gruppe des Besitzbürgertums um milde Gaben bat und dabei keinerlei Scheu zeigte, auch oder gerade die offensichtlich angesehensten Persönlichkeiten dieses Kreises mit derselben Freundlichkeit anzusprechen. In diesen elitären Reihen war das Klima allerdings ein ziemlich raues. Wurde er anfangs nur von oben herab betrachtet, mit abweisendem Blick bedacht und von einzelnen aufgefordert, abzuhauen, weckte seine Erscheinung sehr bald allgemeines Interesse. Zuerst war es der Holzbaron, der sich hinter dem Busch hervorwagte und – alle neugierigen Blicke auf sich gerichtet wissend – die Chance nutzte, sich vor seinen Sinnesgenossen zu produzieren.

»Mach Dich aus dem Staub. Solche Typen wie Dich können wir hier nicht gebrauchen!«

Der Mann trat einen Schritt zurück, ließ sich nicht aus der Ruhe bringen, sah den vorlauten Schreihals schweigend an und schien ihn damit für einige Sekunden aus der Fassung gebracht zu haben. Mit nach Hilfe suchendem Blick sah dieser etwas überrascht und verlegen nach links und rechts, um weiteren Beistand seiner Spezies einzufordern. Köpfe nickten aufmunternd und neugierig zugleich, um zu sehen, was jetzt wohl passierte.

»Wer bist Du, dass Du es wagst, hart schaffende Leute um Geld anzupumpen! Geh selbst Arbeiten, dann musst Du nicht in aller Öffentlichkeit herumschmarotzen!«, tönte es aus jetzt wieder selbstsicherem Mund.

»Das ist wahr!«

»Richtig so!«

»Genau. Das braucht er!«

So oder so ähnlich waren die üblen und verachtenden Kommentare aus dieser oberflächlichen Gemeinschaft. Es gab nur wenige, die noch so etwas wie gesunden, inneren Instinkt in sich trugen und die Klappe hielten, weil sie diese Situation nicht recht einschätzen konnten. Frau Bürgermeister, ermutigt durch die kollektive Stänkerei ihrer Freunde, war längst nicht mehr so sensible. Sie machte einen Schritt nach vorn, um auf jeden Fall von allen gesehen zu werden.

»Bei uns brauchen wir keine arbeitsscheuen Figuren wie Dich. Das ist eine saubere, anständige und vor allem gleichberechtigte Stadt (was so vermutlich nicht in allen Köpfen der Gemeinde gesehen wurde). Verschwinde hier, aber dalli!«, polterte sie unüberhörbar in giftigem Ton, der aus der Tiefe ihrer verkommenen Seele empozusteigen schien.

Ihr Gatte hatte sie in Rücksichtnahme auf sein Amt und Ansehen noch zu bremsen versucht, aber wenn Frau Bürgermeister erst einmal auf Fahrt ging, dann war sie nicht mehr zu bremsen.

»Gibt es denn so etwas wie eine Tafel, dass ich wenigstens etwas zu essen bekommen kann?«, fragte der mysteriöse Unbekannte weiterhin völlig gelassen und in gekonntem Deutsch.

Die gewählte Aussprache war dem Richter sehr wohl aufgefallen. Er kam nun nach vorn und versuchte aufzuklären, dass eine solche Einrichtung seit Langem geplant war, aber erst im Laufe des Jahres eröffnet werden würde. Frau Bürgermeister allerdings war noch nicht ganz fertig und ergriff abermals das Wort.

»Die Armentafel wird es geben, aber nicht für Dich«, war das, was sie dazu von sich gab.

»Dem hast Du es aber ordentlich gegeben«, sagte eine ihrer Freundinnen und ließ sie zumindest für einen Moment im recht zweifelhaften Licht vor ihren fragwürdigen Mädels glänzen.

Es dauerte nur einige Momente, bis sich die Situation etwas beruhigt hatte und alle wieder ihrem oberflächlichen Geschwätz nachgingen.

In dieser Situation betrat die kleine Clara, Tochter des Bankiers, die Bühne. Mutig ging sie auf den Fremden zu.

»Hast Du nichts zu essen?«, fragte sie mit kindlich neugierigem Blick.

»Ich schon, aber andere nicht und für die sammle ich etwas Geld!«

Er beugte sich zu diesem lieben Wesen herunter und lächelte in das offene, freundliche Gesicht.

»Das ist aber schlimm«, sagte die Kleine.

»Ja. Das stimmt, aber es ist nun mal so!«

»Wie ist Dein Name?«, fragte er jetzt.

»Ich heiße Clara!«, sagte sie selbstbewusst und völlig ungeniert.

»Was für ein schöner Name!«

»Meine Großmutter hieß auch so. Sie ist jetzt aber schon im Himmel, sagte Mama!«

»Oh, das ist sehr traurig!«

»Sie war furchtbar krank. Jetzt tut ihr aber nichts mehr weh«, hat Papa mir erzählt.

»Da bin ich mir ganz sicher!«, vernahm sie die tröstlichen Worte des freundlichen Mannes.

»Und jetzt gehst Du in die Kirche, um für sie zu beten?«, fragte er weiter.

»Ja. Für Oma und für Max. Er ist in meiner Schule und auch er ist sehr krank. Er hat was in seinem Kopf. Jetzt bitte ich den lieben Gott um ein Wunder!«

»Um ein Wunder?«

»Ja. Die Lehrerin hat gesagt, dass ihm nur noch ein Wunder helfen kann!«

Dem Spendensammler blieben vor Rührung die Worte im Hals stecken. Er rang um Fassung und erweichte innerlich vor so viel aus dem Herzen kommende Aufrichtigkeit.

»Was hältst Du davon, wenn wir beide dafür beten?«, wollte er wissen, als er wieder zu sprechen in der Lage war.

»Das wäre toll. Das hört der liebe Gott bestimmt und hilft uns dann.«

»Da müssen wir nur ganz fest dran glauben«, sagte der Mann gerührt von diesem zauberhaften Wesen, als Clara plötzlich ihr Taschengeld hervorkramte und es in seinen Beutel legte.

»Papa hat gesagt, dass ich mir nach dem Kirchgang ein Eis kaufen soll, aber vielleicht bekommen wir ja für zwei Euro ein Wunder und die anderen Menschen etwas zu essen. Das ist doch viel besser, oder?«

»Da hast Du vollkommen recht. Mag Dich der Herrgott ein Leben lang beschützen«, brachte der vorhin noch so sichere und gefasste Mann mit zusehends zerbrechender Stimme hervor.

Er hatte gerade noch die Kraft, dem kleinen Mädchen zuzulächeln, bevor er sich langsam umdrehte und nachdenklich davongehend zwischen den vielen Menschen verschwand.

Dann war es endlich so weit. Die beiden mächtigen Glocken hoch oben im Kirchturm setzten sich in Bewegung, um die Gläubigen zum Gottesdienst zu rufen. Zwei wohl gekleidete Messdiener öffneten die schweren Türflügel und gaben den Eintritt ins Kirchen-innere frei. Es folgte jetzt entgegen aller Erwartungen kein Geschiebe oder Gedränge. Aus Respekt und Anstand ging man gemächlichen Schrittes einer nach dem anderen die Treppe hinauf und betrat - sich eifrig bekreuzigend - das heilige Haus. So oder so ähnlich musste es sich für jeden von ihnen anfühlen, wenn er oder sie einmal (dann jedoch völlig nackt und ganz allein) durch die Himmelspforten des Herren schreiten musste. Sprichworte und die ihnen innewohnende Konsequenzen, dass das letzte Hemd keine Taschen oder der letzte Schrank keine Regale hatte, waren ganz sicher allen bekannt. Man mochte den Gedanken, dass aller Reichtum nur irdische Bedeutung hatte, mehr als vergänglich war und irgendwann und an die gierigen Erben weitergeben werden musste, durchaus verdammen. Trotzdem, und auch das war jedem klar, gab es diesbezüglich keinen Ausweg. Es blieb zu vermuten, dass die ein oder andere Dame (Frau Bürgermeister dürfte bei dieser Spekulation als gesetzt betrachtet werden), wenigstens einige Schmuckstücke an Hals und Ohren mit auf die Reise nehmen würde, um nicht völlig entblößt und mittellos vor dem Herrn zu erscheinen. Zumindest mochte das in diesen Sekunden so oder so ähnlich bei einigen überlegt worden sein, als die Gemeinschaft mit demütiger Seelenhaltung die angenehm schattige, wohltemperierte Kirche betrat. Getreu der gesellschaftlichen Position schlich man leise, dafür aber um so zielstrebiger auf dem ihm oder ihr zustehen-den Platz möglichst weit vorn zu. Da wollten sie alle sitzen, dort gehörten sie hin. Dicht am Altar, am Jesuskreuz, beim Pfarrer, in unmittelbarer Sichtweite und auf Tuchfühlung zum Herren. So vergingen einige Momente, bis die vorderen Plätze besetzt waren und die hinteren Ränge dem gemeinen Volk zugänglich wurden.

Schnell legte sich die Unruhe des Suchens, Orientierens und des Getuschels, als die Glocken endlich verstummten und der Kantor auf der Orgel zu spielen begann, sodass heiliger Klang das uralte Gemäuer erfüllte. Ausnahmslos jeder senkte das Haupt und betete insgeheim das *Vater Unser*.

»Möge am Ende des letzten Tages auf dem Weg zur anderen Seite der Abzweig in die Hölle gut ausgeschildert, am Besten aber versperrt sein, damit man nicht irrtümlich die falsche Richtung einschlug und in der glühenden Heimstadt des Gehörnten landete«, mochte dabei der fromme Wunsch einiger Schäfchen gewesen sein. In diesem Moment schlich der Mann mit seinen verschlissenen Kleidungsstücken lautlos und unbemerkt durch die sich gerade schließenden Türflügel und setzte sich hinter den Säulen auf einen einsamen, harten Stuhl. Niemand sah ihn, niemand nahm ihn wahr. Nach furiosem Stakkato verstummte die tragende Weise in scharfem, dröhnendem Schlussakkord und wich der absoluten Stille, die sich sofort ausbreitete und die fromme Gesellschaft einem Nebel gleich einhüllte. Nach weiteren Momenten des in sich Kehrens betrat der Pfarrer die Kanzel und richtete nach einem Gebet ausgewählte Worte an die Gemeinde.
Man kannte diesen freundlichen Mann seit vielen Jahren. Ein guter Mensch, der für alle da war und jedem sein aufmerksames Ohr schenkte, wenn man seinen Rat, seine Hilfe oder etwas Beistand nötig hatte. Jeder hatte schon im Beichtstuhl gesessen und ihm seine kleinen und großen Sorgen, Schwächen aber auch Fehltritte anvertraut. Insbesondere Frau Bürgermeister suchte einigermaßen häufig die vertraute Abgeschiedenheit des christlichen Zwiegespräches und hoffte inständig, dass sich der Herr Pfarrer tatsächlich an seine Schweigepflicht hielt und kein einziges Wort darüber verlöre, was sie ihm in den vielen Jahren so alles anvertraut, beziehungsweise seinen Ohren zugemutet hatte. Sowohl ihre als auch die Offenbarungen ihres Gatten (die keinen Deut besser zu sein schienen, als die seiner Frau), und die so vieler anderer Gemeindemitglieder waren jedoch bei ihm sehr gut aufgehoben. Er war verschwiegen, wie ein Fisch im Wasser, aber genauso war er

ein Mensch, der sich so seine Gedanken um ethische und moralische, besser gesagt, um unethische und unmoralische Empfindungen einiger seiner gottesfürchtigen Lämmchen machte. In seinen Gottesdiensten sprach er regelmäßig über aktuelle Probleme und Sorgen in der Gemeinde und zu den Festtagen erreichte er zielsicher die Herzen der Menschen.

So vergingen die Jahre und es war jetzt die Zeit gekommen, dass er den aktiven Dienst beendete, um den verdienten Ruhestand zu genießen. Als er mit seinen launigen letzten Worten zum Ende seiner Rede kam, galt es nun, seinen Nachfolger der Gemeinde vorzustellen.

»Und so möchte ich mich bei Euch allen verabschieden, mich für Euer regelmäßiges, zahlreiches Erscheinen an den Sonn- und Feiertagen bedanken und bitte nun den neuen Pfarrer, Herrn Doktor Andreas Meierhof, zu mir zu kommen«, waren seine letzten Worte und er schaute zielgerichtet dorthin, wo der neue Seelsorger zuvor absprachegemäß Platz genommen hatte.

Zunächst bewegte sich nichts, war kein Geräusch zu hören. Es war so erwartungsvoll leise, dass man die berühmte zu Boden fallende Nadel hätte hören können. Dann aber, als sich die ersten Gesichter vorsichtig und neugierig suchend umdrehten, stand er von seinem Stuhl hinter der mächtigen Säule auf und trat in das Blickfeld der spannungsgeladen wartenden Kirchgänger. Gemäßigten, aber sehr festen Schrittes kam er ganz langsam, geradezu würdevoll nach vorn. Zwischen all diesen vornehm gekleideten Leuten wirkte seine etwas schäbige Kleidung wie das Gewand eines Büßers, seine überlegene, feste Körperhaltung jedoch flößte den anwesenden Respekt ein. Sofort erkannten ihn viele als den Mann, der draußen vor der Kirche um eine milde Gabe gebeten hatte. Gesprächsfetzen huschten hinter vorgehaltenen Händen durch die Reihen. Er sah niemanden an, schritt bedacht auf die Kanzel zu und reichte dem scheidenden Pfarrer die Hand. Dieser nahm in einem separaten Sessel unweit des Altars Platz, ließ seinen Blick ein letztes Mal durch das voll besetzte Kirchenschiff schweifen und wartete schweigend ab, was der neue Pfarrer als Nächstes tun würde. Dieser war inzwischen auf die Kanzel gestiegen, stütze sich mit beiden Händen auf das Geländer und blickte wortlos in die Menge. Er sah die wohlgenährten, gut gekleideten Menschen und erinnerte sich an die vielen Jahre in Afrika, wo Kargheit, Hunger und Leiden der Menschen täglich Brot war. In Sekunden zogen die Bilder der verzweifelten Eltern vor seinem geistigen Auge vorüber, die zu ihm gekommen waren, um Hilfe und um Nahrung baten. Wie oft hatte er in tief empfundener Selbstlosigkeit auf seine Mahlzeiten verzichtet und an die Armen verteilt. Es waren Zeiten des Leidens und zuweilen auch ernsthafter Zweifel am Weg des Herren. Ihm blieb allzu oft verborgen, wie der Schöpfer so viele Menschen so bitter hungern ließ, während er andernorts überquellenden Wohlstand erlaubte. Seine neue Gemeinde war das beste Beispiel dafür. Er schaute milden Blickes schweigend in die Runde, sah in die Gesichter und blieb mit seinen Augen in den ersten Reihen vor ihm hängen. Beschämt und verstohlen wagten es die meisten nicht, zu ihm aufzusehen, hielten den Körper gebeugt und gaben vor, im Gebet vertieft zu sein.

»Wenigstens jetzt empfinden sie so etwas wie Demut«, dachte er für sich.

»Von daher ist Hopfen und Malz doch noch nicht verloren!«

Frau Bürgermeister hielt ihre Position am längsten durch. Ihr war es vorgekommen, als hätte sie in den Spiegel der Wahrheit geschaut und erfahren, wer sie wirklich war. Ein Bild, das ihr in diesem Moment sicherlich nicht zu gefallen schien. Allein die Ankunft des neuen Pfarrers hatte sie beeindruckt. Dass er sie allerdings schweigend ansah, legte ihr echte Qualen auf. Seine stummen, glühenden Pfeile des Vorwurfs trafen nicht nur sie und brannten in ihrer scheinheiligen Seele. Ein scheuer Blick nach links und rechts offenbarte, dass sich auch ihre Sitznachbarn in diesen Momenten äußerst unwohl fühlten. Ergriffen aber waren alle davon, dass sie einen leibhaftigen Doktor der Theologie vor sich hatten. Ein Pfarrer war schon wichtig und würdig genug, aber ein promovierter Mann Gottes in ihrem Städtchen, das musste die Gemeinde erst einmal verdauen. Und dass man es sich ausgerechnet am ersten Tag mit ihm verscherzt hatte, obwohl es so ganz anders geplant und man sich aus diesem Grunde in die vordersten Reihen gedrängelt hatte, machte den Augenblick nicht leichter. Jetzt saßen viele seelisch und charakterlich entblößt auf einer Anklagebank und wussten um die eigene Schuld.

So mochte auch Doktor Meierhof das allgemeine Schweigen für sich interpretiert haben. Ein Schweigen, das man hätte fühlen, mit dem Messer durchschneiden können. Was aber machte er? Nichts. Er sagte kein Wort und verstärkte so die Pein der Gebeugten, die zumindest jetzt von ihrem überheblichen Olymp in die tiefen Niederungen der Wahrheit herabgestiegen waren.

Ganz anders aber erging es der hübschen Clara. Sie freute sich von innen heraus und unbeschwert, auf der Kanzel ihren neuen Freund wiedererkannt zu haben, der mit ihr für ein Wunder beten wollte. Sie schenkte ihm ihr einnehmend warmes Lächeln, das mit Leichtigkeit geeignet gewesen wäre, das Eis in der Arktis zu tauen. Nur sehr zögerlich hob sie in der Menge vorsichtig die kindliche Hand und wollte auf sich aufmerksam machen. Doktor Meierhof aber hatte sie längst entdeckt, seine segnende Hand erhoben und sie mit warmen, freundlichen Blicken bedacht.

»Liebe Gemeinde«, unterbrach er plötzlich die Stille mit tiefer, kräftiger Stimme, deren sonorer Wohlklang und Intension so manchem Zuhörer einen ehrfürchtigen Schauer über den Rücken jagte.

»Ich habe am heutigen Tage bewusst keine Rede gehalten, um ihre innere Einkehr der letzten Minuten nicht zu stören!«

Dann schwieg er abermals für Sekunden und dieser Moment war Anklage, Mahnung und Vergebung zugleich, geradezu ein seelischer Schleudergang. Sein Amtsvorgänger beobachtete die Situation sehr genau und war fasziniert, über welche rhetorischen Fähigkeiten Doktor Meierhof verfügte.

»Diese Dusche war für viele von ihnen schon längst nötig. Die werden heute Nacht aber schlecht schlafen«, freute er sich innerlich und lauschte den nun folgenden Worten.

»Niemand darf den Segen des Herren einfach nur erwarten und einfordern. Tatsächlich muss jeder etwas dafür tun. Und ich meine auch jeder, denn vor Gott sind wir alle gleich. Gelesen und gehört, aber auch davon geredet haben wir schon alle, doch leben wir es auch? Beantwortet Euch diese Frage bitte selbst, denn sie ist erforderlich für die heilige Messe am kommenden Sonntag, in der wir uns über Mildtätigkeit, Anteilnahme und den Glauben selbst unterhalten werden!«

Das war zu viel für die längst gepeinigte Upperclass. Jetzt wurden die Bänke unter ihren Hintern wirklich hart und einige von ihnen fühlten sich, als wären sie gerade nackt von einem Zuchtmeister ausgepeitscht worden. Doch der Pfarrer erkannte das und ließ ihnen trotzdem keine Zeit, sich in ihrem Leid zu suhlen.

»Von daher werde ich meinen ersten Gottesdienst in dieser Stadt vorzeitig beenden, bitte Sie aber von ganzem Herzen, mit mir dafür zu beten, dass der Herrgott all jenen ein Wunder schickt, denen es gesundheitlich wirklich schlecht geht und für jene, die sich heute nicht bei Kaffee und Kuchen versammeln können, um den Tag des Herren zu begehen, sondern nur um die Gesundheit für ihre Lieben bitten!«

Das brachte das Fass zum Überlaufen. Nachdem sich diese Worte in den Gedanken der Zuhörer gesetzt und zu Bildern geformt hatten, öffneten sich die Schleusen, trieb es hier und da Tränen in die Gesichter. Tränen des Mitgefühls, der Anteilnahme und des echten Schmerzes. Der Pfarrer schaute zu Clara und sah, wie sie längst ihre kleinen, unschuldigen Hände gefaltet hatte und mit geschlossenen Augen leise vor sich hin flüsterte. Gerührt von diesem Bild atmete er einmal tief durch und begann mit der Gemeinde das *Vater Unser* zu sprechen. Die Fürbitte dieses Vormittages hatte man noch nie so geschlossen vernommen, wie an diesem Sonntag.

Die Gemeinde war jetzt eins. Sie sprach gemeinsam aus einem Gedanken und in diesem Moment wusste der Pfarrer, dass er eine Tür ganz weit aufgestoßen hatte, dass er in dieser Gemeinde zusammenführen würde, was zusammengehörte.

Als erste Amtshandlung telefonierte er tags darauf mit einem Chirurgen, den er in Afrika durch die internationale Organisation für medizinische Nothilfe *Ärzte ohne Grenzen* kennen und schätzen gelernt hatte. Dieser Mann vollbrachte mit seinen begnadeten Händen und extrem wachem Geist Unglaubliches. Er sagte dem

Pfarrer spontan die nötige Unterstützung zu, ließ den kleinen Max in seine Klinik bringen und übernahm diesen komplizierten Eingriff. Zuletzt wurde der kleine Kerl als gesund entlassen und war sehr schnell wieder der freundliche Junge, den jeder mochte.

Der wunderbare Sommer war noch nicht ganz vorbei, da saß Doktor Meierhof in seinem Talar neben der kleinen Clara auf der Kirchenmauer beim Eis schlecken. Die farbenfrohen Flecken der herabtropfen Erdbeercreme auf seine dunklen Kleidung störte ihn nicht weiter. Zu schön war es für ihn, sich mit diesem aufgeweckten Mädchen zu unterhalten. Sie sprachen von dem wieder gesunden Max, als sie zu ihm aufsah und sagte:

»Das tolle ist, dass ein Wunder nur so viel kostet wie ein Eis. Jetzt spare ich tüchtig und kaufe ganz viele Wunder!«

»Und was machst Du dann damit?«

»Ich verteile sie an die Menschen, die es nötig haben. Ich glaube, meine andere Oma braucht bald eines!«

»Warum?«

»Sie ist schon sehr alt und recht schwach auf den Beinen!«

»Dann wird sie sich über Dein Geschenk aber sehr freuen!«

»Ja. Das glaube ich auch!«

So ging die warme Jahreszeit dahin. Der Herbst kam, wurde vom Winter abgelöst, aber das Wunder hat der Oma des Mädchens nicht helfen können. Doktor Meierhofer hat ihr auf dem Sterbebett den letzten Segen gegeben und sie dorthin gehen lassen, wohin sie schon so lange wollte.

Das Klima in unserem Städtchen hatte sich inzwischen nachhaltig verändert. Sehr bald wurde dank großzügiger Spenden die örtliche Tafel eröffnet und in der sonntags immer vollen Kirche setzte sich fortan jeder auf einen Platz, der gerade frei war. Bald glich das innere Bild der Gemeinde seiner äußeren Erscheinung, wie sie bereits zu Anfang beschrieben wurde.

Anna

Der Regen fiel seit etwa dreißig Minuten in dichtem Schleier vom mitternächtlichen Himmel und das nur langsam in der Kanalisation ablaufende Wasser hatte die Fahrbahn längst in einen Spiegel verwandelt. Die vielen bunten Lichter der Geschäfte, der Werbeschilder, der Straßenbeleuchtung und der trotz des Wetters durch die Stadt fahrenden Autos brachen sich darin, um ein intensives Farbenspektakel entstehen zu lassen. Ein wunderbares, die Sinne überflutendes Schauspiel für jene, die es so für sich wahrnahmen. Viel zu gern hätte ich angehalten, meine Kamera aus dem Kofferraum hervorgekramt und ein paar tolle Fotos gemacht. Doch musste ich mein spontanes Vorhaben verwerfen, denn ich hatte einen langen, sehr arbeitsreichen Tag hinter mir und war nur noch müde. Also ließ ich es sein und rollte mit mäßiger Geschwindigkeit die breite Hauptstraße entlang. Am Morgen war ich bereits sehr früh aufgestanden und zur Arbeit gefahren. Bis zur Mittagszeit hatte ich alles Wichtige erledigt und nahm mir den Rest des Tages frei, um einige private Termine in der Stadt wahrzunehmen. Das war insoweit recht entspannend, da ich unterwegs ein paar Freunden und Verwandten begegnete, die ich schon lange nicht gesehen hatte. Ich war fast auf dem Heimweg, um etwas mit meiner Frau zu unternehmen, als mein Telefon plötzlich klingelte und mir technische Probleme in unserer Firma mitgeteilt wurden. Aufgrund der Dringlichkeit blieb mir nichts weiter übrig, als zu Hause abzusagen und noch einmal zurückzufahren.

»Was ist denn los«, wollte meine Gattin wissen und klang durchaus enttäuscht.

»Einer der Server hat sich abgemeldet. Ich habe keine andere Möglichkeit. Das Ding muss unbedingt wieder laufen«, gab ich erklärend zurück und hoffte auf Verständnis.

»Kannst Du schon absehen, wie lange es dauern wird?«

»Nein. Leider nicht. Ich werde mich aber beeilen und sofort melden, wenn ich fertig bin!«

»Na gut. Ich verstehe das ja. Es ist Deine Arbeit.«

»Das ist lieb. Sollten wir heute nichts mehr zusammen machen können, holen wir es Morgen nach. Da habe ich frei und stehe den ganzen Tag zur Verfügung!«

»OK. Sollte ich bis achtzehn Uhr nichts gehört haben, gehe ich zu meiner Cousine. Die hatte gerade angerufen, dass sie mir unbedingt etwas erzählen wollte und dass das nicht am Telefon ginge.«

»Prima. Dann weiß ich Bescheid. Trotzdem bleibt es bei meinem Versprechen. Ich gebe Gas«, waren meine letzten Worte, bevor wir unser Gespräch beendeten. Sekunden später war ich gedanklich bereits in unserem Server versunken und überlegte, was da wohl nicht funktionieren konnte.

Zuletzt wurde es nichts mit dem Beeilen. Ich musste die Software völlig neu installieren und die Backups zurück lesen, sodass es zweiundzwanzig Uhr schlug, als ich völlig geschafft ins Auto stieg und todmüde losfuhr. Mein Handy stellte ich vorsichtshalber aus, damit man mich nicht noch einmal zurückholen konnte. Das Erste, was ich wieder bewusst und voller Freude wahrnahm, war das berauschende Kaleidoskop der Lichtreflexe in der Stadt. Da meine Frau sicherlich schon schlief, hatte ich auch nicht mehr zu Hause angerufen.

Sie war von Anfang an ein sehr liebes Mädchen, das ich damals auf dem Campus der Universität traf. Sie kam mir mit ihren fünf oder sechs Freundinnen entgegen, lachte mit ihnen und schenkte mir im Vorbeigehen nur einen ersten, scheuen Blick. Den aber nahm ich nur am Rande wahr, denn eines der anderen Mädels hatte meine Aufmerksamkeit geweckt. Tage später traf ich diese Horde auf einer der vielen Studentenpartys wieder. Erneut gluckten sie zusammen und redeten ohne Unterlass. Ich für meinen Teil hatte keinen Schimmer, wie ich da einhaken sollte, um besagtes Mädchen anzusprechen, mit dem ich mich sehr gern verabredet hätte. Irgendwann aber gelang es mir doch, denn sie löste sich aus dem

Quasselkreis und ging allein an die Bar. So rein zufällig tauchte ich dann neben ihr auf, drängelte mich vor und bestellte ein Bier.

»Hey, stell Dich gefälligst hinten an«, sagte sie in anklagendem Ton zu mir.

»Oh, tut mir leid. Ich habe Dich einfach nicht beachtet«, spielte ich den einsichtigen und rücksichtsvollen Gentleman.

»Na ja. Macht ja eigentlich nichts«, gab sie nach und ließ sich milde stimmen, weil ihr meine Einsicht offensichtlich gefiel.

»Ich habe tatsächlich einen Fehler gemacht«, wiederholte ich halblaut eher mit mir selbst redend.

»Ich habe Dir schon verziehen!«

»Nein. Das meine ich nicht!«

»Was sonst?«, wollte sie mit neugierigem Blick wissen, da sie mich offensichtlich nicht verstand.

Ich wollte ihre Aufmerksamkeit an mich binden und sagte aus diesem Grund für Sekunden einfach nichts.

»Hallo? Ich hatte Dich etwas gefragt«, sagte sie fordernd.

»Womit hast Du einen Fehler gemacht?«

»Dass ich Dich gerade nicht beachtet hatte!«

Ein fragendes Gesicht sah mich wortlos an. Ich fühlte praktisch ihre Aufmerksamkeit, in dem sie ungeduldig auf meine Antwort wartete.

»Weil mir dann sofort Dein hübsches Gesicht aufgefallen wäre!«, gab ich trocken und selbstsicher mit der nötigen Ernsthaftigkeit zurück.

Das machte Eindruck, denn unvermittelt lachte sie mich mit glänzenden Augen an. Bald saßen wir nebeneinander, tranken etwas, schwatzten und verabredeten uns für den nächsten Tag. Daraus allerdings wurde dann nichts. Zumindest nicht mit ihr, denn zum verabredeten Zeitpunkt kam ihre Freundin, die ich Tage zuvor auf dem Campus nicht wahrgenommen hatte.

»Sie ist krank geworden«, erfuhr ich.

»Das ist aber schade, denn wir wollten zum Baggersee. Nun gut, da kann man nichts machen!«, sagte ich und wollte mich gerade abdrehen und nach Hause fahren.

»Ich habe aber Zeit«, sagte das Mädchen recht selbstbewusst und beeindruckte mich damit.

Ich drehte mich um, sah sie an, überlegte und erkannte in ihr etwas Tieferes. Zwei Jahre später heirateten wir und meine Liebe zu ihr hält bis heute, auch wenn sie zuweilen aus nichtigem Grund zu Eifersüchteleien neigt. Der einzige Wesenszug an ihr, der mir von Anfang an nicht gefiel und der es mir oftmals sehr schwer machte, geduldig zu bleiben. Mich brauchte nur eine attraktive Frau nach dem Weg fragen, die Bedienung in einem Restaurant hübsch aussehen oder mir beim Kassieren zulächeln. Das reicht ihr schon, ihre Messer zu wetzen und einen Racheplan gegen mich zu erarbeiten. Auch, wenn ich nie einen wirklichen Grund für ihre Eifersucht gab, hatte ich in gewissem Maß Verständnis. Sie konnte zuletzt ja nichts für ihre Empfindungen. Was ich aber von ihr erwarten durfte, war, dass sie an sich arbeitete, um uns beiden das Leben nicht unnötig schwer zu machen. Gewiss hätte ich ihr dabei geholfen, setzte aber voraus, dass sie mich bei gegebenem Anlass sofort offen ansprach, wenn es ihr einmal nicht gut ging.

»So etwas nennt man Aufrichtigkeit und Vertrauen«, hatte ich bei einer unserer Diskussionen meine eindeutige Haltung erklärt, was sie in dem Moment auch mit hängendem Kopf einsah, sodass ich gar nicht anders konnte, als sie in den Arm zu nehmen und den Streit zu beenden. Daran gehalten hatte sie sich jedoch nicht. Ganz im Gegenteil. Zunächst spielte sie im Augenblick ihrer Beobachtungen und in den Stunden danach die zuckersüße, mich über alles liebende Ehefrau. Dann, oft Tage später, schoss sie ihre in Gift getränkten Pfeile auf mich ab und machte mir das Leben zu Hölle. Haltlose Vorwürfe, fiese, ironische, oft schmutzig erotische Bemerkungen und Unterstellungen stellten mich in ein Licht, das ich wirklich nicht verdient hatte. Als ich sie so bei ihrer ersten Attacke erlebte, wusste ich überhaupt nicht, was los war. Ich vermochte es nicht, damit umzugehen und machte mir tagelang Vorwürfe, was ich wohl getan hatte. Ich fand aber nichts, wofür ich mich hätte entschuldigen müssen. Danach sprach sie einige Stunden nicht mehr mit mir und kratzte später wie ein geprügelter Hund an der Tür meines Herzens, was mich wiederum auf die Palme brachte.

»Wenn wir das gemeinsam überstehen wollen, dann musst Du Dich in ärztliche Behandlung begeben«, hatte ich ihr einmal vorgeschlagen und hoffte auf ihre Einsicht, die – wie ich es erwartet hatte – ausblieb.

»Ich weiß gar nicht, was Du hast«, spielte sie die Unschuld vom Lande und tat so, als wäre nie etwas vorgefallen.

»Ganz unschuldig bist Du ja auch nicht daran«, begann sie anschließend, die Schuld für ihr Verhalten bei mir abzuladen.

»Und Du meinst damit genau was?«, wollte ich von ihr wissen und sie in eine sachliche Auseinandersetzung locken.

»Ach komm. Lass uns doch nicht den schönen Tag mit blöden Streitereien verschwenden«, gab sie in leisem Flüsterton zurück.

Dann schaute sie mich verschmitzt an, machte mir ziemlich obszöne, keinesfalls salonfähige Angebote, nestelte an ihrer Bluse, kam inzwischen halbnackt mit fordernden Schritten und wiegenden Hüften auf mich zu, riss mich – wehrlos, wie ich in diesem Moment mal wieder wurde – in den tiefschwarzen Abgrund ihrer intensiven Zuneigung und ließ mich das Geschehene vergessen.

So vergingen die Jahre. Ich lernte mit der Zeit, die Anzeichen ihrer Überfälle zu deuten und vermochte, so manche Zankerei im Vorfeld rechtzeitig zu entschärfen. Wenn mir das einmal nicht gelang, stellte ich die Ohren in späteren Jahren einfach auf Durchzug, hörte nicht hin, ignorierte ihre Bissigkeit oder machte mich für ein paar Stunden aus dem Staub.

Irgendwie aber musste sich auch meine Frau zumindest ein wenig verändert haben, denn ihre letzte Attacke lag jetzt schon einige Monate zurück. Vielleicht hatte sie endlich begriffen, dass ich kein Hallodri war. Ich vermisste auf jeden Fall nichts und gestand mir ein, dass ich sie trotz allem liebte.

Ich stellte das Auto in die Garage, ließ das Tor herunter, machte noch einen kleinen Weg durch den Garten und genoss die tropische, feuchtwarme Sommerluft. Nachdem im Haus alles still war und meine Frau längst im Bett lag, nahm ich mir ein Glas Wein, setzte mich im Garten zwischen unseren Bäumen auf eine Bank und lauschte den nächtlichen Geräuschen der Natur. Der Regen hatte inzwischen aufgehört. Dunkelheit und Stille umgaben mich. Hinter mir raschelte es im Gebüsch, von oben herab tropfte es aus den Bäumen und in der Ferne hörte ich das Gebell eines Hundes. Es war ein wunderbarer Moment. Ich atmete tief durch und genoss die entspannende Wirkung des Weines. So saß ich dort eine gute halbe Stunde, bis sich die Müdigkeit in mir ausbreitete und ich ganz leise den Ruf meines Bettzipfels hörte, der mich an die Seite meiner ehemaligen Verlobten lockte. Leise kroch ich in meine Koje, sah noch einen Moment in die Dunkelheit, bevor ich sehr schnell in tiefem Schlaf versank, nachdem ich meine Augen geschlossen hatte.

Am folgenden Morgen erwachte ich und fühlte mich wie neu geboren. Die Sonne blinzelte durch die vom Wind bewegten Vorhänge am offenen Fenster und munteres Vogelgezwitscher entlockte mir ein zufriedenes Schmunzeln. Es würde ein schöner Tag werden, an dem wir etwas Tolles unternehmen würden. Das war mir schon klar und ich begann zu überlegen, was ich beim Frühstück vorschlagen würde. Wie gewohnt wanderte meine Hand geradezu wie von selbst langsam und neugierig unter die Bettdecke neben mir. Als ich ins Leere griff, schaute ich einigermaßen überrascht, vielleicht sogar entsetzt, denn das Bett war leer, und genau das war seltsam. Meine Frau hatte nämlich, was das Aufstehen anging, noch immer nicht ihre Studentenzeit abgelegt. Das hieß nichts anderes, als dass man sie oftmals erst spät am Tage aus den Federn kriechen hörte. Nur zu gern neckte ich sie beim mittäglichen Frühstück und sagte:

»Guten Tag, meinen Damen und Herren. Guten Morgen liebe Langschläfer!«

Die Folge war, dass mir unversehens ein Tischtuch oder etwas Ähnliches um die Ohren flog, ich sie in der Absicht, ordentlich zu kneifen oder auszukitzeln, durch das Haus verfolgte und wir nicht selten genau dort endeten, wo sie gerade hergekommen war.

An diesem Tag aber war alles so ganz anders. Im Haus war es still. Ich ging in die Küche und sah, dass sie völlig aufgeräumt war. Da stand kein Geschirr, nicht einmal eine Kaffeetasse und ich überlegte, ob meine Frau überhaupt im Bett gelegen hatte, als ich schlafen ging. Ich fand keinen Zettel auf dem Tisch, der eine klärende Information für mich hatte, sah auf mein Handy, fand aber auch dort keine Nachricht.

»War sie nicht gestern bei ihrer Cousine?«, ging es mir durch den Kopf.

»Vielleicht war dort etwas passiert, dass sie so früh nach draußen lockte«, überlegte ich weiter, machte mir zunächst aber keine weiteren Sorgen.

Ich wollte in Ruhe frühstücken, die Zeitung lesen und war mir sicher, dass sie bald zurückkommen würde. Es verging eine halbe Stunde der Sorglosigkeit und ich genoss den Moment der Ruhe. Als ich jedoch die letzten Unwichtigkeiten gelesen und den zweiten Kaffee getrunken hatte, meldete sich ein erster innerer Zweifel, ob tatsächlich alles in Ordnung wäre. Wir waren während all der Jahre in derartigen Momenten noch nie auseinandergegangen, ohne eine Mitteilung zu hinterlassen, wo wir zu erreichen waren. Ich ging nach draußen und stellte fest, dass ihr Auto fort war, nahm nun das Telefon in die Hand und wählte ihre Nummer.

»Der Angerufene ist im Moment nicht erreichbar. Bitte versuchen Sie es zu einem späteren Zeitpunkt noch einmal«, quakte die mechanische Stimme im Äther.

»Als ob ich beides nicht selbst wüsste, wenn am anderen Ende niemand abhebt«, dachte ich und sah fragend auf das Display meines Handys.

»Wo steckst Du? Ich mache mir Sorgen!«, schrieb ich eine SMS und schickte sie auf die Reise.

Wer erst einmal einen solchen Gedanken hat, wird ihn einfach nicht mehr los. Ganz im Gegenteil. Mit der Zeit beginnen sich die Überlegungen im Kreis zu drehen und nagen an der inneren Ruhe. Wie ein sich aufbauender Sturm nimmt die Intensität zu und gestattet bald keinen klaren Gedanken mehr. Mit einem Wort, ich, der ich doch ein ausgeglichener und nachdenklicher Mensch war, bekam erste Anflüge einer unbestimmten Angst, einer Ahnung, dass hier irgendwas überhaupt nicht stimmte. Wie sehr ich damit recht hatte, sollte sich noch zeigen. Es war nie meine Art, Panik zu verbreiten. Noch immer bestand die wahrscheinlich auch richtige

Möglichkeit, dass sich alles in den nächsten ein bis zwei Stunden klären würde. Trotzdem wählte ich die Nummer der Cousine und wartete, bis sie abhob.

»Hallo, hier bei Hagemann!«, meldete sich ihre Stimme.

»Hi, Lea. Hier ist Ben. Ich wollte nicht stören, aber ist Anna vielleicht bei Dir?«

»Hallo, Ben. Wie kommst Du darauf?«

»Na ja. Sie hatte heute offensichtlich sehr früh das Haus ohne eine Nachricht verlassen, was eben sehr ungewöhnlich ist. Da ihr Auto nicht vor der Tür steht und sie gestern bei Dir war, dachte ich, dass ihr vielleicht noch was zu besprechen habt oder vielleicht noch in die Stadt wollt. Das soll ja auch alles in Ordnung sein. Ich möchte nur wissen, wo sie steckt!«

»Das stimmt. Gestern war sie bei mir, aber in die Stadt wollten wir heute nicht!«

»OK. Dann warte ich einfach ab. Sie wird sicher etwas Wichtiges besorgen und bald zurück sein!«, antwortete ich resigniert.

Meiner unübersichtlichen Gedankenflut der letzten Stunde war die bei mir sehr ausgeprägte Fähigkeit, auch zwischen den Zeilen genauestens hin- und zuhören zu können, längst zum Opfer gefallen. Sonst wäre mir nämlich aufgefallen, dass Lea mir nur sehr unbestimmt und ausweichend geantwortet hatte. Auf meine eigentliche Frage jedoch war sie mit keinem Wort eingegangen war. Aber wie ich schon sagte. In diesem Augenblick wurde mir das nicht bewusst.

Ich mochte Lea eigentlich sehr gern. Sie war eine lustige, junge Frau, mit der sich Anna schon als Kind sehr gut verstanden hatte. Gut. Sie war etwas schwierig und hatte wenig Toleranz hinsichtlich der Gleichberechtigung zwischen den Geschlechtern, Frauenfeindlichkeiten und ähnlicher Themen. Wer sie nicht näher kannte, hätte sie vielleicht sogar als leicht überdrehte Emanze abgestempelt. Aber trotzdem fand ich sie nett und freute mich, wenn sie an Weihnachten und anderer Festtage bei uns war. Ich verstand nie, warum sie nicht geheiratet und Kinder bekommen hatte, denn wegsehen musste man bei ihr wirklich nicht. Ein bildhübsches Gesicht, eine tolle Figur und abgesehen von einigen thematischen

Voreingenommenheiten eine durchaus heiratsfähige Frau, mit der man Aufsehen erregen konnte. Aber wenn sie sich nicht binden wollte, dann war da auch nichts zu machen. Es würde irgendwann schon der richtige ihren Weg kreuzen, der ihre verkrustete Schale aufbrechen konnte. Aus bereits erklärten Gründen galt aber für mich, bloß nicht zu genau hinzusehen.

So jedenfalls betrachtete ich sie bislang, doch sollte ich sehr bald ein vollkommen anderes Bild von ihr gewinnen und erfahren, dass sie aus tiefster Seele einen inneren Feldzug gegen die gesamte Männerwelt führte. In Wahrheit war sie nämlich wirklich verlogen. Mir würde auffallen, dass sie in ihrem unkritischen Geist das Gesehene - ohne es zu hinterfragen - bewertete, die falschen Schlüsse daraus zog und anderen zerstörende Ratschläge gab, um daraus den Nährwert für ihr Gefecht gegen das für sie testosterongesteuerte Geschlecht zu ziehen. Ich würde lernen, einen Menschen von ganzem Herzen zu hassen.

Während der Nachmittagsstunden dachte ich lange über die gemeinsamen Jahre mit Anna nach. Meine Erinnerungen führten mich zurück, als ich ihr einen Heiratsantrag gemacht hatte und ließen mich dabei übers ganze Gesicht grinsen. Zu lustig war der Film, der vor meinem geistigen Auge ablief.

Es war damals eine warme Sommernacht, als Anna neben mir schlief und ich sie gegen zwei Uhr weckte. Völlig verschlafen verstand sie überhaupt nicht, was ich von ihr wollte, als ich ganz leise sagte:

»Hallo, junge Frau. Aufwachen!«

»Was ist denn los?«, fragte sie verschlafen.

»Aufstehen. Es ist Zeit!«

»Wozu?«, wollte sie wissen.

Ich ließ aber nicht nach, lockte sie aus den Federn, versprach ihr, das Blaue vom Himmel herunterzuholen, was ja in gewisser Weise auch stimmte.

»Das ist doch wieder eine Deiner verrückten Ideen, oder?«, wollte sie wissen, war aber inzwischen neugierig genug, dass wir wenig später vor die Tür unserer Wohnung traten, die Straße überquerten und durch die nahen Felder gingen, die gleich am Ortsrand begannen.

»Sag schon, Du Lump. Was hast Du wieder vor?«

»Nur die Ruhe, nur die Ruhe. Vielleicht auch etwas Geduld«, war meine kurze Antwort und mir wurde bewusst, dass ich gerade mit Anna auf dem Weg war, unser Leben zu verändern. Dass das einmal des Nachts über einen Feldweg führen würde, hätte ich selbst nie geglaubt.

Also liefen wir noch einige hundert Meter geradeaus und genossen die nächtliche Wärme, die Millionen Sterne, den Vollmond am Himmel über uns und die wunderbare Luft, bis ich sagte:

»Jetzt rechts rein!«

»Wie? Hier ist doch gar kein Weg. Nur hochstehendes Getreide?«

»Genau!«

»Ich verstehe nicht?«

»Wirst Du gleich. Folge mir einfach!«

Nach etwa zwanzig Metern kamen wir an. An genau dieser Stelle hatte ich spät am Abend, als die Sonne bereits untergegangen war, einen kleinen Tisch und zwei Stühle aufgestellt, ein kleines Deckchen aufgelegt und etwas abseits in einer – zugegeben unromantischen Kühltasche – ein paar Gläser und eine große Flasche Champagner bereitgestellt. Es dauerte nur Sekunden, bis der Moment genau so war, wie ich es gehofft hatte. Anna sah mich mit freudigem Gesicht strahlend an und fragte:

»Das ist lustig. Ich gebe zu, es ist auch wirklich schön und romantisch, aber warum sind wir hier?«

Ich sah sie an, sagte aber nichts. Sie schaute zurück, schaute in die Sterne, blickte erneut zu mir, überlegte, während ich einigermaßen nervös einen funkelnden Ring aus der Tasche zauberte, begriff, überlegte erneut und begann vor Freude zu weinen. Welche Frau hätte in diesem Moment *nein* sagen können. Für Anna war das jedenfalls nicht möglich.

Die Jahre gingen dahin und wie überall zog in unserer Zweisamkeit nach und nach so etwas wie Routine oder Gewohnheit ein. Auch wenn wir uns über alles liebten, gab es hin und wieder Meinungsverschiedenheiten. Rauchte es mal richtig, wurde der Funkkontakt unterbrochen. Ich versuchte sie dann häufig, mit kleinen Witzen und Frechheiten auf andere Gedanken und wieder zu mir zurückzubringen, was mir meistens auch gelang. Im Rückblick stellte ich aber fest, dass es in einer Beziehung nicht immer nur um kleine Aufmerksamkeiten und Überraschungen geht, sondern dass man zuweilen einfach nur sagen sollte, dass man den anderen noch immer liebt. Vielleicht hatte ich besonders in den letzten Jahren nicht genug darauf geachtet.

An dieser Stelle darf und will ich nicht verschweigen, dass ich trotz meiner Liebe zu Anna gelegentlich auch andere Frauen als sehr anziehend empfand. Mehr habe ich aber nie nicht zugelassen. Soweit ließ ich es nicht kommen. Bei Anna war ich mir später nicht mehr ganz so sicher, ob da nicht auch mal was anderes gelaufen war. Einmal habe ich auf einer Party beobachtet, wie sie sich mit irgend so einem Kerl angeregt unterhielt und ihn gewähren ließ, als seine Hand an ihrem Rückkrad weiter abwärts rutschte und auf ihrem Hintern liegen blieb. Ich sagte nichts dazu, hegte fortan aber immer etwas Misstrauen, wenn sie mit ihren Freundinnen bis in die Nacht unterwegs war. Allerdings ergaben sich niemals echte Beweise, sodass ich ihr auch keine Vorhaltungen machen durfte -. Vielleicht aber täuschte ich mich auch nur.

Dann wurde es langsam Abend, meine Sorgen jedoch nicht kleiner. Ganz im Gegenteil.

»Nur keine Panik verbreiten«, war meine einigermaßen hilflose Devise.

Ich musste jetzt irgendetwas tun. Allein herumsitzen und banale Dinge hin und her räumen, um sich abzulenken, ging irgendwann nicht mehr. Also setzte ich mich ins Auto und fuhr ins Krankenhaus, um zu erfahren, ob es einen Unfall gegeben hatte. Die junge Dame am Empfang war sehr freundlich, warf einen Blick auf ihren Computer und meinte, mich beruhigen zu können, indem sie meine Frage verneinte.

»Nein. Ihre Frau wurde nicht eingeliefert«, sagte sie lächelnd zu mir.

Also machte ich mich auf, fuhr zur Polizeistation und erkundigte mich dort, ob sie vielleicht einen Vorfall aufgenommen hatten, an dem Anna beteiligt gewesen war. Allerdings verließ ich auch hier ergebnislos das Gebäude und wusste nicht, was ich weiter tun sollte. Zuletzt machte ich mich auf und fuhr zu Lea nach Hause. Ich musste jetzt mit jemandem sprechen. Vielleicht konnte ich in ihrer Wohnung auf Anna warten, denn wenn sie mich bei ihrer Rückkehr nicht antraf, würde sie ganz sicher bei ihrer Cousine anrufen. Es dauerte nur Minuten, als ich in ihre Straße einbog und sehr bald feststellte, dass es überhaupt keine Parkmöglichkeit gab. Also fuhr ich in eine verwinkelte Nebenstraße und erschrak nicht schlecht, als ich dort in einer abgelegenen Ecke das Auto meiner Frau stehen sah. Euphorie packte mich, indem ich anhielt und ausstieg. Vielleicht war sie gerade erst angekommen, hatte die gleichen Parkprobleme wie ich und saß noch im Fahrzeug. Das traf jedoch nicht zu. Trotzdem freute ich mich und wollte gerade wieder einsteigen, als ich eher zufällig auf die Motorhaube fasste und feststellte, dass sie kein bisschen warm war. Der Wagen musste also schon länger hier stehen. Warum aber meldete sie sich nicht. Ich verstand jetzt überhaupt nichts mehr, saß hinter meinem Lenkrad und überlegte.

»Hier stimmte tatsächlich etwas nicht«, ging es mir durch den Kopf, allerdings fand ich auch keine Erklärung für diese Situation.

Dann kam mir eine Idee. Ich kramte mein Telefon heraus, wählte Leas Nummer und ließ es klingeln.

»Ben. Wie kann ich helfen«, sagte sie entspannt.

In diesem Moment fiel mir auf, dass sie über den Nachmittag hinweg nicht ein einziges Mal bei mir angerufen und sich nach Annas Rückkehr erkundigt hatte.

»Ich rufe noch mal an, ob meine Frau sich bei Dir gemeldet hat?«

»Nur Geduld. Das wird schon!«, war ihre Antwort.

Diesmal habe ich genau hingehört. Sie hatte erneut nur sehr ausweichend geantwortet und kein klares *Nein* von sich gegeben. Was heckten die Zwei nur aus? Das alles erschien mir sehr schleierhaft und dann wagte ich den Vorstoß.

»Aber ihr Auto steht doch hier fast genau vor Deiner Tür!«

Schweigen am anderen Ende, dann wurde aufgelegt. Wortlos fuhr ich nach Hause. Im Kopf rasten meine Gedanken. Ich musste mir keine Sorgen mehr um meine Frau machen, sondern grübelte ergebnislos nach, was hier überhaupt los war. Anna kam auch am späten Abend nicht nach Hause, blieb über Nacht weg und sorgte mit ihrem Verhalten dafür, dass ich kein Auge zugetan hatte.

Am nächsten Morgen um acht Uhr wurde plötzlich die Haustür aufgeschlossen. Es war meine Frau, die ihre Cousine zur Verstärkung mitgebracht hatte und einfach an mir vorbeiging.

»Anna, was ist denn los. Warum kommst Du nicht nach Hause und was soll der seltsame Überfall jetzt!«

»Ich gehe«, antwortete sie wortkarg im Vorbeigehen.

»Aber warum. Ich verstehe nicht?«

Ein kurzes Schweigen und dann platzte es aus ihr heraus. Sie drehte sich um, kam zwei Schritte auf mich zu und fauchte in giftigem Ton:

»Lea hat Dich in der Stadt in einem Café Händchen haltend mit einer anderen Frau gesehen. Was soll man dazu noch sagen? Ich habe jetzt die Nase gestrichen voll von Deinen schrägen Eskapaden und verlasse Dich!«

Jetzt, da ich wusste, worum es ging und natürlich eine passende Erklärung hatte, entspannte ich mich, denn ich würde dieses Theater sehr schnell und elegant beenden. Ich hasste besonders diese Eifersuchtsattacken, hatte aber keine Ahnung, dass es gleich noch eine gewaltige Steigerung geben würde. Also hielt ich zunächst den Mund, lehnte mich zurück und setzte mich auf einen Stuhl.

»Du brauchst gar nicht so blöd zu grinsen. Diesmal ist endgültig Schluss, das garantiere ich Dir!«

Ich konnte nicht anders, als den Moment genussvoll zu betrachten, was meine Gattin erst richtig sauer werden ließ. Doch beherrschte sie sich und würgte ihre Wut hinunter. Ich genoss die Szene und freute mich bereits darauf, das wackelige Kartenhaus der beiden Damen zum Einsturz zu bringen und die Entgeisterung in ihren Gesichtern zu beobachten, wenn sie die Wahrheit hören würden. Allerdings war mein Vergnügen nur von sehr kurzer Dauer, denn jetzt melde sich die Kriegsgöttin Lea zu Wort.

»Weißt Du. Du bist echt ein toller Typ. Vergnügst Dich mit anderen Weibern!«

»Hab ich nicht«, wollte ich gerade sagen und meine alles vernichtenden Pfeile auf die beiden abschießen, als sich die Emanze erneut zu Wort meldete, mich unterbrach und keifte:

»Hast Du nicht? Ich habe es doch mit eigenen Augen gesehen. Zugegeben. Hübsch war sie. Trotzdem. Jetzt, da wir Dich überführt haben, solltest Du es wenigstens zugeben!«

So langsam begann sich meine noch immer gutmütige Laune zu ändern, denn die Tonart, in der sie mich ansprach, passte mir ganz und gar nicht mehr. Vermutlich war es auch Lea gewesen, die Anna zu diesem Kreuzzug überredet hatte. Das sah so richtig nach ihrer miesen Emanzipationshandschrift aus, die ich schon wiederholt erleben durfte. Dann aber kam der Satz, der alles änderte.

»Du machst Dir ein paar schöne Schäferstündchen. Gut ausgesucht, denn offensichtlich hast Du keine Ahnung von Annas Zustand!«

Lea meinte nun, mir den finalen Stoß versetzt zu haben und tatsächlich verschlug es mir die Sprache.

»Wie? Ich werde Papa?«

»Du wirst für das Kind zahlen, mehr nicht«, polterte meine Frau, in dem sie weiter ihre Taschen packte.

Für diese Information brauchte ich tatsächlich einige Minuten des Überlegens, begann aber schnell an meinem rhetorischen Waterloo, dass allerdings auch mich in den Abgrund reißen würde. Lea sah mich von oben herab an und genoss diesen Anblick.

»Sie wird gleich sehen, was sie gerade für einen Dreck gebaut hat«, dachte ich für mich und hörte gar nicht Annas wilde Beschimpfungen.

Dann aber kehrte ein Moment der Ruhe ein, in dem ich das Fallbeil auspackte, mit dem ich auch mich selbst enthaupten würde.

»Also. Nun mal im Ernst meine Damen. Ja. Ich war mit einer Frau im Café. Sie war blond, sie war extrem hübsch und es war meine Schwester!«

Ich machte eine Pause und beobachtete die Frauen. Lea stutze, begriff nicht sofort, was das bedeutete, dachte nach und erkannte, dass ihr vermeintlicher Sieg dahinschmolz, wie Butter in der Sonne. Anna hörte auf zu packen und kam mit erschrockenem Blick aus unserem Schlafzimmer, blickte zu Lea, der Anstifterin und wieder zu mir. Sie brachte kein Wort heraus und wirkte verloren, haltlos und im freien Fall. Doch das war es noch lange nicht.

»Ich habe Dir doch vergangene Woche erzählt, dass sie nach all den Jahren aus den USA wieder zurückgekommen ist. Als ich neulich, in die Stadt ging, lief sie mir über den Weg, ich lud sie spontan in das Café ein und wir hielten uns tatsächlich an den Händen. Ich habe sie doch so lange nicht gesehen. Und weil ich am Abend kaputt war, hatte ich ganz vergessen, es Dir zu erzählen. Ich habe nichts mit anderen Frauen gehabt und werde es auch in Zukunft nicht haben. All Deine Vorwürfe sind völlig haltlos!«

Sie saß jetzt am Küchentisch und starrte mich reglos an. Lea druckste sich nahe an der Tür herum und trug sich offensichtlich mit der Absicht, unbemerkt zu verschwinden.

»Du bleibst hier. Du gehst jetzt nicht. Du hörst Dir an, was Du angerichtet hast«, knurrte ich scharf.

»Du bist also schwanger?«, fragte ich meine Frau.

»Ja«, antwortete sie schuldbewusst mit gesenktem Kopf leise.

»Ist das sicher?«

»Ja. Und es tut mir .....«, wollte sie ausführen, doch unterbrach ich sie energisch, denn gleich würde die herabsausende Klinge meiner Guillotine unsere Ehe beenden.

Lea und Anna sahen sich völlig unvorbereitet dieser vernichtenden Situation gegenüber, als ich abermals das Wort ergriff:

»Trotzdem muss ich mich auch bei Dir entschuldigen!«

»Wofür?«, fragte Anna nach und war sicherlich der Hoffnung, dass das Ganze jetzt eine Wendung in Richtung Versöhnung nehmen würde.

Lea schwieg.

»Du erinnerst Dich, als ich letztes Jahr wegen dieser Infektion im Krankenhaus lag?«

Sie nickte und sah mich erwartungsvoll fragend an.

»Ich habe es Dir bereits seit zwölf Monaten sagen wollen, aber nie den richtigen Moment gefunden. Die haben damals so viele Tests durchgeführt und im Zusammenhang mit einer Hormonuntersuchung zufällig festgestellt, dass ich nicht zeugungsfähig bin, es nie war und niemals sein würde!«

Es gibt Triumphe, die kostet man nicht aus, die schmecken einfach nicht. An diesem Tag war ich es, der das Haus und die schluchzende Anna allein zurückließ, denn alle Zuneigung war bei mir in einem Moment erloschen. Es interessierte mich nicht einmal, wer der Vater des Kindes war und was aus meiner Gattin würde. Ich ging einfach fort und kam nicht wieder.

Inzwischen lebe ich in einer anderen Stadt, weit weg von meiner alten Heimat. Noch immer mag ich es, bei Regenwetter zu später Stunde durch die beleuchteten, nassen Straßen zu fahren. Nach wie vor faszinieren mich die Reflexionen des sich in den Pfützen brechenden Lichts.